時代小説　ザ・ベスト2021

日本文藝家協会　編

社文庫

目次

本文デザイン／桐野太志（Balcony）

時代小説
ザ・ベスト
2021

日本文藝家協会 編

編纂委員

川村　湊
雨宮由希夫
伊藤氏貴
植松三十里
末國善己
縄田一男

りんの玉

河治和香

【作者のことば】

長年映画の世界に身を置き、時代劇が好きで歴史小説を書き始めたものの……実は短編小説を書いたのも、実在の人物が登場しない所謂《いわゆる》〈時代小説〉を書いたのも、今回が初めてだった。迷いに迷って結局時代劇でお馴染《なじ》みの〈鳶《とび》〉と〈芸者〉の話に正面から取り組んでみることにした。江戸風俗に詳しい其角堂《きかくどう》さんのお話と実際のコレクションを元にしている。いつも、リアルな時代の匂いを捕まえたいと思うのだけれど、まだまだ心もとない。

河治和香（かわじ・わか）　昭和三十六年　東京都生
『秋の金魚』にて第二回小学館文庫小説賞受賞
『がいなもん　松浦武四郎一代』にて第三回北海道ゆかりの本大賞、第二十五回中山義秀文学賞、第十三回舟橋聖一文学賞受賞
近著――『ニッポンチ！　国芳一門明治浮世絵草紙』（小学館）

火事が好きなのは、きっと江戸の夜は長くて……そして、闇が深いからだ。

戀《れん》は、耳ざとい。

明け方にふと目が覚めると、半鐘の音が遠響きしていた。「ちょいと、見てくる」と、戀が隣で寝ている仕込みのお文《ふみ》に声をかけると、お文はいつものことなので、「うーん」と返事とも寝言ともつかない声をあげて寝返りを打っている。

半纏《はんてん》を引っかけてそっと戸を開け表に出てみれば、朝方の鴇色《ときいろ》に染まった空の向こうに黒煙が立ちこめていた。戀は、もう火事場に向かって走り始めている。火元はどこだろう、あの方角だと下谷《したや》あたりだろうか。

だいたい火事というのは、付け火をするのも見物するのも男が多いものだが、どうしたものか戀は女のくせに子供の頃から喧嘩《けんか》が強くて、火事が大好きだ。半鐘の音が聞こえれば、じっとしていられない。いい年頃の娘が夜中にほっつき歩いて……と口うるさく言ってくれる人もいないし、周囲も、もうあれは病気みたいなものだから、と半ばあきらめているのだろう。

鳥越《とりこえ》神社を過ぎたあたりから、ポツポツと火事場から戻ってくる者とすれ違いだした。

「もうあらかた消火《しめ》てカタが付いちまったぜ」

気の早い者はどんどん帰りはじめているようだ。せっかくここまで来たのに……と戀は内心舌打ちした。

それでも佐竹《さたけ》様の御屋敷近くまで来ると、道は火事見物の野次馬であふれかえり、もう先に進めなかった。物見高い江戸っ子たちは夜な夜な火事場を求めて集まってくる。

身《こ》の軽《や》い戀は、近くの町家の屋根によじ登ってみると、先に屋根に腰掛けていた老人が、

「ああ、遅かった。今しがた佐竹の御女中衆が薙刀《なぎなた》を抱《か》っ込んで、すぐそこを通ったところだったのに」と残念がってくれた。

「まるで錦絵を生《しょう》で見たかのようじゃったよ」

なぜか御屋敷の奥女中たちは火事場でのお立ち退《の》きに際しては、芝居見物にでも行くような絢爛《けんらん》豪華な着物に、頭には烏帽子《えぼし》型《なり》の火事頭巾というのがお決まりであった。

火事見物の楽しさは、町火消しの鳶《とび》の者たちの命を賭けた火との戦いを生々しく目の前で見ることと、そしてなにより燃え盛る火事の炎に照らし出される武家方の華美な装束を眺めることにある。殿様の火事装束がまた遠目にも華やかで、火事場はさながら祭のような賑《にぎ》やかさだ。その昔、今より世並みがよかった頃は、一晩に五度もお召し替えをして下《げ》知《じ》した殿様もいたという。

「それより、おじさん……」

戀は御女中衆の衣裳《いしょう》などどうでもよかった。

「消し口はどこが取ったの？」

「……ほ組サ。まァ仕方ねぇや」

その口ぶりに、戀はクスッと口の端で笑った。この見物の爺《じい》さんは日本橋《にほんばし》あたりの仁《じん》だろう。

「は組は一歩引いて様子見だったの？」

「はは、ねえさんもご同輩だな。今夜は八番の仲間の九番やら十番も駆けつけて来るし、強面《こわもて》の立花《たちばな》家も押し出すわで、なかなか見物《みもの》だったぜ」

この近辺は、八番組ほ組の持ち場であるが、大名火消の立花家が睨《にら》みをきかせている地域でもある。もちろん、日本橋あたりからは、は組なども出動するが、もともと、い・よ・は・に・万の一番組と、ほ・か・わ・たの八番組は仲が悪い。当然のことながら大組で八番組とは仲間の浅草《あさくさ》周辺の十番組も八番組の助っ人に駆けつけて来る。消火そのものより、それぞれが入り乱れる中で、どの組が消し口を取るか、それが一番の見所なのだ。

話し込んでいるうちに、くすぶっていた火もみるみる小さくなってきた。

「見たかったなぁ」

心底残念に思いながら、戀は、懐手して背中を丸めて戻ってゆく。遠くに鳶の者たちが木遣《きや》りを歌いながらそれぞれの町に帰ってゆく声が響いていた。この下がりの木遣りを背後に聞きながら、明けはじめた町を歩いていると、なんとなく気分がいいものだ。

戀は、住吉町《すみよしちょう》の〈富士屋《ふじや》〉から、〈小夏《こなつ》〉という名で半玉《はんぎょく》として出ている。

抱主《しゅじん》で姉芸者の小雪姐《こゆきねえ》さんは、おっとりしていて口うるさいことは何も言わないが、朝一番で髪だけは結っておくことと、座敷には必ず同じ道を通って行き来することについてだけは厳しかった。

客から急な呼び出しがあったとき、着物はすぐ着替えられるが髪は結うのに時間がかかる。道を決めておかないと他の座敷の帰りに行き違いになるおそれがあるからだった。

繼は今年十六になる。

半玉になったのが十三の時で、その翌年あたりから背がぐいぐい伸びてしまった。

「ちっとも小さくねぇのに小夏かい？」

などと客によくからかわれたが、この名は抱主が小雪というところから付けられたので体の大きさは関係ないのだ。さらに、繼は色が黒くて細い吊《つ》り目……典型的な江戸の女の顔だから、実際の年よりだいぶ老けて見えた。

「ずいぶん薹《とう》の立った半玉だなぁ」

と、座敷に出るたびに客に呆《あき》れられた。たしかに、姉芸者の小雪より頭一つ大きくて老け顔なのに、肩揚げの付いたヒラヒラと床につきそうな振り袖を着ている姿は、なんともおさまりが悪くて滑稽にさえ見える。

「早く芸者《いっぽん》にした方がいいんじゃないかい？」

小雪はこの頃、料理屋の女将《おかみ》から女中にいたるまでどこへ行っても皆にそう言われている。

「あたしも旦那でもなんでも取って、早く芸者になりたいんですけど」

　戀がサバサバ言うと、「まったくどこまでも可愛《かわい》げのない子だよ」と周囲の人々には眉をひそめられた。だが当人にしてみれば、傍《はた》が思うよりずっと切実なのだ。

　戀は、もうとっくに男女のことなど知っている。別にどうってことない。大事なことは、料理屋の女将さんや女中さんの気受けを良くして座敷をかけてもらい、抱主に金を落とすことだと身にしみてわかっていた。だから夜中に火事見物に行っても、必ず朝一番には髪を結ってもらいに行くし、湯屋《ゆうや》で年配の芸者《おおきいおねえさん》と一緒になれば、せっせと世辞湯も汲《く》んだ。

　早く時が過ぎればいい。今の戀は、毎日をとにかくやり過ごしているだけだ。

「赤襟盛り《あかえりざか》はもう二度と来ないんだから、小夏ちゃん、もっと大事になさいよ」

　小雪は時々やさしく諭してくれるのだが、今の戀にとって可愛い少女であることは、苦痛でしかないようにも思われるのだった。

　戀は、どぶ板新道の裏道を通り抜けようとして、ふっと目を凝らした。戀は耳ざといが、夜目《よめ》も利く。

　薄暗い路地の奥で、錦の帯が垂れ下がっているのが見えたような気がした。

　ジッと目を凝らそうとして、あっ、もしかしたら……女が用をたしているのか、と気付いてあわてて行き過ぎようとしたところに、「もし……」と声を掛けられた。

「……えっ？」

その声に聞き覚えがあるような気がして、戀は吸い寄せられるように路地の暗闇を覗《のぞ》き込んだ。

驚いたことに女は分厚い帯をほどこうとしていたのである。

「何しているんだい？」

戀のその声に、俯《うつむ》いて重い帯と格闘していた女がハッとしたように顔を上げた。白い顔に、うるんだ瞳……青ざめた美少女の眼差《まなざ》しに見覚えがあった。

「あれっ、お絹《きぬ》ちゃん？〈道佐《どうさ》〉の……」

「もしかして、お戀ちゃん……なの？」

若い御女中姿の女は、幼馴染《おさななじ》みのお絹だった。

「お戀ちゃん！　よかった……ね、早く、この帯をほどいて」

「……え？」

可愛い娘は、どうしてこう高飛車なんだろう。子供の頃から一緒に踊りや長唄の稽古に通っていた仲ではあるが、当時からお絹はいつも子供たちの中で君臨していた。

戀は、仕方なく言われるままにお絹の後ろに回ってその帯を解くのを手伝ってやった。帯が緩むと、お絹は目にも止まらぬ速さで下締めをほどき、着物も脱いだ。

「お戀ちゃん、着物を取っ替えっこしよう。早く脱いで」

「ええっ？」

「早くおしよ」

お絹は、戀の綿入れ半纏を脱がせ、帯に手を掛け有無を言わさず着物を剝ぎ取ると、もう自分で羽織っている。寝間着替わりの木綿《もめん》の着物だから、あっという間にお絹は着替え終わってしまった。

さらにお絹は、脱ぎ散らかした着物の上に懐中物を投げると、

「お戀ちゃん、これ、預かっといて……うちのお父《とっ》つぁんやおっ母《か》さんには内緒だよ。いいね。きっとだよ。もし言ったりしたら、ただじゃおかないからね」

と、頼んでいるくせにあくまでも強気にまくし立てた。

……あんたのことなんか、誰にも言いやしないのに。

戀は、ふっと冷めた気持ちになった。

黙っている戀の視線に気付いて、お絹は手にしていた紙入れを押しつけてきた。

「これは、お戀ちゃんにあげる。どうせ他人《ひと》の手に渡ったら、こういうのは捨てられてしまうだろうから……大事にしてね」

戀は、ぼんやりと立ち尽くしたまま受け取った。

「鷁《げき》が付いているんだからね」

「……ゲキ？」

「知らないの？」

お絹は鼻先で笑った。

「鷁っていう水鳥は、空も飛ぶんだ。どんな大風が吹いても負けないんだって。鷁は、い

つも守ってくれる。きっと……男のところにも飛んでいくの」

　巒は受け取った紙入れをぼんやりと見詰めている。何の変哲もない地味な紙入れだった。

「……男と一緒になるんだ」

「えっ？　男？」

　お絹は黙りこくっている。

「あっ、そうだ」

　と、お絹は突然しゃがみ込むと、もどかしそうに草履《ぞうり》を蹴って足袋《たび》を脱ぎ、「貸して、お巒ちゃん、履物も！」と、巒を突き飛ばすように下駄《げた》を脱がせて履き替えると、立ち上がって行こうとした。

「……お絹ちゃん！」

「なに？」

　一瞬振り返ったお絹のその姿が、芝居の花道で見得《みえ》を切る役者のような凄絶な美しさだった。

「……なんでもない」

　お絹は、ふん、と踵《きびす》を返して、あっという間に路地から見えなくなった。

「あれっ？」

　巒の足元に何か光るものが転がっている。お絹が立ち上がった瞬間、落としていったものらしい……銀色の小さな玉だった。

「なんだろ？」

拾い上げて袖にこすってかざしてみると、不思議な音がした。

なんだろう、この音……。

「ハックショーイ」

思わず大きなクシャミが出て、戀は思わずおまじないに「……糞食《くそ》らえ」と呟《つぶや》いて袖で鼻をかんだ。長襦袢《ながじゆばん》一枚では寒いけれど、お絹の残していったギラギラした着物を着るわけにもいかないので、脱ぎ捨てられた綿入れをまず羽織ってから、しかたないので腰巻をはずしてそれを風呂敷代わりにお絹の着物やら帯やら紙入れなどの懐中物……さらに火事頭巾まで包んだ。残された草履を履こうとお絹の脱いだ足袋に足を入れてみたけれど、よほど小さな足をしていたとみえて入らなかった。しかたなく、裸足《はだし》のまま戀は腰巻に包んだ大荷物をかかえ、長襦袢ひとつに綿入れという珍妙な姿で、草履を突っかけたまま往来に出た。

それにしても、お絹は薄い木綿の着物ひとつでどこに行ってしまったのだろう。

あたりはすでに明るくなりかけている。

「おいッ、何やってンだ？」

後ろから追い抜きざまに振り返った若い男に声を掛けられた。幼馴染みの猪之助《いのすけ》だった。

「あ、なんだ……猪之さんも見に来てたんだ」

猪之助の風貌が変わっているのは、その眉毛がないことだ。もとは剛毛の一文字眉だったのに、あるとき祭の仮装で女房に扮《ふん》するために眉まで剃《そ》ってしまって……以来、ずっと毎朝髭《ひげ》と一緒に眉も剃り落としている。田舎者《いなかもの》じみた立派な眉より、眉毛なしの方がさっぱりして気に入っているらしい。傍からは目ばかり鋭く、ちょっと凄味《すごみ》のある顔に見えた。

「その格好……なんだよ」

「うん、あたいも、なんだかよくわからないんだけど」

纈は困ったように笑った。

「ねぇねぇ、それより……こんなの拾っちゃった」

纈は、この猪之助と、それから今は仕事師の修業中の亀吉《かめきち》とは、子供の頃は家が隣同士だったので、垣根を破ってお互い行き来していた仲である。纈と亀吉が同い年の十六、猪之助が五つばかり年かさで二十一になる。猪之助は親方の元で修業を終えて、今は居職《いじょく》の錺《かざり》職人として独り立ちしていた。纈は、簪《かんざし》でも嚢物《ふくろもの》の留め具でも、みんなこの猪之助に拵《こしら》えてもらっている。

「ねぇ、見て見て。きれいな銀の玉なんだ。ほら、いい音がするんだよ」

纈は、幼馴染みの猪之助と亀吉の前では、気付かぬうちに子供らしい少し甘ったれた態度になる。

纈が得意げに小さな玉を見せると、

「……バカッ、こんなもん拾ってくるヤツがあるか」

と、突然、猪之助は纈の手から取り上げて、道端のドブに投げ捨てた。

「アッ！」

　繼は、びっくりして玉の飛んでいった先を探したけれど、もうどこへ行ったかわからなかった。

「なんだよぅ。すごくきれいな音がしたのに」

「馬鹿言ってンじゃねぇ。そんな格好でウロウロすんな」

　猪之助は怒ったように首に巻いていた襟巻きを繼の首にぐるぐる乱暴に巻き付けると、繼の抱えていた荷物を持ってくれた。

「そうだ、こんな格好じゃ髪結《かみゆい》さんにも行かれないから……〈百楽堂《ひゃくらくどう》〉に寄ってから住吉町に戻ろうかな」

　繼は猪之助の後ろにくっついて歩き始めている。猪之助はふだんは無口な男なのだが、繼と一緒に歩きながら火事場の話題になると急に饒舌《じょうぜつ》になった。


　繼は、住吉町の富士屋からほど近い、大伝馬《おおでん》町《まちょう》のはずれにある実家の百楽堂に寄ると、早起きの番頭の藤七《とうしち》に戸を開けてもらい、店にあった適当な着物に着替えた。

　百楽堂は古道具屋である。見倒屋《みたおしや》と呼ばれる一切合切居抜きで買い取る古道具屋であった。価値のありそうな茶道具や仏像、骨董《こっとう》の類いというより、身の軽い江戸っ子が、旅に出たり引っ越しする前に家のものを全部売り払うためにあるような店だ。以前、繼の母の十女《とめ》が引っ張り込んだ若い男が骨董好きで、だまされていると周囲の誰の目にもあきらかだったのに、男に言われるまま始めた店であった。案の定、男とは別れたが、店はそのまま続けている。どうせ古道具屋は世間に対する表の顔で、実は、裏では十女が見知った客だけを相手に二階でひっそりと占いのご託宣を授けているのが稼業なのだ。十女の父親は石龍子《せきりゆうし》と名乗っている上方《かみがた》ではちょっと名の知れた売卜者《ばいぼくしや》と噂《うわさ》されていたから、十女の元にもお忍びで諸藩の重役連中とか、寺の坊さんなどもやってくる。意外に立派な男たちは縁起担ぎであった。

店の裏をヒョイと覗くと、目つきの悪い男が茶漬けを搔《か》っ込んでいた。岡っ引きだか、その手下の下っ引きだろう。茶碗《ちやわん》に入っているのはお茶ではなく酒で、毎朝やって来ては、ただ飯を食って、ただ酒を飲んでゆく。もちろん、何かあったときのための平素からの付き合いだ。

店の方から人声がするので藤七に聞くと、さる大藩の重役が急に故郷に帰るというので買い物に来ているという。よほどの上客とみえて、珍しく主人の十女がみずから店に出て相手をしていた。

藤七が顎で示すので、纈がそっと覗いてみると、すごい田舎訛《なま》りの侍を相手に、十女は熱心に話し込んでいる。三十をいくつか過ぎたばかりの十女は、とても纈のような年頃の娘がいるようには見えず、しかも色白の大きな瞳の、どちらかというと上方風の美人であった。

「あれは、本当の娘ではなくて養女だという話だよ」

あまりにちぐはぐな母娘《おやこ》なので、世間ではそんな噂も囁《ささや》かれていた。だいたい十女は、戀という娘がありながら、肝心の父親となる男の影がどこにも見えなかった。

十女は声をひそめて田舎侍に囁いている。

「こちらなどは如何《いかが》でございますか。珍品中の珍品で……」

こっそり店の方を覗いていた戀は、びっくりした。

十女が侍の掌《てのひら》に乗せたのは、例の銀の玉だったのである。もう一つ同じような金色の玉まで一緒に、二つの金銀の玉が侍のいかつい手の上で転がった。

「このように……えもいわれぬよい音がいたします」

耳を近づけて侍はその音色に聞き入っている。

「これは、こうして揺すってよい音色を耳にしながらお経を唱えますと、さながら極楽浄土にいるような心地になるんでございますよ」

……なんと、そういう玉だったのか。

どうやら、戀が拾ったのは、この玉の片割れだったらしい。一つでもよい音色だったが、二つの玉になると共鳴してまた不思議な音になった。

「お戀ちゃん、おまえさんこれ、どうしたんだい」

番頭の藤七に声を掛けられて、戀は、現実に引き戻された。

「そう、それそれ。道佐のお絹ちゃんにバッタリ会って……」

戀は、ことの次第を藤七に語った。

お絹の実家は道具屋佐兵衛《さへえ》……屋号を道佐というお大名にもお出入りしているような立派な茶道具屋である。

見栄《みえ》っ張《ば》りの塊のような戀の母親の十女は、幼いときから戀に諸芸を仕込んで、伝手《つて》を頼って大名家に行儀見習いに上げようと躍起になっていた時期があった。

だが、実際に大名家の秋田の佐竹様に奉公に上がったのは、戀ではなくて、同じ町内で同じ師匠についていた道佐のお絹だった。

お絹は、町内でも評判の美しい娘だったのが……奉公に上がってますますその物腰は上品になり、宿下がりで久しぶりに戻って来たときなどは、神々しいばかりのその美しさに親の方が恐縮するほどで、町内の評判になったものであった。

「おまえも、もう少し器量がよかったらねぇ」

そのお絹の姿を見て十女はよほど悔しかったらしくて、ことあるごとにお絹の話を持ち出すのを、戀はいつも辟易《へきえき》しながら聞いていた。

子供の頃、戀は踊りの稽古に行くと、自分の稽古が終わったあとも居残って、お絹たち朋輩《ほうばい》の稽古を後ろの方でずっと眺めていたものだ。長唄の稽古の日も、廊下でずっと聴いていた。戀とお絹はどこでも一緒だったけれど、どこでも戀は稽古熱心で師匠から一目《いちもく》置かれ、お絹はその愛くるしい姿で可愛がられた。そしていつも、「いい子ぶっちゃって、なにさ」と、戀はお絹たちから憎まれていた。戀は何を言われても平気だ。周囲の者に溺愛されている傲慢な娘に言い返したところでむなしいだけだ、と戀はわかってしまっている。だが、そんな繊の態度がお絹はますます気にくわなかったらしい。ある日、繊は稽古の帰りに人影の途絶えた小路で若い男たち数人に待ち伏せされて、連れ込まれた空き地で犯された。そのうちの一人の顔に見覚えがあった。道佐の丁稚《でっち》の一人だったのだ。

屈強の男が数人束になってかかってきても、少しは古武術の心得のある繊は、いつものことなら逃げおおせられるはずだった。もともと喧嘩は得意なのだ。なのに、その時はなされるがままだった。

いつかは通る道なんだから。

組み伏せられた男の体の隙間から見上げた空が青かった。

もうこれで、あたいは傷物だ。もう親の望むようなものにはなれない……いや、ならなくてもよくなるかもしれない……。

自分の体を痛めつけることは、自分の体に期待をかける親に対する最大の復讐《ふくしゅう》であるような気がした。そう、それからだ。繊が陰で男と遊ぶようになったのは。

結局、繊は母の望むような屋敷奉公もできず、さりとて片親でもあることから、いっそのことゆくゆくは芸者に出すのがよかろう、と周囲の人々の勧めもあって、十女とは古くから付き合いのある芳町《よしちょう》という花街の富士屋に仕込みとして抱えられたのである。置屋の子ならばともかく、生まれたところに近い土地から芸者に出すより脇の花柳界から出した方がいい、と意見する人もあったが、小雪は「この子は、たぶんどんなにつらくても、家に逃げ帰ったりしませんから」と言い張って引き取ってくれた。

「こんな色の黒い愛想も小想もないような娘が半玉になんかなれるかねぇ」

と、はじめは十女は渋ったが、

「まぁ、一生お酌でいるわけでもなし、いつかは肩揚げは取れるんだから、一本になったら芸もしっかりしているしいい芸者になるかもしれないよ」

実は小雪は、踊りの師匠のところで、他人の稽古まで熱心に見ている繼の姿を小さいときから見知っていたのである。

「稽古が好きなんじゃない。うちに帰りたくないだけだったんだろう?」

小雪にそう言われたとき、繼は自分でも気付いていなかった本心を言い当てられたような気がして、なぜだか一瞬涙ぐみそうになった。

「器量のいいの悪いのといっても、二十歳《はたち》過ぎればどれも同じようなものだよ。かえって芸がないのに観貌《かんぼ》やつした年増になる方がよっぽどみじめなもんだからね」

色が白いばかりで、あまり派手な顔つきでもない小雪は、噛《か》んで含めるように繼を諭した。

「まったく、あんたのおっ母さんは人魚の肉でも食っているんじゃないかと思うくらい、いつまでも若くて気味《きび》が悪いよ」

仲がいいと言いながら、小雪と十女は、いつもお互いの悪口を言い合っている。

たしかに十女は小雪と同じ年頃のはずなのに、十は若く見えた。繼が老けて見えるから、初めて会う人には姉妹だと思われることが多く、それが十女の自慢でもあった。

いつまでも母親が年を取らない分だけ、娘の方は早く大人にならなければいけない。繼は、甘やかな娘時代を全部、母親に吸い取られてしまったような気がしていた。

それにしても、娘であることを謳歌《おうか》して、耀《かがや》くばかりだったお絹が……。

今朝《けさ》のあの様子は、いったいどうしたことだったのだろうか。

「道佐のお嬢様のものとわかっている以上、まずは、しばらくはお預かりして様子をみましょうかね」

「うん……」

鏡入れにしても、煙草《たばこ》入れにしても、匂い袋と印籠の女持ちの二つ下げなど、たいへんな細工のものばかりである。道佐の主人は娘のために贅《ぜい》を凝らしたものを誂《あつら》えてやったのだろう。

実は、藤七はもともとスリだった男である。今はすっかり足を洗って堅気になっているが、もともと目が利く。繼も子供の頃から古いものに囲まれて育った上に、猪之助のような錺職の幼馴染みがいるから、藤七より目利きは上だった。

「番頭《ばんツ》さん、この紙入れは……素人《しろうと》が作ったもんじゃないかしら」

繼は、お絹に「あげる」と言われて渡された紙入れを藤七に見せた。

「これは嚢物屋で作ったもんじゃございませんね。なんか、この紙入れだけが素人の作りっていうのが、おかしなもんでございますなぁ」

これだけ持ち物に凝っている者が、紙入れだけ妙に素朴な素人っぽい作りなのが繼は引っかかった。香を焚《た》きしめてあるのか、何かいい匂いがする。中身を確かめてみると、鼻紙と楊枝《ようじ》、そして智楽院《ちらくいん》という寺のお札が入っていた。

「おかしいな……」

お絹は鴇という鳥が付いていると言っていたが、それらしきものはどこにも見当たらなかった。戀は首を傾《かし》げながら紙入れだけを懐にねじ込むと、そっと家を出た。母親に会ったところで、小言と愚痴を聞かされるだけだ。

母親の自慢の娘になれなかったという後ろめたさが、いつも戀の心にくすぶっている。でも、何をしても、どれほどがんばってみても……あの母親を満足させることはできないような気もするのだった。

家を出て、すぐ近所の寳田恵比寿《たからだえびす》神社の裏にある頭《かしら》の家を覗くと、井戸のところで、亀吉がザブザブと顔を洗っていた。

「亀吉！」

垣根の向こうから戀が声を掛けると、振り返った亀吉の顔は、殴られたのか腫れ上がって、片目は開かず口の端は切れて……たいへんなご面相になっている。

「派手にやらかしたねぇ」

亀吉は、頭の本当の子ではない。貰《もら》いッ子なのだ。大伝馬町の頭は、女房の兄が子だくさんだったことから亀吉が三つの時にもらい受けて、ゆくゆくは一人娘と添わせる心づもりだったらしい。ところがその恋女房と一粒種の娘が相次いで亡くなってしまい、今は女房の甥《おい》である亀吉を実の子のように養っている。とはいえ、今年十六になる亀吉は、平鳶とはいえだいぶ役にも立つようになって、今では火事場はもちろん、町内中を飛び回っていた。

若い者にとっての火事場は喧嘩場だ。消火に行くより喧嘩に行くようなものなのだ。

「まぁ、いつものことよ。お戀ちゃん、珍しいな」

「亀吉、少し背が伸びた？」

亀吉はやって来て、戀と並んで背の高さを比べてみた。

まだ、戀の方が少し高い。

「……まだ、あたいの方が上だ」

戀は、ちょっとうれしくなって自慢げに言った。

「へん、もうすぐ追い抜くサ」

負けず嫌いの亀吉は、子供の頃からずっとそう言い続けている。

「火事場からの帰り道に、きれいな玉拾っちゃった。なんかね、お経を唱えるときに片手の掌で転がすんだって。すごくいい音がするの」

「へぇ……法華《ほっけ》の太鼓みてぇなもんかな」

「太鼓みたいにやかましくないんだよ」

亀吉の家は、江戸っ子のたいていがそうであるように熱心な法華の信者だから、昔から朝は唱題の大音声《だいおんじょう》である。近隣の人々はそれで夜が明けたことを知るくらいだ。

「そんなのどこで売ってンのかなぁ」

「仏具屋じゃないの？」

今、うちにも桐《きり》の箱に入ったのが売ってるけど、と言おうかと思ったが……きっと、もうあの玉は、田舎侍に買われてしまっていることだろう。


結局、朝飯を食べはぐってしまった縊は、髪結いに行く前にいったん住吉町の富士屋へ戻ることにした。

富士屋の戸口を開けて、呑気《のんき》に「ただいま」と声をかけて入ろうとしたところで、仕込みのお文とばったり出くわしたとたんに、お文は声にならない悲鳴を上げて飛び退《しさ》った。

「……どうしたの？」

縊がキョトンとして尋ねると、お文は真《ま》っ青《さお》になって二階へ駆け上がってゆく。

どうしたんだろうと足を拭いて上がったところで、二階から小雪と、内箱《うちばこ》のお千加《ちか》と、そしてそのお千加にかじりつくようにしてお文が降りてきた。

「……生きてたのかい？」

「えっ？」

何が何だかわからなくて縊がぼんやりしていると、小雪たちも呆然《ぼうぜん》と縊を見つめている。

「どういうこと？」

戀が火事見物に夢中になって明け方まで帰らないことはよくあることだったから、今朝も富士屋の女たちは気にもとめていなかった。

ところが、朝の豆腐を買いにお文が出かけてゆくと大川《おおかわ》端に人だかりができている。身投げの土左衛門《どざえもん》が川から上がったという。ヒョイと好奇心から筵《むしろ》にくるまれた死体を見たお文は驚愕《きょうがく》した。筵から見えた着物に見覚えがあった。そこに、橋の上に残されていたという下駄を持ってやって来た者がいて、聞いてみると、赤いツボの二石《にこく》の鼻緒の下駄だという。戀は、いつも下駄の鼻緒をすげるときは、ツボは赤で、長いこと履いていても痛くないように鼻緒は二本と決めていたので、お文はますます動悸《どうき》が激しくなった。

「あのぅ……亡骸《なきがら》の着物の衿《えり》のところに一文銭が何枚か縫い付けられてないでしょうか？」

お文はドキドキしながら役人に尋ねた。戀は、火事場で何かあったときのために小銭をいつも衿裏に縫い付けていることをお文は知っていた。

もちろん死体の着物には銭が縫い付けられていたから、お文は顔も改めず一目散に駆け戻ってきたところだったという。

「もしかして、それ……お絹ちゃんだよ」

戀は、ゾッとして立ち尽くした。

「これからまず百楽堂に人をやって、あたしたちは番所に出かけようとお千加さんと話していたところだったんだよ、まったくおまえって子は、人騒がせな……」

小雪は、手にした煙管《きせる》で戀の頭をコツンと叩《たた》いた。

「ま、まぁ、ようございましたよ。生きていなさって……」

お千加がそう取りなしたものの、富士屋の女たちは、みんな思わずへなへなと長火鉢の前にへたり込んでしまった。

「お茶でも飲もうかね」

小雪は長火鉢の前に座ると大きく息をついた。

お千加は、もう五十過ぎの突込《つっこみ》髪の老婆であるが、シャンとしていて万事富士屋の奥を取り仕切っている。昔のことは何も語らないが、身寄りもなく、もともとは何か色街の出であるらしかった。苦労人だけに、若い女将と抱えの間に入っていつも上手《うま》くまとめてくれている。

「……お絹ちゃんが、身投げするなんて」

繼は、お千加が手際よく用意してくれた湯漬けをポソポソと啜《すす》った。なんだか何の味もしないような気がした。

繼は、気持ちがくさくさしてしまったので、髪結いに行く前に裏の〈天狗湯《てんぐゆ》〉に出かけて行った。それでも湯に浸《つ》かっていると思い浮かぶのは明け方のお絹の姿ばかりだ。

あれほど実家にも周囲の誰からも愛されていた娘が、なぜ親に助けを求めることなく、一人で死んでいったのか不思議でならなかった。

あるいは……親の過剰な期待を知っているだけに、お絹は帰るに帰れなかったのだろうか。

　繼は、いつも母親がうらやんでいるお絹のことが本当は妬ましかった。自分にないものを全部、当たり前のように持っている娘。可愛らしくて、誰にでも愛されて、そして傲慢な娘。

　……でも、死ねばいいのになんて思ったことなんか、ない。

　いつも気にしないようにしていた。同じところに立ってしまったら苦しくなることはわかっていたから、繼の中ではお絹は〈ない〉ことにしていた。それが、最後の最後にこんなふうに強烈にいなくなってしまうなんて。

　あの時、無理ずくでも引き止めれば、お絹は死ななかっただろうか。

　でも、呼び止めて振り返ったとき、お絹はもう全部独り決めして、他のことは全部拒絶するような眼差しだった。

「はかないもんだなぁ……」

　繼は、ザブリと湯船に深く浸かった。

　いつかは、みんな死んでしまうんだ。呆気《あっけ》なく……。

　くよくよしたって始まらない。短い命ならば、なおさら思い悩んでいるなんて、もったいない……そんなことを自分に言い聞かせながら体を拭いていると、男湯の方から木遣りが低く聞こえてきた。誰もいないのをいいことに稽古しているのだろう。伸びのあるいい声は、亀吉に違いなかった。亀吉は木遣り師になるのだと、喧嘩しているとき以外は熱心に稽古に励んでいる。

繼は湯屋から戻ると髪を結って、それから念入りに化粧して、そしてお千加に着付けをして貰った。すでに町内では、評判娘の身投げ騒動の話で持ちきりらしい。

岸に引き上げられたお絹の死体は、よく見ると、はっきりと……腹が大きくなっていたというのである。

「哀れな話ですねぇ」

着付けをしながら、いろいろ聞き込んできたお千加はため息をついた。

たいていの置屋は検番にいる箱屋を使うものだが、こうした〈外箱〉はともすると芸者より料理屋の都合を優先したり、いろいろな男女の裏のことをどこからか漏らしたりするので、富士屋では〈内箱〉という専属の箱屋を雇っていた。というより、家のことをやっている女中が箱屋も兼ねているというだけのことであったが。それでも、男の箱屋はなにかと押し出しもきき便利なものだが、一つ間違えると男女のことだけに面倒になるのに対して、女の箱屋は、だいたいが苦労人だから、かえって安心して任せられると言われていた。

こうした事件があると、妙にみんなそわそわして、今日は早く支度ができてしまった。

繼は、座敷着のまま所在なげに支度部屋に座り込んだ。

「なんだろう……この匂い」

部屋に漂うそこはかとない匂いの元が、お絹の紙入れだということに気付いた繼は、手に取って匂いを嗅いでみた。お香を焚きしめた匂いではない。この紙入れ自体が強烈な匂いを発散している。だが、どこにも香木などは見当たらないのだ。

「……あれ？」

何の変哲もない紙入れだと思っていたのが、背中の部分に指を掛けると、中から一部分が引き出せた。ここに、隠し物入れがあって、そこに香木でも入れていたのかと、引っ張り出してみると、なにやら鳥の形が折りたたまれていた。

「あっ、これがもしかして……」

そういえば、昔、嚢物屋から〈御細工物《おさいくもの》〉の紙入れというものが世の中にはあると聞いたことがある。実物がどういうものか誰も見たことがなかったが、それは、見た目は普通の紙入れなのに、中を引き出し展開していくと、見事な船の形になる。嚢物屋が作るようなものではない。手先が器用で、閑《ひま》を持てあましている御殿《ごてん》女中たちが手慰みで作るようなものだという。

鳥の頭の部分は船首となり、もう一方は船尾となる。蛇腹を開いていけば船の一階から……さらには、二階部分、屋根にはぼんぼりがともり、御簾《みす》の向こうには影絵のように踊る人々の姿が映っていた。この御簾の中に香木が入っていたのだ。

この船首についている黒い鳥が〈鷁〉なのだろう。

紙入れが、いつの間にか形を変えて御座船《ござぶね》になっていた。畳の上に置かれた船は波を蹴立てて鷁が走って行くようにも見えた。

すると、その時。

戀は、突然の吐き気にめまいがした。

帯が苦しいのかと手を胸元に入れてみるのだが、帯はいつもと変わりなくゆったりと締められている。急に胸がむかむかして、冷や汗が出てきて、戀は思わずその場に突っ伏した。

「お千加さん、お千加さーん」

「どうしたんです?」

「なんか苦しい。吐きたいのに……吐けないの。ちょっと今日は、お座敷は行かれないかも」

「ええ?」

お千加はあわてて検番にすっ飛んで行ってくれた。

おかしい、いったいなぜ……と、戀は突っ伏しながらふと横を見ると、思いがけなく大きく鴟が……こちらを見ていた。

「もしかしたら……」

原因は、この紙入れから出現した船の鴟だろうか。封印を解いてしまったことで……。

そんな馬鹿なことが、と煩悶《はんもん》しているうちに、お千加が下駄の音を鳴らして戻って来た。

「今日の〈和可浦《わかうら》〉さんのお座敷は、お医者さまの寿庵《じゅあん》先生なんだそうですよ、具合が悪いなら、ちょうどいいから診《み》てもらったら、って」

和可浦は、同じ住吉町にある料理屋である。

「お千加さん……」

戀は、しゃべるのも物憂くて、喘《あえ》ぎ喘ぎ答えた。

「あのお客は、医者じゃないよ。坊主だよ」

花街の大顧客は坊さんである。立場があるので、たいていは坊主と名乗らず同じ坊主頭の医者ということになっている。それが、その寿庵と名乗る医者は、立派な眉と大きな凛《りん》と張りのある眼差しで、まるで団十郎《だんじゆうろう》のような美しい坊さんなのだった。芸者たちの間では〈ナリタ屋〉などと渾名《あだな》されている。古株の女中の噂だと、この〈ナリタ屋〉、本当に昔は上方で役者をしていたのが故あって人を殺《あや》め、逐電して江戸で智楽院という寺に匿《かくま》ってもらううちに、いつの間にか坊さんになったものという。智楽院は子授けで名の知れた寺だから、あちこちの大名家の奥向きもせっせと日参しているということだったが、内実は、このきれいな坊さんを拝むためだというのがもっぱらの噂であった。

その〈ナリタ屋〉の坊さんが、なぜかこのごろ戀にご執心で、ことあるごとに呼んでくれる。

「……そういえば、〈ナリタ屋〉って、たしか智楽院……」

戀は、よろけながらもむっくりと起き上がった。

「こんばんは。ありがとう」

座敷に入ると、戀は型どおりに頭を下げた。〈ナリタ屋〉が、一人待ちかねたように炬《こ》燵《たつ》に入っていた。

「……え？」

ふつうは半玉だけが座敷に呼ばれることはない。それが今日は芸者の姿が見えなかった。

「どうした、気分がすぐれぬのか」

「ええ……あの、なんだかいい匂いが」

漂っている香りが……男の着物に焚きしめられた匂いが、あの紙入れのものと同じような気がした。あるいは、紙入れの鷸に幻惑されて、まだ鼻先にその匂いが残っているのだろうか。

「まぁ、こっちにおいで」

〈ナリタ屋〉は、炬燵の蒲団《ふとん》をめくって戀を呼び寄せた。

戀は、仕方なくそっと男の炬燵に滑り込む。

「なんだか吐いてしまいそう」

戀は炬燵に突っ伏した。芸者《おねえさん》が来る前に、紙入れに入っていた智楽院の御札と、この匂いについて聞かなくては……と思いながらも頭が上がらない。

戀は、炬燵に手足を入れて暖まっているうちに、ふっと目を閉じた。

「せっかくいい物を持ってきたのになぁ。ほら、手を出してみな」

言われるままに戀が炬燵から手を出すと、男は懐から取り出した金と銀の玉を転がした。

「あっ、これ……」

戀は、ぼんやりしながらも、ちょっとうれしくなって、二つの玉を手の上で転がして鳴らした。

「まーかーはんにゃーはーらーみったー……」

戀は小さく口の中でお経を呟いてみたら、胸のつかえも少しはスッとするような気がしてきた。

「おいおい……」

いきなり掌の玉を取り上げられたので、戀は目を開けた。

「何やってんだ。これは、ここに入れるもんだぜ」

「えっ？」

ハッとして、戀は慌てて炬燵の中に手を入れて、男のその手を押しとどめようとしたけれど、すでに遅かった。炬燵の中の着物の裾をまさぐられて、やわやわと男の左手が体の奥に触れている。

「そんな……こんな小さなの入れたら、取れなくなるんじゃ……」

ゆらゆらと揺れる頭で戀は、最初に拾った玉のことを思い出していた。あれは、もしかしたら……。

「ははは、取り出すときは、四《よ》つん這《ば》いにして尻を叩くと転がり出てくるとか言うぜ」

〈ナリタ屋〉は、急に伝法な言い方をして耳元で囁いた。

「何もしらねぇんだな。本当は、こんなところに入れるんじゃねぇのさ……」

「あっ……」

男はもう片方の手で一つの玉を手にすると、戀の耳の中に押し込んだ。

耳の中で……そして頭の中全体に、幻惑するようないい音が反響する。

「あ……」

心地よさに力が抜けた。男は自由に戀の体の中にもう一方の指を入れてくる。

「だめ……」

「動くなよ。ほら、動くと玉が落っこちるぜ」

戀は一瞬、陶然としてしまった。

「どうだ、小夏。そろそろ芸者になるためには先立つものが必要だろう。おれが力になってやってもいいんだぜ」

「……ああ」

「おめぇ……男を知ってるな」

「えっ？」

と、次の瞬間、ポロッと耳から玉が落ちて、「あっ」と、戀が拾おうと身をよじると、胸元から例のお絹の紙入れがドサリと落ちた。

「ああ、そうだ」

戀は、夢から覚めたように男の手を振り払い炬燵から這い出て、玉と紙入れを取り上げた。

男は指先の匂いを嗅いでニヤニヤしている。

「おまえみたいな色黒の引き締まった肌の女は、やっぱりあすこの具合がいいようだ」

「……いけすかない」

そんなこと褒められても、うれしがっていいのかどうかわからなかった。

「小夏よぅ……」

男は馴《な》れ馴れしい口ぶりになった。

「今度、おっ母さまに取りなしてくれねぇか」

「……え？」

戀は、男のきれいな横顔をまじまじと見詰めた。

そういうことだったのか。

男が座敷に呼んでくれた理由がやっとわかったような気がした。襟替え旦那になってやるという、その裏には、なにかと顔がきく母の十女が目的だったのか……。戀の中で急に気持ちがしぼんでゆく。

「ねぇ、それよりこんな不思議なものを手に入れたんですけど……」

と、戀が例の紙入れを見せると、男は大きな目を瞠《みは》って表情を硬くした。

「どうして、これを……」

戀は答えずに、手際よく紙入れを展開させて、船の形にすると、鷁首《げきしゅ》を男の方に向けて置いた。

「さっき、この紙入れがお細工物だったことに気付いて、こうしてこさえて……それで出来上がったこの鳥の目を見ていたら、急にむかむか気持ち悪くなっちゃって……お絹ちゃんの霊が付いているんでしょうか」

「えっ？」

男は恐ろしいほど青ざめて、戀を見詰めている。

……やっぱりこの男。

「今日の朝、お絹ちゃんは大川で土左衛門になってあがったそうです。なんでも、孕《はら》んでいたそうで……」

〈ナリタ屋〉は、いきなり懐から念持仏を取り出すと、大声で経文を唱えはじめた。

「おーい、場所をわきまえろ、辛気くせえぞ！」と、隣の部屋から怒鳴る声が響いてきたが取り憑《つ》かれたようにお経を続けている。みると、この寒い最中に額には汗を浮かべていた。

戀も一緒になって手を合わせて祈った。不思議なことに次第に胸のつかえが消えてゆくようだった。

「ああ、お加持していただいたら、すーっとしました。やっぱり鴿は飛んでいくんですね。心の内を伝えようと……これで、お絹ちゃんの霊も安らかになります」

「やめろ！」

〈ナリタ屋〉は、突然立ち上がると、「帰る」と言い捨てて、逃げるようにそそくさと出て行ってしまった。

一人ポツンと戀は部屋に残されている。ふと見ると、畳の上には金と銀の玉が転がっていた。戀は、もう一度、耳に入れてみようかと耳元まで持って行ったけれど、考え直して、そのまま掌で転がしてみた。

もしかしたら、お絹ちゃんは本当にこの玉を体の中に……。

しゃがんだときに、あれは体の奥から出たものだったのかもしれない。

……こんなものを体の中に入れるなんて。

戀は自分が誰よりも早く大人になったとばかり思っていたけれど、ひらひらと金魚のような可憐《かれん》な娘の方が、実は思いも及ばない世界に踏み込んでいたことを知ってしまったのが衝撃だった。

いつの間にか、あの紙入れから漂う強烈な匂いは消えている。

考えてみれば、鴇に導かれるようにこの紙入れは今ここにあるような気がした。

戀は、丁寧に組み立てられた鴇首の船を丁寧に畳んでいった。

……あたいに鴇の力があったら、男なんかに向かわずに、世の中をスイスイ波を蹴立てて渡っていくよ。

船を元の紙入れの形に戻して懐にしまったとき、戀は決まりが付いたように、ふいにそんなことを思った。

でも、どこへ向かって飛んでゆけばいいのだろう。

女はつまらない、と思う。男たちは将来に向かって錺職だったり仕事師だったり、着々と毎日を積み上げていっているのに、戀はわずか一年先のことも、半年先がどうなっているのかさえ想像もつかなかった。

富士屋に戻る道すがら空を見上げると、月が冴《さ》え冴《ざ》えと輝いている。

向こうから、「火の用心、さっしゃりましょう」と、どこかもの悲しいような静かない い声が響いてきて、よく見ると、ちりん棒を引きずりシャンと涼しい音をたてながら夜廻《よまわ》りしているのは亀吉だった。亀吉は本当にいい声だ。

「亀吉」

と、呼び止めて、戀は紙入れに入れてあった金銀の玉を亀吉に渡した。

「例のお経を唱えるときの玉」

「へぇ……あっ、ほんとだ。いい音だなぁ」

江戸の夜は静かだ。立ち止まった二人の間で、玉の音は闇によく響いた。

「……亀吉にやるよ」

戀はそう言い捨てて、スタスタそのまま道を急いだ。

翌日、百楽堂に出入りしている鉄次《てつじ》という四十がらみの男が富士屋にやってきて、番頭の藤七に頼まれて調べてきたと、道佐のお絹の話をしてくれた。この男は、果師《はたし》と呼ばれている。あちこちの好事家やら道具屋に出入りして、誰も見向きもしないようなゴミの山から思いもかけないものを見つけてくるのが商売であった。

道具屋仲間に佐竹様に出入りしている者があり、そこからの話では、お絹は御台所《みだいどころ》様の代参でよく智楽院に詣でているうちに寺の者と通じて、駆け落ちしたのではないかというのがもっぱらの噂だという。

「ああいう女ばっかりのところに閉じ込められていると、男とみれば相手がたとえ坊さんでものぼせ上がったんだろうよ」

佐竹様には、まだお絹が死んだことは知れていないようだった。戀は黙って聞いていた。せめて駆け落ちでもしたことにしておかないとお絹の霊が浮かばれないような気がした。

「お戀坊よ……奉公している頃は、辛抱のし通しで、いつまで続くのかとキリがねぇように思えるもんだが、なぁに、あとから思えば長《なげ》え一生のほんのちっとの間なのサ」

「そうかな」

戀は、その辛抱のまっただ中だからよくわからない。いつかきっと、このつらい気持ちから抜け出せる、とぼんやりとはわかっていても、お絹も、先が見えなくて不安で、やがて毎日のことに心が擦り切れてしまったのかもしれない。屋敷奉公などせずに町の評判の小町娘のままでいたならば、良縁に恵まれ平凡でまっとうな一生を送れたのかもしれないのに。

女ばかりの息苦しいような世界は、芸者も同じだ。でも、芸者には男という……敵か味方かわからないけれど、とにかく相手がいる。それが意外なことに、女たちを気持ちの上で真《ま》っ直《す》ぐにしているようにも思われた。

繼は、ふっと懐に入れたお絹の紙入れに触れた。この鶺は、繼をどこへ連れて行ってくれるのだろう。

その翌日、繼が湯屋に行く前、三味線《しゃみせん》の稽古をしていると、いきなり往来から生け垣を踏み越えて、そのまま富士屋の小さな庭を突っ切り、縁側から戸を開けて……亀吉が入ってきた。

「三味線、やめろ!」

繼の前に真っ赤《まか》になって突っ立って怒鳴っている。どうやら怒っているらしい。繼が無視して弾き続けていると、もう一度、「三味線、やめろ」と亀吉は大声でわめいた。まるで子供だ。繼は、ピタリと三味線をやめて、「なんだよ」と、わざとしれっと聞いた。

「こんなもの……!」

と、亀吉が投げつけたのは例の金銀の玉だった。

「いらねぇや!」

亀吉は真っ赤になって、そう言い捨てると飛びだして行った。

繼は、三味線を置いて、下駄を突っかけて亀吉を追いかけた。くすくす笑っている。

「待ってよ、ねぇ……」

追いついて声を掛けると、「……おちょくりやがって」と、亀吉は、振り向きざまに怒鳴った。

「子供扱いしやがって……」

よほど悔しかったのか、亀吉は赤くなって半泣きになっていた。

亀吉は今朝、貰った玉を手の上に転がしながら得意になってお経を上げたところを養父である頭に見つかって、こっぴどく叱られたらしい。

「あたいに貰った、って言ったの？」

「……言うもんか」

亀吉は唇を嚙みしめている。いい奴《やつ》なのだ。

「お繼ちゃん、知ってたのか？　あれ……」

「うん……」

繼がこっくり頷《うなず》くと、チェッと亀吉はくさって舌打ちした。

「りんの玉とか言うんだってな」

「へぇ、りんの玉ねぇ。やっぱり仏具みたいな名前だね」

「なんだ、お繼ちゃん、知らなかったのか」

「名前は知らなかった」

「あれさ……猪之助もよく作ってるんだって」

「えっ？」

亀吉は、頭に叱られて悄気《しょげ》てそのまま、裏の長屋の猪之助のところに行ったらしい。

「錺屋って、そんなのも作ってんの？」

「裏でそういうの作って稼いでるんだってさ。道理で猪之の野郎、羽振りがいいわけさ」

どうしても信じられなかった亀吉は、猪之助にもしつこく使い方を聞いて、やっぱり女の秘所に入れると教えられて、妙に打ちひしがれたらしい。

「猪之助に作ってる中途のも見してもらったけど、あれ、桃太郎の桃みたいにパカッと半分に割るとサ、あの玉の中には櫛《くし》みたいなものがあって、そこに小さな粒の玉が転がるから、あの不思議ないい音が出るってんだ」

亀吉は熱心に教えてくれたが、戀にはいまひとつよくわからなかった。

「どうしてあんなもん考えつくのかねぇ」

「いくらいい音だって、女の体の中に入っちまったら……音なんて聞こえるもんかな？」

亀吉は真顔で首を傾げている。

「いやだなぁ、亀吉って、なんでも真に受けて……ほんとに入れるわけないじゃん、ばーか」

戀は、亀吉の純情ぶりがなんだかうれしくなって笑った。

「じゃ、何に使うんだよ」

「それはね……」

と言いかけて、戀は口をつぐんだ。

「教えてやンない。誰かに聞いたら？」

戀は、からかうように言って笑った。そんじょそこらの人に聞いても、わからないだろう。こんなものを知っているのは、男女の危ない橋を渡ってしまうような閑な人だけだ。その世界を覗いてみたいような、みたくないような、戀自身もよくわからない。

「いっそ、亀吉の馬鹿さ加減がうらやましいよ」

思わず戀は、ポツリと呟いた。

「ちぇっ、馬鹿にしてらぁ……でもよ、この間、聞いたんだけど、どこぞのお大名屋敷の井戸さらいしたら……井戸の底からヘノコがいっぱい出てきたんだってサ」

「なに、それ？　なんだか……」

「笑えねぇか？」

亀吉はくすぐったそうに笑っている。

処分に困った男根を型取った張型は、たいてい井戸に捨てられるものらしく、どの大名屋敷でも井戸をさらえばさまざまな張型が出てくるという。

戀は笑えなかった。

「……こわくない？」

捨て場がなくて井戸に投げられたモノと一緒に、やりどころのない女たちの情念も、どんよりと井戸の底には沈んでいるような気がした。

「御殿女中っていやぁ、お上品な御姫様《おしめさま》みてぇなもんだと思っていたのになぁ」

亀吉はそう言ってため息をついた。たしかに、おとなしそうな人の方が意外な闇を抱えていたりするものだ。

あのお坊さんと秘め事の続きをしてみたかったような気もしたが、多分もう二度とあの男は来ないだろう。

「さぁて、あたいはお湯屋さんに行って、支度しなくっちゃ。なんか風が出てきたね」

繧は、夕暮れに黒く浮かんだ筑波《つくば》の小さな山影を見ながら呟いた。

「ああ、いやに吹きやがるぜ」

亀吉は、もうすっかりさっきまで怒っていたことなんか忘れたみたいに、じゃぁな、と意気がって帰って行った。このごろズンと伸びたその背中を見送っていた繧は踵を返そうとして大きなクシャミをした。

「ちぇっ……糞食らえ」

いつもの癖でそう小さく呟きながら、繧は雲の流れる茜《あかね》がかってきた空を見上げた。

今晩あたり、またジャンと来るかもしれない。

（「オール讀物」二〇二〇年一月号）

媚珠

夢枕　獏

【作者のことば】

「媚珠」は、安倍晴明《あべのせいめい》ではなく、晴明のライバルである蘆屋道満《あしやどうまん》が活躍する話です。ぼくはこの道満のことが好きで、「陰陽師《おんみようじ》」シリーズの中でも、度々、道満を単独出演というかたちで登場させています。これはそういう一編です。どうぞお楽しみください。

夢枕　獏（ゆめまくら・ばく）　昭和二十六年　神奈川県生

『上弦の月を喰べる獅子』にて第十回日本SF大賞受賞、第二十一回星雲賞日本長編部門受賞

『上段の突きを喰らう猪獅子』にて第二十二回星雲賞日本短編部門受賞

『神々の山嶺《いただき》』にて第十一回柴田錬三郎賞受賞

『大江戸釣客伝』にて第三十九回泉鏡花文学賞、第五回舟橋聖一文学賞、第四十六回吉川英治文学賞受賞

『ちいさなおおきなき』（山村浩二画）にて第六十五回小学館児童出版文化賞受賞

第六十五回菊池寛賞受賞

紫綬褒章受章

近著――『白鯨　MOBY-DICK』（KADOKAWA）

一

一筆《ひとふで》の白全《はくぜん》は、妻が自慢だった。

器量も気立てもいい。

家のことはきちんとやってくれるし、大原《おおはら》にある寺に、仕事で絵を描きに出かけて、十日ほど留守にしても、帰ってきた時には、居た時以上に家の中がよくかたづき、綺麗《きれい》になっている。

家は、五条《ごじょう》の、朱雀大路《すざくおおじ》より少し西に行ったところにあった。

白全、もともとは上京《かみぎょう》のある寺の絵仏師だったのだが、女のことでしくじって、寺を出ることになってしまった。住むところがなかったので、五条に壊れかけた空き家を見つけ、そこに勝手に住むようになったのだ。

腕はよかったので、昔の知り合いをたよりに、あちこちの寺や屋敷で絵を描くという仕事にはなんとかありつけたので、その合い間に家のあちこちを修理しているうちに、雨漏りもしなくなり、なんとなく家がましいものになって、垣なども作り、井戸も掘ったりしたのである。

歳《とし》は三十八。

絵は、筆一本、墨一色で描く。

想が決まれば、手は早い。

筆に墨を含ませて、ひと息に描く。

それで、一筆の白全と呼ばれるようになったのである。

妻の、しらをとは、一年半ほど前に知りあった。

嵯峨野《さがの》の奥にある泉龍寺《せんりゆうじ》にいる昔なじみの僧から、絵を頼まれたのだ。

華厳経《けごんきよう》を収めるための箱を作ったのだが、その面《おもて》に毘盧遮那仏《びるしやなぶつ》の絵を描いて欲しいというのである。

さっそく出かけてゆき、二泊三日——中の一日でその絵をしあげて、三日目の昼に寺を辞した。

その帰り——

里へ下る途中の山道で、女に出会ったのである。

歳は二十ばかりで、旅装束であった。

山越えして丹波《たんば》から京へ上る途中だという。

足に怪我《けが》をしていた。

女は、

「狼《おおかみ》に襲われました」

という。

　一里ほども、狼にずっと後を尾行《つ》けられて、いよいよ里へ下りるというこの場所で、狼に襲われて、右足に嚙《か》みつかれた。

　杖《つえ》で必死で叩《たた》いても逃げない。

　このまま狼に食われてしまうかと思っていたところ、ふいに狼が逃げ出した。やれ、助かったと思っているところへ、

「あなたさまがいらしたのでござります」

　と、女は言った。

　おそらく、自分の気配を察して、狼は逃げ出したのであろうと白全は思った。

「名は？」

　と問えば、

「しらを」

　と答える。

　なんとか歩けそうであったので、手を取って、一緒に里まで下ることにした。

　しかし、このようなところを、どうして女がひとり、旅をせねばならないのか。

　道々に訊《たず》ねれば、しらをは、母娘《おやこ》で、丹波のさる屋敷に仕えていたのだが、主《あるじ》が零落して、人を雇っていられなくなり、使用人たちもばらばらになってそれぞれ里へ帰ることになったのだという。

父は、しらをが子供の頃にはかなくなって、母は母で、丹波を出る直前に、病で亡くなってしまった。

ひとりにはなってしまったが、西の京に、遠い親戚がいるので、そこをたよろうとして、丹波から京までゆく途中なのだという。

しかし、女ひとり、よくも無事でここまで来られたものだ。

京まで出て、しらをを、親戚の家があるというところまで送っていったところ、その屋敷があるはずのところは、崩れた土塀があるばかりで、建物はもう柱すらない。

途方に暮れている女に、

「よかったら、わたしのところへ来ないかね――」

そう声をかけた。

そして、そのまま、女――しらをは白全のところへ居ついてしまったというわけなのであった。

二

このしらをのことが、なんだか恐《こわ》くなったのは、いつからだろうか。

ふたりで暮らすようになって、半年くらいたった頃であったような気がする。

口を吸った時に、やけに生臭い時があったのだ。

饐《す》えたような血の臭《にお》いのようなもの。

しかし、我慢できぬというものでもなく、何よりも、しらをのことが好きであったので、そのままにした。

その翌日には、もう、臭わなくなっていたからである。

しかし、それから、ひと月に一度くらいはそういうことがあって、やがてそれが半月に一度、十日に一度になって、これはなんともおかしいと思うようになったのである。それが、暮らしはじめて一年後、つまり、半年ほど前ということになる。

口の血の臭いが、なんとも生なましく、しかも獣臭いのだ。

それが、なかなか消えない。

その程度がはなはだしいのは、どこかへ出かけて帰ってきた時だ。

さすがに気になって、

「しらをや、どうか気にしないでほしいのだが、この頃、なんだかおまえの口が血なま臭いようなのだが……」

このように訊ねた。

「まあ、何をおっしゃるの。人の口は、誰でもみんな臭うもので、女だからといって、臭わない者がいるわけではないのよ。それに、これまでわたしも我慢していたのだけれど、あなたのお口だって、実はなかなか臭っているのよ——」

そう言われてしまえば、

「いや、そうだったのかい。それは済まなかったねえ」

謝るしかない。

それが、半年前、あることが起こったのだった。

家の簀子《すのこ》の上に座して、ふたりで話をしていた時、急に、しらをが、鼻をぴくぴくさせはじめたのである。

「ああ、いる、いるねえ……」

そんなことをつぶやいている。

「いるよ、いるよ……」

しらをの鼻の穴が、大きく膨らんだり閉じたりしているのである。

「ああ、困った。困った。我慢できないよ……」

その身体《からだ》が、小刻みに震えているのである。

「しらをや、どうしたのだね。いったい何が我慢できないのだね」

白全が言うと、

「これだよ!」

いきなり、しらをがぴょんと飛びあがり、庭に跳び降りて、走り出したのである。

しかも、その走る姿と言えば、獣のような四《よ》つん這《ば》いであった。

庭の繁《しげ》みの中に、頭から突っ込んでいった。

その繁みから顔をあげた時、なんと、しらをの口には、生きた地鼠《じねずみ》が咥《くわ》えられていたのである。

地鼠は、しらをに咥えられて、あばれていた。

そして、しらをは、ばりばりとその鼠を噛んで、食ってしまったのだった。

「すみません、はしたない姿をお見せしてしまいました」

しらをは、もどってくると、恐縮したように頭を下げた。

「今のはいったい、何が起こったのだね。どういうことなのだね」

白全が問うても、

「申しわけありません。時々、このようになってしまうのです」

しらをはそのように言うばかりである。

後はどういう変りもない。

これまでと同じだ。

それで、いったんはもとのように暮らしはじめたのだが、それから、同様のことがさらに三度あって、ついに、白全は、家をとび出してしまったのである。

三

朱雀門で、日が暮れてきた。

柱の一本に背をあずけ、白全は地に尻を落として途方に暮れていた。

落ちかけた西陽《にしび》が、白全に当っている。

家を出てから三日目——

水以外、ほとんど何も口に入れていない。

どうしてよいのかわからない。

しらをのことは愛《いと》しかったが、同時におそろしかった。

あれは人ではない。

そう思っている。

化物《ばけもの》だ。

化物が、自分を憑《と》り殺そうとして、狼に襲われたなどと言って、自分に近づいてきたのだろう。

こわい。

今日の夜も、どこでどうやって過ごしたらよいのか。暗くなると、しらをが自分を捜してやって来そうな気がする。このふた晩は、だからほとんど眠っていないのだ。

昼の間、わずかにうとうととまどろんだだけである。

もう、人通りはほとんどない。

眼《め》の前には、朱雀大路が南へ伸びている。

牛車が、一台、二台、のろのろと動いているのが遠く見えるだけだ。

小さく頭を振って、眼を閉じて溜《た》め息をつく。

と――

「おこまりのようじゃな」

声がした。

眼を開けると、すぐ眼の前に、ひとりの老人が立っていた。

黒いぼろぼろの水干《すいかん》を着ている。

髪は白く、それがぼうぼうと四方へ蓬《よもぎ》のように伸びていた。その白髪の一部を、頭の後ろで、紐《ひも》で結わえている。

顔中が皺《しわ》だらけで、その皺の中に、丸い、黄色い眼があった。

「おこまりであろう」

老人は言った。

言った時、口の中に、黄色い歯が見えた。

「何故わかる？」

白全が言うと、

「たれが見てもわかる」

老人は言った。

「そうだよ、確かに、わたしはこまっている――」

白全がうなずく。

すると、老人は、

「さもあろう、さもあろう……」

嬉《うれ》しそうに、にんまりと笑った。

「ならば、このおれが、相談に乗ってやろうではないか——」

「相談？」

「このおれが、おまえを助けてしんぜよう」

「できるのか」

「できる」

「話も聞かずにか？」

「聞かずともわかる。憑《つ》きものじゃな。おまえさん、何やらよからぬものに憑かれておるな。顔の相にそう出ておる。身体中から憑きものの臭いがぷんぷんじゃ。憑きものなれば、この道満《どうまん》の仕事じゃ」

「道満？　こなたの名か？」

「蘆屋《あしや》道満じゃ。このおれに、できぬことはない」

「わたしを助けてくれると？」

「うむ」

「礼をするものがない……」

「なあに、これほどの瓶子《へいし》に、酒を一杯もらえればそれでよい。どうじゃ……」

それほどの酒ならば、ひと仕事した後なら、充分、なんとかできる。

「では、頼む。わたしはもう、自分ではどうしてよいのかわからぬのだ」

白全は、くたびれた声でそう言った。

四

まだ、陽の明りが西の空に残っている頃、白全と道満は、家に着いていた。

ふたりの気配を察したのか、しらをは白全が声をかける前に、家の中から出てきた。

「お待ちしておりましたよ」

しらをは、白全に向かってそう言った。

しかし、すぐにその後ろにいる道満に気がついて、

「あなた、こちらのお方は？」

そう訊ねたしらをの顔が、みるみるうちに表情を変えて、

「ただの人ではありませんね。まさか、あなた、この人はわたしを……」

言っているうちに、左右のその眼の端が吊《つ》りあがってゆく。

「やはり、人ではないな」

道満が言うと、しらをは背を向けて逃げようとした。

道満は、懐へ右手を入れて、一枚の紙片を取り出した。

それへ、ふっ、と息を吹きかけると、紙片は宙を飛んで、しらをの背に張りついた。

その途端に、しらをは動けなくなって、その場に倒れ込んでしまった。

その紙片には、白全には読めぬ、異国の呪《しゆ》のような文字が記されている。

道満は、倒れたしらをを見下ろし、

「ほう、なるほどなるほど……」

何やらうなずいている。

「百年か、百五十年も生きたか。それで、変化の術を覚え、人語も解するようになったかよ……」

五

すでに、西の空に残っていた明りは全て消え、空には、大きな満月がかかっていた。

しらをは、後ろ手に縄で縛られ、その縄の端は、背後の楓《かえで》の木に結ばれていた。

しらをは、土の上に横座りになって、さっきから、眼の前の地面の一点を睨《にら》んでいる。

その口からは、

「ああ、食べたい。食べたい――」

そういう声が洩《も》れ、口の両端からは、涎《よだれ》が糸を引いて垂れている。

その姿を、道満と白全が、並んで眺めている。

しらをが見つめている地面の中には、深さが一尺ほどの、壺《つぼ》が埋められていた。

口の大きさは、約二寸ほどだ。

その口が、地面とすれすれになるように、壺は埋められている。

「ああ、ひもじや、ひもじや、どうして喰《く》わせてくれぬのじゃ……」

うらめしそうな眼で、しらをは、道満と白全を見あげる。

身をかがめて、鼻を壺の口にこすりつける。

口をつけて、舌を壺の中に差し込む。

身をよじる。

「ああ、食べたい、食べたい……」

壺の中には、地鼠の屍骸《しがい》が入っている。

捕ってきたばかりで、まだ、血も固まっていない屍骸である。

しらをは、それを食べたいと言っているのである。

「ああ、もどかしや」

言っているしらをの顔が変化してきた。

鼻が、だんだんと黒くなって、前へせり出してくるのである。歯が尖《とが》って、牙が唇の間から伸びてくるのである。

眼が吊りあがって、額や頬に、ふつふつと何かが伸びてくるのである。

獣の体毛であった。

それが、満月の明りの中に見えている。

「これは⁉」

「齢《よわい》経た狐《きつね》よ」

道満が言う。

しらをの首が、完全な狐となっていた。

狐と化したしらをが、顔を伏せて、舌で壺の縁をべろべろと舐《な》める。

涎が落ちる。

尖った鼻面《はなづら》を、壺の中に差し込んで、舌を伸ばす。

それでも、鼠の屍骸には届かない。

歯が、かつん、かつん、かつんと壺の縁にあたる。

そのうちに——

かあっ、
と、しらをが、口の中から何かを吐き出した。

径が一寸ほどの、青く光る珠《たま》であった。

唾液にまみれたその珠が、ころん、と壺の中に落ちる。

「今のは⁉」

白全が問う。

「媚珠《びしゅ》というものじゃ。百年、齢経た狐の口中に宿る珠よ」

道満は、しらをに歩みより、その手を縛っていた縄を解《ほど》き、

「どこへなりと、ゆくがよい」

そう言った。

しらをは、大きく、ぴょんと後ろへ跳びすさったが、逃げずにそこにとどまった。

道満は、悠々と壺を掘り出し、中から青い珠と鼠の屍骸を取り出した。

まず、鼠の屍骸を、しらをの方へ投げてやる。

しらをは、それを宙で咥え、がつがつと貪るように食べはじめた。

「これは、よい珠じゃ」

道満は、媚珠を右手の人差し指と親指でつまみ、月光にかざしてしげしげと見つめた。

「これほどみごとなものは、めったに手には入らぬ……」

「それは、どのようなもので……」

「この珠を水につけてひと晩おけば、よき酒にかわる。その酒をたれかに飲ませれば、それが男であろうが、女であろうが、皆が皆、女が欲しゅうてたまらなくなり、男が欲しゅうてたまらなくなる。唐の皇帝も欲しがったという、ま、惚《ほ》れ薬じゃな……」

道満は、しらをの方を見やった。

そこに、今はまた人の女の姿にもどったしらをが、土の上に座している。

「逃げなんだのか？」

道満が問えば、

「なんで、逃げますものか――」

しらをはそう言った。

「なんで、おまえは、わたしを騙《だま》したのだね。わたしに近づいて、わたしを憑り殺そうとでもしたのかね」

「いいえ、いいえ」

しらをは、首を左右に振った。

「騙したのは、わたくしが狐であることを黙っていたことだけでござります。あの日、狼に襲われたことも、西の京にわたくしの身内が棲《す》んでいたというのも、皆本当のことにござります――」

「では、何故、わたしのもとに残ったのだね」

「あなたさまのお優しさに触れて、あなたさまのことを好きになってしまったからでござります。あなたさまと一緒に暮らしたこの日々は、百三十年生きたこのわたくしの生涯で、もっとも幸せな時期でござりました。このまま、人の姿で、あなたさまと添いとげようとも思っていたのでござりますが、押さえきれなかったのが、狐としての本然《ほんねん》にござります。時おり、生の鼠の肉を、食べとうて食べとうて、どうしようもなくなるのでござります。そういう時は、あなたさまに隠れて、こっそり食べていたのでござりますが、半年前には、つい我慢しきれずに、あさましきところを見られてしまいました……」

「そうだったね」

「正体が明らかになったからは、もう一緒にはいられませんが、逃げなかったのは、逃げなかったのは……」

しらをが声をつまらせた。

「あなたさまに、ひと言申しあげておかねばならぬことがあったからでございます」

言いながら、しらをは、その眼からはらはらと涙をこぼした。

「なんだね？」

「わたくしのお腹《なか》の中に、あなたさまとわたくしの子が……」

「ああ、なんと……」

白全が、しらをに駆け寄って、その手を取った。

「ほんとうに、ほんとうに？」

「はい……」

しらをがうなずく。

そこへ――

「おい――」

道満が声をかけた。

「おれは、これで去《い》ぬる……」

道満は、右手で、媚珠をもてあそんでいる。

「酒は、もういらぬ。あとはぬしらの好きにせよ」

「道満さま……」

「そのかわりに、これは、おれがもろうておく――」

そう言って、道満はふたりに背を向け、月光の中を歩き出した。

何か、ふたりから声をかけられたが、道満はふり向かない。

満月の五条大路を、自分の影を踏みながら、道満は朱雀大路の方へ向かって歩いてゆく。

青く光る媚珠を懐に入れ、

「酒は、晴明《せいめい》のところで馳走《ちそう》になるか……」

ぽつりとつぶやいた。


（「オール讀物」二〇二〇年一月号）

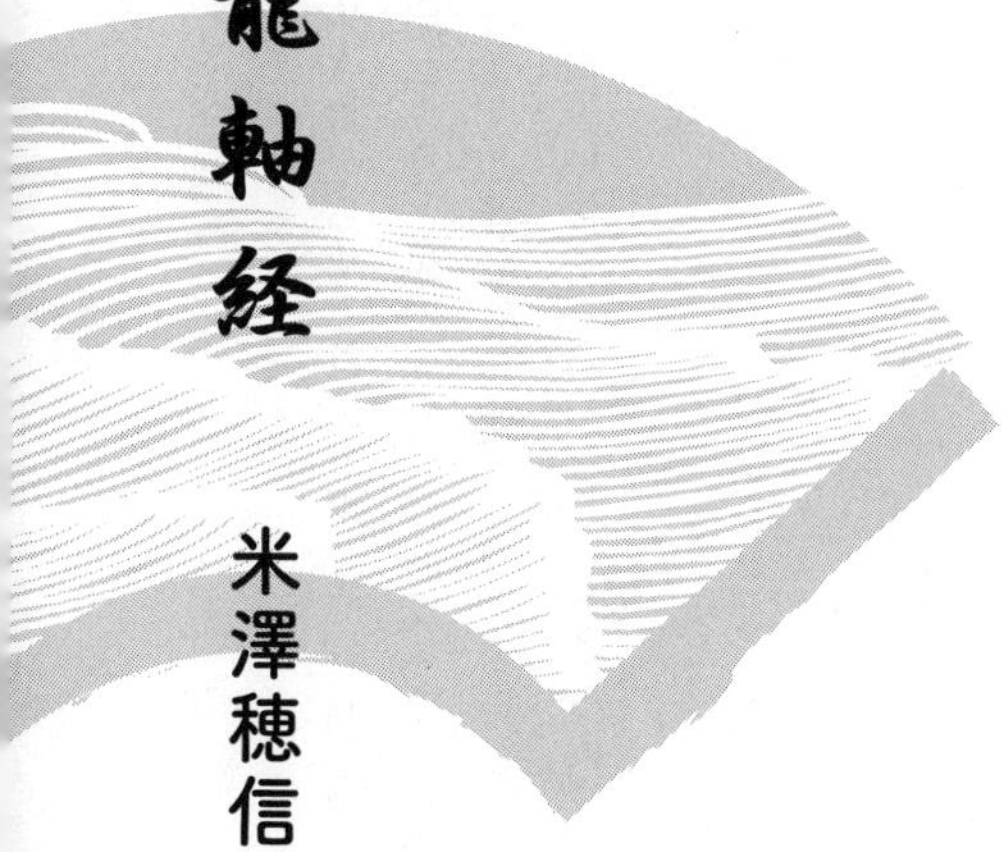

龍軸経

米澤穂信

【作者のことば】

雨月物語が好きです――おそらくそれにも増して、石川淳の『新釈雨月物語』が好きです。雨月をもとに物語しようと思い立ち、今回は「夢応《むおう》の鯉魚《りぎょ》」で書こう、金鯉の服に代えてうつろ船を用いようと考えたとき、この世の美しい海を見尽くすにふさわしい旅人として、私は一人しか思い浮かべることができませんでした。

米澤穂信（よねざわ・ほのぶ）昭和五十三年　岐阜県生
『氷菓』にて第五回角川学園小説大賞ヤングミステリー&ホラー部門奨励賞受賞
『折れた竜骨』にて第六十四回日本推理作家協会賞長編及び連作短編集部門受賞
『満願』にて第二十七回山本周五郎賞受賞
近著――『黒牢城』（KADOKAWA）

今は昔のこと、京に一人の男子《おのこ》が住んでいた。誰からも大切にされ不自由なく育ったが、四歳の頃、よんどころない事情で住み慣れた家を離れることになった。我が家を愛惜するにはまだ幼なすぎて、事情もわからず急《せ》かされるまま乗り物に乗り込んだが、それから二年のうちに九州へまた四国へと家移りを繰り返すことになるとは、まわりの大人たちすら思ってもいなかった。

六歳になる頃には長門《ながと》に住んでいたが、花開く四月に入ってまわりはまた慌ただしくなり始めた。かれは自らに起きていることを多少理解できる年ではあったが、やはり誰からも詳しい事情を教えられなかったので、今度もまた何も知らぬままで船に乗ることになった。

かれは、この船というものだけはどうにも不得意だった。波が高い時はもちろん、凪《な》いでいる時ですら船の揺れに苛《さいな》まれ、いつも手ひどく酔ってしまう。今度の船酔いはいつにも増してすさまじく、天地を逆さにするような目眩《めまい》と臓腑《ぞうふ》を絞られるような悪心《おしん》に耐えかねて、かれはとうとう気を失ってしまった。

どれほどの時が経《た》ったのか、ふと気がつくと船は静かであった。それまでかれのまわりには常に誰かがいて、かれを絶えず見守り続けていた。誰にも見られていないというのは初めてのことで、かれは不安を覚えるよりも先に、つい微笑《ほほえ》んでしまった。それにしても、やはり船には我慢がならない。それになんだか暑いようでもある。ぱっと駆け出して船縁《ふなべり》に立ち、海を覗《のぞ》き込めば、長門の海の穏やかな波がたぷりたぷりと涼しげに船板を洗っている。船脚は高いがかれは恐ろしいとも思わず、ただ船と暑さから逃れようとして、爪先から海に飛び込んだ。

泳ぐということもまた、誰もかれに教えなかった。ゆえにかれは泳ぎを知らなかったが、その体は自ずと水に浮かび、かれの手のひと掻《か》き、足のひと打ちに従って思うがままに進んだ。涼の心地よさと窮屈を忘れる快さをかれは大いに喜び、たちまち船酔いを忘れ水に遊んで飽きなかったが、魚たちの自在の泳ぎを見るうち、海の深さ、渺《びょう》々《びょう》たる広さに気がついてにわかに寂しさを覚えた。この手でいかに水をかきわけても鰭《ひれ》あるものの大自在には遠く及ばず、いかに泳ごうと潜ろうと大海の前ではあまりに物足りない。もっと思うがままに遊び、鴻海《こうかい》の果てまでも見物したいものだと不満を覚えてくちびるを尖《とが》らせると、海の底からにわかに一匹の大魚が現われた。

「その望みは容易《たやす》いことです。待たせ給え」

そう口を利いた大魚がふたたび沈むと、たちまち、波の下になにものかが黒々とわだかまった。見る間に持ち上がり、瀧《たき》のごとく水を落とすそれは、怪しむべし、金色《こんじき》に輝く目と白き髭《ひげ》を備えた一匹の龍である。龍は洞穴《どうけつ》のような口を開けると、太い声で言った。

「知らずや、君もと水府に縁深きものなれば、我ら遠からずまみえる定めなり。さりながら、いま君の苦悶《くもん》を座視するに忍びず、かくは現われたるぞ。君いま大海に遊ばんと願う。仮に船を与え眷族《けんぞく》に案内《あない》をさせんとす。ただ陸《くが》びとの猛々《たけだけ》しきに近づき、身を滅ぼす事なかれ」

ふと龍は消え、気づくと、かれは奇妙な船の内にあった。

柔らかな敷物が敷き詰められ、水のように透き通った玻璃《はり》が半球の天蓋を成している。床は円《まる》く四方を自在に見渡せ、どこからか心地よい風さえ吹いてくる。床には、螺鈿《らでん》細工が施された一抱えほどの箱が置かれていた。広いとは言えないが窮屈でもなく、そしてなにより、その船は揺れなかった。

船には見慣れぬ唐衣《からぎぬ》を着た女官《にょかん》がいた。髪と眉が赤く、頬は桃色に色づいている。長い髪の中で一房だけが雪のように白く、その白い髪は背に垂れている。女はかれの前に跪《ひざまず》いた。

「このようなむさ苦しきところにお迎えし、畏れ多いことにございます」

涼やかな声で述べられる言葉は慇懃《いんぎん》だが、その目元にありありと浮かぶ親しみにかれは戸惑った。かれはこのような赤い髪を見るのは初めてであったが、それでも、この女官にはどこかで会ったような気がしていた。

「果てなき海を遊行《ゆぎょう》するのも楽しきことではございますが、君は陸に馴染《なじ》みがおありでしょうから、まずは海陸の境に遊びましょう」

そう言って女官が手を振ると、船は音もなく海を滑り出した。

まず赤間関《あかまのせき》を背に速吸瀬《はやすいのせ》戸《と》をするりと抜けると、眼前に広がる太洋に言葉を失った。日向灘《ひゅうがなだ》を下《くだ》り、一方に桜島《さくらじま》の煙の高きを仰ぎ見て、他方に種子《たね》島《がしま》からあやしき煙が天に昇るのを見送った。開聞岳《かいもんだけ》をまわり込み、天草《あまくさ》が間近に迫ればはや日は暮れて、ぬばたまの闇深き八代《やつしろ》の海にゆらゆらと浮かぶ不知火《しらぬい》を見れば美しさもまた恐ろしい。朝《あした》には五島《ごとう》を縫って、うろくず多き玄界灘《げんかいなだ》で沖津宮《おきつのみや》を遥《はる》かに拝む。八雲立つ出雲《いずも》はこの辺りと聞いて大社《おおやしろ》を探す暇《いとま》もあらばこそ、隠岐《おき》を横目に船は走り、やがて天橋立《あまのはしだて》の奇観が見えてくる。塩焼く煙が立ち上る小浜《おばま》の海で、比良《ひら》の高山はあちらと女官が手を振れば、ならば京はこちらか、それともあちらかとあらぬ方を指さした。立山《たてやま》を望む富山のかいやぐらは離れれば現われ、近づけば消え、その不思議は言葉に尽くせない。高波洗う親不知《おやしらず》子不知《こしらず》を行く旅人を見れば、その難儀に心を痛める。殷賑《いんしん》を極める直江津《なおえつ》、八十《やそ》八潟《ばかた》九十九森《くじゅうくもり》と謳《うた》われた象潟《きさかた》を見物し、十三《と》湊《さみなと》を眺めて楽しむうちに日は沈み、夜は箱館《はこだて》の漁《いさ》り火《び》まことに皓々《こうこう》たるを見て驚いた。

海鳥の声に目を覚まし、親潮に流されるままそそり立つ岩肌を見物するうち、ようやくわずかに餓《う》えと渇きを覚えると、心得たように女官が螺鈿細工の箱を開けた。

「粗菓ではございますが」

と差し出されたそれは、賽子《さいころ》に似た梔子色《くちなしいろ》の見慣れぬ菓子である。かれはもとより疑うことを知らず、それを口に運ぶ。菓子は乾いていて味薄く、さしてうまきものではなかったが、不思議とかれはその一粒で満ち足りた。女官は笑みを浮かべつつも困《こう》じたように、

「都にお迎えすればよき饗応《きょうおう》も叶《かな》いますものを」

と言うので、都とはいずこの都を言うかと重ねて問うが、女官は笑って、

「いずれおわかりになることでございます。君が都に参らるる日は門を清めてお迎えし、詳しく案内いたしましょう」

とのみ言う。玻璃の杯《さかずき》に注がれた清き水を飲み、くつろいだ心持ちで、かれはふと女官の名を尋ねた。

「取るに足りぬ者ではございますが、お尋ねとあらば、乙《おと》とお覚え下さいませ」

乙というのは女の名で、二番目の娘であることを指す。姉御がおありかと尋ねたが、乙は微笑むばかりでその問いには答えない。乙とだけ呼ぶのも口に馴染まないので、かれは女官を乙姫と呼ぶことにした。

又も来て見ん松島《まつしま》には心ゆくまで船を留め、香取浦《かとりうら》に入り込みて宮を拝めば、乙姫いずれこの海は陸にならんと戯れる。馳水《はしりみず》では海に妻を沈めた男の嘆きを間近に涙を誘われ、品川《しながわ》沖ではまさか坂東《ばんどう》にと訝《いぶか》るほど栄えた都を遠巻きに眺めた。乙姫が袖振る方に目をやれば、あれほど大なるものがなぜ見えていなかったか、江ノ島《えのしま》の彼方《かなた》に白妙《しろたえ》の富士《ふじ》が見惚《みと》れるばかりに天を衝《つ》く。いかに龍の船とはいえ海から箱根《はこね》越えは叶わず、伊豆《いず》をぐるりとまわり込んで再び富士をまともに望めば、その麓《ふもと》を白い矢の如《ごと》きものが東西に飛び交うのを見て驚きあきれた。三保松原《みほのまつばら》、焼津《やいづ》、浜名《はまな》の橋、名高き歌枕をよもや海から訪ねた者は上古《じょうこ》のひとにもあるだろうかと思うだに面白く、船出して漁《すなど》るもの、波打ち際に貝拾う

もの、大釜に塩焼くもの、昆布干すもの、みな愛《いと》おしと思う間に船は大神宮に近づいて、かれは常の習いの通りに、乙姫は見様見真似《みようみまね》で遥拝《ようはい》した。夕暮れる志摩《しま》の海から陸を見れば、ただびとならぬ女性が波打ち際に立ち、大魚小魚を従えて何やら言い聞かせているようである。話に聞く猿女君《さるめのきみ》の振る舞いのようだと思い、しかしあれは神代《かみよ》のことであったはずと訝しんでいると、乙姫は莞爾《かんじ》と笑って、

「そも海は揺蕩《たゆた》うものにして融通無碍《ゆうずうむげ》。時の順逆など些細《ささい》なこと、君が神代を見たと仰せられるなら左様でもございましょう」

と言ったので、そんなものかと頷《うなず》いた。

日暮れて、龍の船は紀州《きしゅう》沖を進む。ふたりは再びかの不思議な菓子を食し、清き水を飲みながら、海のこと、陸のことを語り合って飽くこともなかった。玻璃の天蓋を通して見上げれば星は降る如く、月は望月《もちづき》に僅かに欠けるようで、波は穏やかに船を洗う。潮岬《しおのみさき》に差しかかる時、乙姫が言った。

「明朝は鳴門《なると》の大渦に案内しましょう。潮の流れはいたって速く、渦に巻かれて遊ぶもまた海ならではの楽しみかと存じます」

かれが僅かに喜ばぬ気配を面《おもて》に浮かべると、乙姫は微笑して、

「この船ならば酔う気遣いは無用ですが、君の気が進まぬようであれば、いさなとる土佐《とさ》の海を旅するのも面白いかと存じます。その後は唐天竺《からてんじく》の海も案内いたしましょう。凍りつく海、煮え立つ海も見物いたしましょう。いつまでも、どこまでもお心のままにお連れ

いたします」

乙姫の言葉を嬉《うれ》しいことだと思ったが、いつかは帰らねばならない。船酔いと、もろもろのつらきことが待つ元の船には戻りたくなかったが、この世に常なるものはなく、果てのない楽しみはないことをかれは鋭敏に察していた。ふと俯《うつむ》き、顔を上げると、夜の海に黒々とした大船が浮かんでいることに初めて気づいた。

それは、およそ思いも寄らぬ巨船であった。喫水《きっすい》高く星月を覆い隠し、見上げても甲板すら見えない。舳先《へさき》には白波が高く立ち、かの巨船の目を驚かす速さを表わしていた。あれはなんだろうとかれが呟《つぶや》くと、乙姫は首を傾《かし》げ、

「陸びとの作りたる船ゆえ詳《つまび》らかには存じませんが、戦船《いくさぶね》かと。魚どもは、その名を信《し》濃《な》と噂《うわさ》しております」

と答えた。

これほどの戦船というのは、かれの思いの寄るところではなかった。都をひとつ載せてなお余りあるかと思われるほどの、途方もない大きさなのである。大なるものは恐れを呼び、また昂《たか》ぶりも招く。かれは乙姫に巨船を近くで見たいと言い、乙姫はかれの言葉通りに船を操った。

ふと、乙姫が言った。

「近くにもう一隻、陸びとの船があるようです。魚どもが噂するには」

眉根を寄せ、音を聞くように手を耳に当てる。

「弓執《ゆみと》り魚、と」

乙姫がそう言った刹那、巨船が火を吹いた。雷のごとき轟音《ごうおん》がかれの耳をつんざき、龍の船は風に吹かれる落葉のように揺れ、沈み始めた。

かれは揺れる船の中から、海底に横たわる幾多の船を見た。木の船、鉄の船、小舟、大船、あらゆる船がかれの目の前に現われ、そして消えていった。ほんの一時、かれは不思議な海も見た。朱の珊瑚《さんご》が森を成し、清《すが》しい青や冴《さ》えた黄の魚が群れを成して泳ぐ、美しく豊かな海であった。かれはその水底に自分が持つべき剣が突き立っている様を見た気がしたが、あれはと訊《き》く間もなく海は再び暗黒となり、かれは気が遠くなるのを覚えた。

どれほどの時が経ったのか、かれが目を覚ますと、乙姫の貌《かお》が近くにあった。乙姫は大いに喜び、かつ涙を流して、

「海のことならば万象心得ておりますが、陸びとの振る舞いを心得ず君を驚かしたこと、お詫《わ》び申し上げる言葉とてございません」

かれは乙姫に大事ないことを伝え、なにが起きたのかと尋ねた。

「戦にございます。信濃は不意を打たれ、おそらくは沈みましたろう。この船は陸びとには見えぬものでございますが、信濃が火を吹いたあおりを受けて船は傷み、もはや時を渡ることはかないませぬ。ここがいつ、いずこであるかも未《いま》だ知れぬ有様」

天蓋の外を見れば海底と思《おぼ》しき景色は消え失《う》せて、海はうららかな陽光を照り返してきらきらしく、春霞《はるがすみ》でもあろうか、霞《かす》んだ彼方には砂浜が見えている。浦人のものか海に

は小舟が幾艘《いくそう》も浮かび、あかがね色に日焼けした男たちがこちらを指さしている。乙姫は眉をひそめ、

「いまは陸びとにもこの船が見えている様子。姿をお隠しになるべきです」

と言い、螺鈿細工の箱を開けて中に入るよう促す。このような小さな箱にはいかにしても入れぬだろうと疑ったが、乙姫が急かすのに従って足先を容《い》れると、不思議と五体はするする収まった。

「どうかご辛抱を」

そう言って乙姫が箱の蓋を閉めるや否や、玻璃の天蓋を荒々しく叩《たた》くと思しき音が響いた。どのあたりの言葉であろうか、かれの耳には馴染まぬ物言いで、どうやら男たちが乙姫を誰何《すいか》しているらしい。乙姫のために弁じようと蓋を押すが、どうしたものか、蓋は小揺るぎもしない。やがて船が曳《ひ》かれる気配があり、箱も右へ左へと揺れてかれは船酔いを思い出した。重い響きと共に船は浜に乗り上げた様子だったが、その後はこれといって声も聞こえず、耳に届くのは、ただ寄せては返す波の音ばかりである。乙姫はそばにいるのだろうか、離れてしまったのだろうかと箱を二度叩くと、同じく二度、優しく叩き返された。こつりこつりと叩いて、こつりこつりと叩き返され、その夜、かれは幾度箱を叩いたか知れない。

やがて男たちのかけ声と共に、船が押される気配があった。浜から海に押し出されたのであろう、波の揺れが伝わってくる。ほどなく箱の蓋が開けられると、かれは元の大きさ

に戻っていた。乙姫は浮かぬ顔で言った。

「陸びとは、見知らぬ船に関わる厄介を嫌ったと見えます。あるいは、この赤い髪を薄気味悪く思ったこともありましょうか。君が隠れた箱のことを、密夫《みそかお》の首が入っているのだろうと烏滸《おこ》がましい噂をしておりました。それにつけても口惜しいのは、流れ着いた先のことでございます。夜のうちに魚たちに訊けば、いまの時は享和《きょうわ》三年、所は常陸国《ひたちのくに》はらどまりであるとか申しておりました」

それがなぜ口惜しいのかと尋ねると、乙姫はやや俯いて答えた。

「実を申しますと、ごく小さな部品さえあれば、船を直して再び時を渡れるのです。さりながら、その部品が発明されるのは昭和二十二年のこと。せめて昭和に流れ着いていればと、それが無念でなりませぬ」

そうして乙姫ははらはらと涙を流した。

「海の楽しみの限りを尽くして頂こうと、あれもお目にかけよう、これもお見せしようと思うておりましたが、このような成り行きはまことに無念にございます。いまやこの船は、君を送り返すことしか叶いませぬ」

では、これで別れかと訊くと、

「御意《ぎょい》にございます」

と答える。かれもまた声を上げて泣き、ふたりは手を取り合ってしばし別れを惜しんだ。

かれは最後に、龍の下命とはいえ、なぜこれほど心を尽くしてくれたのか聞かせてほしいと言った。乙姫は涙の跡を拭い、微笑んで答えた。

「これも宿世《すくせ》の縁《えにし》と思し召せ。次にまみえる時は異なる姿やも知れませぬが、どうぞお驚きになりませぬように」

乙姫の言葉が遠のき、かれはふと、しばらく忘れていた体の重さを覚えた。

軍《いくさ》のどよめき、矢が風を切る音、女たちの悲鳴が聞こえる。鎧鳴《よろいな》り、声にならぬ断末魔が耳に届き、潮の香に混じって血が匂う。目を開けると、年老いた尼がかれに気づいて長い息を吐いた。

「ああ、お目覚め遊ばしたか。つくづく御運のないことじゃ」

かれが自らの姿を見れば、山鳩色《やまばといろ》の衣をまとい、長い髪は背中まで垂れている。老いた尼はかれを抱き上げ、

「お眠り遊ばしたままであれば、つらき思いをしろしめすこともなかったであろうに。我が身は女なりとも、敵の手にはかかるまい」

と言う。かれが尼の顔を見上げ、

「尼ぜ。われをいずこへ連れてゆかんとするぞ」

と問えば、尼は気丈な顔つきで、

「この世は憂《う》きことがあまりに多うございますから、極楽浄土というめでたいところにお連れ申し上げます」

と答える。尼が船縁に立つと、かれは血に染まった海と幾十の戦舟、幾百のむくろを見

た。尼が言った。

「浪《なみ》の下にも都はございます」

その時、かれは卒然として乙姫の言葉の意を悟った。尼の皺《しわ》多き顔に手を当て、かれはにこりと微笑んだ。

「知っておるぞ」

尼は目を見開いて、言葉を失った。かれは初めて尼を驚かせたことが嬉しくて、言葉を弾ませた。

「都の門には案内が迎えに出ておろう。尼ぜ、われが引き合わせて進ぜよう。髪が赤いぞ」

そうしてかれは入水《じゅすい》した。享年、わずかに六。

愚管抄《ぐかんしょう》巻第五によれば、かれは龍王の娘の生まれ変わりであるという。ところで、龍王の娘である龍女は仏道を修めるに当たり、まず男子に生まれ変わった。このように、女はいちど男に生まれ変わって功徳を積むことで成仏に至るという考え方を、変成男子《へんじょうなんし》という。今日通用する考え方であるかどうかはさておき、龍王の娘の生まれ変わりが男であることは、殊更《ことさら》に異とするに足りない。

かれの御魂《みたま》は仏式にて祀《まつ》られたが、明治の政策により寺を廃し、祀り方も神式に改められた。方式はいかようにもあれ、幼き魂を慰めんと参る人の姿は絶えない。赤間関は下《しもの》関《せき》と名を変え、昔も今も海上交通の要衝として日々多くの船が通行している。かれと共に沈んだ剣は、その後も見つかっていない。

（「オール讀物」二〇二〇年一月号）

小栗上野介の選択

佐藤巌太郎

【作者のことば】

幕臣・小栗上野介《おぐりこうずけのすけ》は、最後まで徳川家に忠義を尽くしたわけでも、戊辰《ぼしん》戦争に直接参加したわけでもありません。しかし、将軍慶喜《よしのぶ》が長命だったのに対して、小栗は取り調べもされないまま斬首されました。なぜ、そんな過酷なことになったのか。佐幕か倒幕かという対立をこえて、近代化の父になるはずだった男の功績に思いを致していただければうれしく思います。

佐藤巖太郎（さとう・がんたろう）　昭和三十七年　福島県生
「夢幻の扉」にて第九十一回オール讀物新人賞受賞
「啄木鳥《キツツキ》」にて第一回「決戦！小説大賞」大賞受賞
『会津執権の栄誉』にて第七回本屋が選ぶ時代小説大賞受賞
近著――『伊達女』（ＰＨＰ研究所）

一

凍えそうな晩秋の海に、漁船が数艘《そう》、浮かんでいる。沖の方では白波も立つが、沿岸の波は穏やかそうで、漁夫たちが船から網を手繰るのが見える。

小栗上野介忠順《おぐりこうずけのすけただまさ》は、海岸線沿いの小高い丘から入り江を眺めた。右手は休めることなく筆をせわしく動かしながら、海岸線の絵図を描いている。後日忘れないように、入り江の位置を記載したものだ。勘定奉行という役目柄のせいか、帳簿や日記、さらには備忘録を記すことが習慣になっていた。

「瀬兵衛《せへえ》殿。やはり、この横須賀《よこすか》が最適であろうな」

小栗は筆先を見つめたまま、傍らにいる栗本《くりもと》瀬兵衛に話しかけた。栗本の職は目付《めつけ》である。屋敷が近かった縁で旧知の間柄だった。子供の頃からの秀才で、その才を買われ将軍から直接、今の役職を命じられていた。

「製鉄所には高波の来ない入り江が適しているからのう。横須賀なら江戸の防備にも都合がいいし、わしもここがいいと思う」

小栗より五つ年上の栗本が、自分に言い聞かせるように答えた。

「ここの海は、遠浅ではなかろうな」

「ロッシュが幕府に手を回してこのあたりの水深を測量済みだ。深さは十分ある」

栗本がフランス公使ロッシュの名前を出した。半年ほど前に日本に来たロッシュは、いま五十六歳の外交官。その豊富な経験をもとに、海洋貿易で覇権を握るイギリスに対抗しようという野心に燃えている。かつて幕府の運輸船が故障した時、栗本がロッシュを通じてフランスに修理を依頼して以来の顔なじみだ。幕府に適切な助言をくれる温厚な人柄に接して、小栗はこのフランス人に信頼を寄せていた。

「では、ロッシュには横須賀を候補にしたと打診してもらいたい」

候補地が決まれば、あとは主導してもらう技術者の人選が鍵となる。人選が済み、費用の返済に目途がつけば、壮大な計画が始動する。

いよいよだな――。小栗は海を見つめながら、気を引き締めた。この海は太平洋につながり、その向こうにはアメリカがある。彼《か》の地で見た海軍造船所が脳裏に蘇《よみがえ》った。

四年前の安政《あんせい》七年（一八六〇）、小栗は日米修好通商条約批准の使節団の一員として、米艦ポーハタン号で渡米した。

ワシントン海軍造船所では、船舶はもちろん、蒸気機関そのものや大砲が作られていた。それだけではない。船に使う帆やロープ、さらには家庭用品の鍋、釜、スプーンに至るまで、あらゆる物が製造されていたのである。こんな総合工場を日本にも造りたい。それが長年の夢の始まりだった。

日本初の製鉄所を造る。だが、小栗がそう主張しても、当初、周りは受け入れようとはしなかった。

今から二年前の文久《ぶんきゅう》二年（一八六二）のことだ。将軍家茂《いえもち》臨席のもとに、幕臣が集まり、今後の海軍を話し合う評議が開かれた。軍艦三百七十隻余を建造し、各地に配備するという海防策が建議されたのだ。小栗も勘定奉行として臨席した。

「日本も、まずは百隻を超える軍艦を自前で造れるようにならねばなりません」

小栗は、ロシアによる対馬《つしま》上陸を目の当たりにしており、それを踏まえて海軍の充実を進言した。

これに対して、軍艦奉行並の勝義邦《かつよしくに》（海舟《かいしゅう》）から反対の声が上がった。勝は四十一石《こく》の小身の出だったが、長崎海軍伝習所で操船術を学び、その後咸臨丸《かんりんまる》に乗船して渡米している。小栗とは同じ時期にアメリカに渡った間柄だった。

「イギリス海軍が今のような隆盛を極めるまでに三百年の久しき時を経ている。日本には海洋技術の積み重ねがなく、技術と人材が整いませせぬ。そうであれば、わが国の場合、五百年はかかる。それよりも、海洋技術を学ばせ、人材を育てることから始めるのがよかろうと存ずる」

勝はイギリスとの違いを説いて、人材育成を優先すべきだと主張した。現実に即した勝の発言により、幕府当局は小栗の話をただの理想論にすぎないと考え、勝の意見を採用した。その結果、持論を覆された小栗は面目を失った。

欧米列強に追いつくには、日本を自力で造船ができる海洋国にする必要がある。内心期待していただけに、悔しい思いが罪悪感に変わりつつあった。この失態を挽回《ばんかい》するにはどうすればいいか。

艦船を自前で建造できる製鉄所を建設する——。小栗が決意したのはその時だ。

もともと小栗には、権威の低下した徳川《とくがわ》幕府の復権を図ろうという思いがあった。朝廷が幕府に政権を委任するのは鎌倉《かまくら》以来の定制だが、近頃は朝廷から幕府への干渉だけでなく、薩長《さつちょう》のような諸大名でさえあれこれ申し立てを行うようになっている。そのため、幕府は決定した政策を変更するという不手際をたびたび演じてきた。

この状況で徳川家の復権を図るには、今とは別の政治体制を新たに作る必要がある。小栗の計画では、島津《しまづ》や毛利《もうり》などの諸侯に支配権を与える封建制を廃して、世襲ではない官吏を中央から地方に派遣する制度を創設することになっていた。

端的にいえば郡県制度だ。小栗は各藩を廃して新たに郡県を創設し、徳川家を柱とする中央集権国家を打ち立てる。そのためにも、中央政府の力の源になる製鉄所が必要だったのだ。

だが、正面から製鉄所構想を主張しても相手にされない。日本が自力で艦船を造れるとは、だれも思っていないからだ。とすれば、外国に助力を頼んで道筋をつけるしかない。

小栗が選んだのはフランスだった。世界で最強の海洋国はイギリスだが、イギリスは清《しん》国を植民地化するなど、武力を背景に東洋を虐げる国だった。その点、フランスはイギリスに遅れて東洋の市場に参入してきた国で、日本という新たな市場で純粋に貿易を拡大しようと考え、幕府とも誼《よしみ》を通じようとしていた。

小栗は栗本を通じてロッシュに接近し、交流を深めることにより、製鉄所建設の話を徐々に具体化してきた。

「あとはフランスから技師を派遣してもらう。そこまで決まれば、閣老も耳を貸すようになるだろう」

ロッシュ公使という後ろ盾を得て、小栗の考えは現実のものになりつつあった。アメリカで見たような総合工場を、ここ横須賀に建設できれば――。

日本も欧米の国々といずれ肩を並べられるようになる。

実際、幕府の閣老は小栗の案に乗った。小栗と栗本が動いてフランス技師を招く話を具体化したことで、製鉄所建設計画に興味を示した。しかもフランス公使ロッシュが全面的に協力していると知るに及んで、フランスの援助を得て海軍を充実させる海防策を容認した。

元治《げんじ》元年（一八六四）、十一月十日、閣老は正式にロッシュに対し製鉄所建設技師の派遣を依頼した。年が明けると、ロッシュの招聘《しょうへい》により海軍技師ヴェルニーが来日し、すぐに横須賀港を視察しておおまかな腹案を作成した。小栗が考えた通りに事態は進み、日仏双方は約定書を取り交わし調印した。横須賀製鉄所の建設が正式に決定したのである。

約定書を読んだ小栗は、計画の概要に満足した。製鉄所とは鉄材を加工する工場という意味だが、ドックもあるし、修船工場もある。目標はフランスのツーロン港をモデルにした軍港と造船・修船施設だった。

建設費用は年六十万ドル。都合四か年で二百四十万ドル。財政困難な幕府にあって、金の工面が小栗の任務になった。

二

一年ほど経過すると、横須賀製鉄所の建設に関して、設立事務所の役人から資金を増やすように催促されはじめた。物価の値上がりに伴って労働賃金が高くなっていたのだ。最初の予定は二百四十万ドルだったが、実際には製鉄所の着工以来経費が増加し、徐々に膨らんでいった。

「建設規模が大きすぎて、材料の調達もままならぬ有り様です。計画通りには進みませぬ」

役人たちは口をそろえた。その報告を聞いた時、前例のない事業だから事は予定通りに進まない、と小栗は覚悟した。

「これは軍事行動に類する事業だとお心得くだされ。不測の事態は常に起こります」

その後も機械類購入のためなどで費用はかさんでいったが、さらに建設とは別の新たな事態が勃発した。

長州《ちょうしゅう》に対する軍事費がかさむ恐れが出てきたのだ。

幕府は元治元年、御所に発砲した長州藩を征伐するために征討軍を送っている。その結果、長州藩は恭順を示したので、毛利家の処分は追って命じることにして、寛大な処置で済ませていた。ところが、その後の長州藩は幕命に応じる気配すら見せないために、再び征討を行う流れに傾いていた。

横須賀製鉄所の建設費用と長州再征討の費用。勘定奉行として、その捻出のために奔走する日々が続くようになる。

むろん、打開策は考えていた。小栗は以前から温めていた思い切った方策をとろうと決意した。

慶応《けいおう》二年（一八六六）五月下旬、フランスから帝国郵船会社取締役のクーレが来日すると、小栗は早速、ロッシュを連れて話をもちかけた。

「クーレ殿はフランス商人たちに顔が広いとお聞きしますが、さようでしょうか」

何事だろうと怪訝《けげん》な面持ちのクーレは、通訳から意味を伝えられると、笑みを浮かべながら認めた。その様子を見た小栗は言葉を継いだ。

「フランス商人の力添えで金を借りてほしいのです」

小栗がそう述べると、通訳は時間をかけてクーレに話した。

「融資額はどれくらいですか」

「六百万ドルほどお願いしたい」

小栗はさりげなく言ったが、日本の歳出のおよそ一年分である。その額の大きさに、ロッシュとクーレは眉を上げて驚いた。

「それほど巨額の借り入れは簡単ではありませんぞ」

青ざめる二人を前に、小栗は前かがみになりながら声を高めた。

「クーレ殿は交易組合なるものをご存じであろう」

クーレは真剣な表情で頷《うなず》いた。

頭の中には、太平洋を横断した際に見たパナマ鉄道の記憶がある。当時、パナマ鉄道の建設費用は約七百万ドル。この費用を集めるために新しい方法が採用された。創設されたのは、鉄道組合だった。発起人がアメリカの富裕な商人に出資を呼び掛けて鉄道組合を作る。鉄道組合が鉄道を運営して収益を目指す。運賃収入で利益が出れば、まず優先してパナマ政府に地代を支払い、残った利益は、出資高に応じて出資者に分配するという方式だった。この出資方式を知った時、小栗は日本でも使えると直感した。

大まかな腹案はこうだ。当時、フランスやイタリアなどヨーロッパの養蚕地帯では、蚕の病気が流行して、養蚕業が大打撃を受けていた。これに対して、日本で生産される生糸《きいと》は蚕種が別で、病気の蔓延《まんえん》はなく、外国商人が生糸を買い漁《あさ》っていた。そこで幕府が生糸の生産・流通を統制して交易組合に買い集めさせ、その利益を融資の担保にできるのではないか、と小栗は考えた。

それは生糸をほしがるフランスの内情をうまく刺激する話だった。案の定、ロッシュが強い関心を示したのを見て、クーレが口を開いた。

「とりあえず、金策してみましょう」

クーレの表情は硬かったが、小栗の要請に応じるということなのだろう。

だが、フランスの返答を待っていたさなか、異変が大坂から伝えられた。

江戸では寝耳に水だった。その報に接した時、小栗は息を呑《の》んだ。

「上様（将軍家茂）が身まかられた」

慶応二年七月二十日、二十一歳の将軍家茂が大坂で薨去《こうきょ》した。家茂は三か月ほど前から胸痛を訴え始め、六月下旬には脚気《かっけ》を併発したという。江戸から医者が送られたが回復は見られず、帰らぬ人となった。

長州を再び征伐しようかという矢先の出来事である。徳川幕府に暗い陰りが見え始めたのを、小栗も感じ取った。

次の将軍は誰なのか――。徐々に吸う息が薄くなるような息苦しさを感じつつ、皆が決定を待った。

後継者に選ばれたのは、水戸《みと》出身の一橋慶喜《ひとつばしよしのぶ》だった。この決定自体、小栗にとって驚きはない。かつて十四代将軍を誰にするかが問題になった時、水戸の慶喜は英邁《えいまい》だから将軍継嗣にしようという運動が各地で起きた。だがその時、慶喜は将軍にはなれず、紀州《きしゅう》から将軍に収まったのが家茂だった。家茂が亡くなった今、慶喜以外に将軍候補がいるはずもなかった。

小栗と慶喜との間には浅からぬ因縁がある。かつて慶喜が禁裏御守衛総督《きんりごしゅえいそうとく》に任じられた際、一橋家の従来の知行十万石に加えて、さらに御役料の代わりに十万石分の土地を与えるという案が持ち上がった。この時、小栗は財政難を理由にこの案に反対して潰したことがあったのだ。慶喜が水戸の出身で尊王思想の持主であるため、徳川よりも禁裏を重んじるだろうと考えたからだが、これを知った慶喜が小栗に反感を抱いていると、話が伝わってきた。慶喜の遺恨は横須賀製鉄所の建設にも影響を与えるのではないか、と小栗は危惧した。

その慶喜は、将軍就任直後から、あやふやな態度によって幕臣たちをうろたえさせることになる。

慶喜は徳川宗家を継いで徳川慶喜を名乗ると、長州征討の陣頭に立つと決意表明をした。出陣は八月十二日と発表され、明日は出陣という十一日に急遽《きゅうきょ》、前言を翻した。味方である小倉《こくら》城陥落が理由だった。小倉口瓦解の報を聞いた慶喜は、出陣を取りやめ、休戦を決めてしまったという。

しかし、それは幕府の権威を貶《おとし》め、信用を失う行いである。

戦《いくさ》において最も大切なのは勢いだ。わずかな綻びから、戦う者の闘志は低下し、味方の統率は瓦解する。勢いを欠けば、軍全体の士気に影響する。

その報を受け、小栗は不安になった。長州との休戦は、徳川幕府の権威の低下を招く。有力商人たちを交易組合に出資させるには、徳川幕府への信頼が前提になるが、幕府の勝利が見込めないならば、出資する者はいない。六百万ドルの担保は、交易組合が得る利益を予定していたから、その担保がなくなれば融資は受けられなくなるだろう。

実際、その直後から商人たちは出資を控えたいと申し出てきた。小栗が翻意を促すも、頑として同意しなかった。結局、フランスからの融資計画は暗礁に乗り上げてしまった。

城から帰った小栗は屋敷にこもった。金がなければ、建設中の製鉄所の工事さえ頓挫しかねない。

苦悩していたところに栗本瀬兵衛がやってきて、小栗を誘った。自分の屋敷まで来てくれという。

「屋敷まで行って、どうするのだ」

「渡したいものがある」

二人で栗本邸まで歩いた。栗本は門の前で、ここで待て、と言うと、屋敷内に消えた。しばらくして折りたたんだ布を持って現れた。

栗本はその布ごと渡してきた。受け取った小栗は布を開いた。

包まれていたのは一本の小さなビスだった。ビスとは、側面に溝がついたネジのことだ。

小栗はそのビスに見覚えがあった。

「小栗殿がアメリカから帰った時に土産《みやげ》にもらったものだ。そのネジを今、必要とするのはわしではなく、小栗殿であろう」

懐かしい思いで、小栗はそのビスを手にすると、改めてその精巧さを確かめた。ワシントンの海軍造船所で作られたビスである。どんな巨大な軍艦も、鉄板をビス止めすることによって作られている。いわば、造船技術の象徴だった。そう考えた小栗がアメリカから持ち帰って栗本に贈ったものである。

小栗の心中を察した栗本の情け深い計らいだった。小栗はビスを握りしめた。

「さあ、元気を出して」

栗本の穏やかな声が聞こえてきた。

三

年が変わった慶応三年（一八六七）十月――。

その瞬間、動揺はざわめきに変わり、やがて怒号となって江戸城内を震撼《しんかん》させた。嘆き声や怒声は降って湧いたように突如はじまり、小栗のいる部屋まで響いてきた。

小栗は芙蓉《ふよう》の間《ま》で詳細が知らされるのを待っていた。最初に聞いた時は城内を攪乱《かくらん》するための流言ではないかと疑った。が、届く報《しら》せが複数の情報源からもたらされているのを知るに至って、皆の話に現実味を感じはじめた。切れ切れの話の断片をつなぎ合わせようとして、小栗の頭は目まぐるしく回転した。

天下の政権を朝廷に返し奉る……。

どうやら朝廷に政権を奉還したのは確からしい。慶喜自身から大政奉還を決めた書付《かきつけ》が送られてきた、と口にする者もいる。

廊下に響きわたる数々の足音が、城内の混乱を表していた。開け放たれた襖《ふすま》の向こうには、何事かを伝えようというのか、硬い表情で小走りに急ぐ目付の姿があった。部屋の隅では情勢を話し合う奉行職の数人が、車座になって額を集めている。

ふと辺りを見回すと、顔見知りの製鉄奉行並、古賀謹一郎《こがきんいちろう》が立ち上がったまま廊下の向こうを見つめていた。

「私が上に掛け合ってみますか」

相手の気を鎮めるように、小栗は古賀に声をかけた。

「お頼み申す」

無表情に古賀が頭を下げるのを見て、小栗は席を立った。すれ違う同僚に目で挨拶しながら、本殿内に上役を探す。まだ昼を回ったところだった。

十二月に予定される兵庫開港の実施方法の確認でもしておこう。そんな腹積もりで帳簿を開いていたのだが、いきなり徳川家の命運を左右する事態に直面しつつあった。

途中、見知った顔を見つけると、新しい情報の有無を訊《たず》ねた。大政奉還があったらしいという噂《うわさ》は誰もが知っていたが、詳しい経緯となると、皆、首を振るだけだった。

ただ、はっきりしているのは、この措置は将軍慶喜の主導で行われたということだ。慶喜は政権を奉還すべき事由を列挙し、集まった者たちに自分の見込みはこれよりほかはないと語ったらしい。

小栗は慶喜の真意に思いを馳《は》せた。もともと慶喜は風向きしだいで態度を変える日和見《ひよりみ》主義のところがあるとみていた。できもしない攘夷《じょうい》に賛同して朝廷の顔色をうかがったかと思うと、肝心なところでは逃げ回って責任を回避する姿を晒《さら》したことがあったからだ。国の内外の危難に直面して、将軍職を放り投げて使命を放棄したということか。だが将軍職が重荷ならば、何も政権を朝廷に奉還する必要はなく、後任に譲ればいいだけだ。慶喜自身に嫡男はまだいないが、水戸家や御三卿《ごさんきょう》から次期将軍を迎えれば済む。

もっとも、将軍職に就いてからの行動を見る限り、慶喜が心理的に追い詰められていたとは考えにくい。慶喜は将軍職に就くと、大坂城で英仏米蘭の四か国の代表を引見し、兵庫開港を約束し条約を遵守すると宣言した。その後、宣言通りに兵庫開港勅許を取り付け、対外的な面目を躍如とした。軍制では、フランス軍顧問団による軍事教練を実施させ、陸軍の組織改革も行っている。

慶喜が外国との関係をそつなくこなすのを見た時、小栗は慶喜の手腕を素直に評価した。慶喜の弁舌の能力は、外交関係の構築において十分に通用したのである。

慶喜の十万石の知行地を却下して以来、小栗と慶喜には溝があった。しかし、幕府の財政が苦しいだけに、慶喜もまた、小栗の資金調達能力を評価せざるを得なかった。

「ロッシュから援助を受けられるのか」

「横須賀に製鉄所を建設しており、多大な助言を頂いております」

フランスからの借款があり、横須賀での製鉄所建設にも協力を得ていると聞き、慶喜はフランスに近づいていった。ロッシュと慶喜を引きあわせたのは小栗だった。ロッシュの助言により、将軍直属の陸海軍の組織を作ることになり、さらには貿易や鉄道建設などについても道筋をつけることができた。討幕を策する者たちを牽制《けんせい》するには十分な働きと言える。

それが慶喜の大政奉還により一変したのである。

諸外国に対してもただ事では済まないはずだ。政権を朝廷に返上すれば、外国はもはや幕府を正当な政府とは認めない。帝《みかど》こそが日本の統治者だと確信して、以後は徳川家の統治能力を信用しなくなる。これまでは幕府が日本の代表政府だったからこそ、六百万ドルの外債募集を計画してきた。その幕府そのものが消えて無くなれば、計画が完全に潰れるのは火を見るよりも明らかだ。

「小栗殿。芙蓉の間にお戻りください。ご老中・稲葉《いなば》（正邦《まさくに》）様からお達しがあります」

書院番士に背後から声を掛けられた。諸有司が集められていると聞いて、踵《きびす》を返して部屋に戻った。

小栗は胸に苛立《いらだ》ちを引きずったまま着座した。

すでに部屋は集まった者たちでほぼ埋まっている。正面には、江戸城留守居の老中兼国内事務総裁の稲葉正邦が険しい顔で書状を手にしていた。

稲葉は最初に「上意」と述べて、慶喜からの書状を読み上げた。

「当今、外国の交際、日に盛《さかん》なるにより、いよいよ朝権一途に出《い》で申さず候《そうら》いては綱紀《こうき》立ち難く候間《そうろうかん》……」

諸国との通商が盛んになった今日、海外万国と対等に立ち向かうには朝廷の権力のもとに一つにまとまらなければならない、と慶喜はいう。一同は静かに聞き入った。部屋の中を、稲葉の声だけが響き渡った。

「従来の旧習を改め、政権を朝廷に帰し奉り、広く天下の公議を尽くし、聖断を仰ぎ、同心協力、ともに皇国を保護仕《つかまつ》り……」

「政権を朝廷に帰し奉り」のくだりで、辺りからどよめきが起きた。老中格の松平乗謨《まつだいらのりかた》が目を見開いたのが見える。

書状が読み終えられると、あちこちで落胆のため息が漏れた。

今後、外交を含めた政治すなわち大政は朝廷に奉還する。朝廷は人材を登用し、公議によって政治が行われるという。

稲葉からは事の経緯も語られた。土佐《とさ》藩の山内容堂《やまうちようどう》の建白書が発端だという。土佐の後《ご》藤象二郎《とうしょうじろう》から老中首座兼会計総裁の板倉勝静《いたくらかつきよ》に建白書が届けられ、将軍慶喜がこれを受け入れた。

慶喜の読みは、大政を奉還してもいずれ政権は徳川家に戻ってくるというものだった。禁裏は世俗から切り離された世界だから、外交や軍事を直接担う能力はない。とすれば、新政府は天皇の下に慶喜が首班になって組織されることになる。しかも新政府は名目上、天皇の行う政治という体裁を取る。だから討幕を目論《もくろ》む雄藩は、これまでのように非難したり揚げ足を取ったりできなくなる。そこに徳川家の活路がある、と。

政権は戻ってくる――。だが、その読みは所詮、絵に描いた餅。現実離れした話だと、誰もがそう思った。大坂城での外交団との引見といい、幕府の行政改革や軍事訓練といい、たしかに昨今の慶喜の動きには目をみはるものがある。だからといって、奉還した政権が戻ってくるなどという都合の良い妄想で、これほどの重大事を決断するとは……。

「もし、朝廷の政府が徳川家の参与を認めない時にはどうなさるおつもりか」

「これは譜代大名らをお召しになって衆議を尽くした末の結論なのか」

「討幕を企《たくら》む輩《やから》に隙を見せれば、手痛い逆襲を食らいかねませんぞ」

集まった者たちは遠慮なく、口々に思いのたけをぶちまけた。批判は上役の老中たちに向けられたが、一番いきり立っているのは老中格の松平乗謨や稲葉正巳《まさみ》に見えた。

老中や若年寄の大勢は、政権の奉還など論外という意見にまとまっていった。皆、徳川の禄《ろく》を食《は》んでその恩恵を受けてきた者たちだ。二百六十年以上の主恩の重みから、東照《とうしょう》宮《ぐう》（家康《いえやす》）に対して申し開きができないという思いでいる。

「禁裏はどう出るのか」

朝廷が徳川家にもう一度、政権を委ねると見るのは甘い。二年前と今は違う。それはわかりきったことだ。

二年前、四か国による兵庫開港要求事件が起きると、当時の老中・阿部《あべ》正外《まさとう》は兵庫開港を決定。これに異を唱えた朝廷は阿部の罷免を要求し、幕府は応じるほかなかった。十四代将軍の家茂はこれを不服として自ら将軍職の辞意を朝廷に上申した。このとき、朝廷は慌てふためいて慰留を促し、家茂の辞意を取り下げさせたことがある。あるいは、慶喜の頭にはこの件の記憶が残っていたのかもしれない。

慶喜は起死回生の一手のつもりだ。徳川家以外に政権を担える者はいないという自負の表れであろう。

だとすると、空恐ろしい。慶喜の決断は己の過信からくる下策であると小栗はみた。

大政奉還は自滅につながりかねないものである。それは同時に、自ら造船のできる海洋国を造ろうという小栗の構想を、根幹から揺るがす事態であった。

あちこちで討議が始まった。

「言語道断」

「幕府を倒そうとする佞臣《ねいしん》を討つべし」

逆上する声が大勢を占めている。徳川家の石高は世に四百万石と言われる。それを納地すれば、徳川家は潰れたも等しい。むろん、この場にいる者たちも職を失うはめになる。

この難所をどう乗り切るか。老中や若年寄から軽輩に至るまで口角泡を飛ばす議論になった。

「このたびの上様の行いは大政を朝廷に奉還したものでござる。それならば、土地と人民も返上するのが筋だと批判する者は出てくるであろうな」

小栗は、当然予想される帰結として皆に自説を述べた。侃々諤々《かんかんがくがく》の激論は夜中まで続き、老中格の松平と稲葉が軍艦順動丸《じゅんどうまる》に乗って上坂し、将軍慶喜に翻意を促そうということに決まった。

小栗の胸には新たな将軍擁立の考えもあったし、その場には同じ考えの者もいたはずだ。喉元まで出かかったが、将軍交替の件は黙して、慶喜の説得という点で落ち着いた。大政奉還という挙に出たとはいえ、その場にいる者たちは皆、将軍慶喜の家臣に当たる立場だ。主君に対して残っていたわずかな忠義がそうさせたが、結果としてそれは、徳川家の破綻につながるかもしれぬと考えながら、小栗は城を後にした。

四

大政奉還ののち、朝廷は十万石以上の諸侯に上京を命じ、とくに徳川慶勝《よしかつ》（尾張《おわり》）、松平春嶽《しゅんがく》（越前《えちぜん》）、島津久光《ひさみつ》（薩摩《さつま》）、伊達宗城《だてむねなり》（宇和島《うわじま》）、山内容堂（土佐）、浅野茂長《あさのもちなが》（広島）、鍋島閑叟《なべしまかんそう》（佐賀）、池田茂政《いけだもちまさ》（岡山）の八人には至急の上京を促した。諸侯との合議で今後の対応を決めることになったのだ。

諸侯が上京するまで、慶喜はこれまで通り庶政を委任された。だがこの間、薩長芸《げい》の三藩が幕府側の死命を制する政変を企図していたと判明する。小栗は大坂からの書状でその事件を知った。

十二月中旬の夕刻、神田駿河台《かんだするがだい》の小栗の屋敷では、若党の大井磯十郎《おおいいそじゅうろう》が部屋に入るなり、口を開いた。

「薩摩と長州が兵を動かし、御所の防備を固めたと聞きました」

「薩摩は藩兵約三千人を率いた藩主茂久《もちひさ》が入京した。長州も西宮《にしのみや》に兵を送ったという話だ」

書面に目を通す小栗は、顔を上げずに答えた。

十二月九日、薩摩は文久三年（一八六三）の「八月十八日の政変」の故事にならい、南の建礼門《けんれいもん》、東の建春門《けんしゅんもん》、西の公家門《くげもん》の内外に兵を配置し、乾門《いぬいもん》には予備隊に大砲を備えさせた。尾張、越前福井、土佐、芸州の四藩の兵も御所の防備についたと書かれている。

小栗の両目は、書状の文字を追っていた。時々、目を止め、重要事項を記載する手を動かす。

「ですが、小栗様」

大井が着座してすぐ横に膝を寄せた。大井は、小栗が歩兵奉行だった頃、知行地の上野《こうずけ》国権田《ごんだ》村から江戸に呼び寄せた若者たちの一人だ。屋敷内の長屋に住まわせている。

「会津《あいづ》も桑名《くわな》も、京の禁門守衛から外されたと聞きます。よいのですか」

「禁裏で政変が起きたのだ。上様のお立場も微妙だと書かれている」

驚天動地の事態だった。長州寄りの公家の岩倉具視《いわくらともみ》が新政府樹立の案を帝に上奏し、これが認められた。同時に岩倉は、摂政二条《にじょう》、前関白近衛《このえ》ら二十人以上もの公武合体派の参《さん》内《だい》を禁止。禁裏の守備に当たっていた会津と桑名の二藩には帰国を命じた。

上奏の内容は、まず、大政奉還と将軍職返上を聞き届けるところから始まる。さらに従来の宮中体制である、摂政・関白を頂点とする組織体制をも廃絶する。そのうえで「諸事神武《じんむ》創業の始《はじめ》」に基づいて、天皇が承認した新政府による政治を行うという。

要するに、朝廷と幕府の従来の政体をそっくり変え、神武創業の開始と同じように「王政復古」を行うというのである。従来の朝廷の首脳には参内差し止めの沙汰が下った。

小栗は、京から届いた書状を吟味していた。これだけの政変をやってのけるには相当の準備と根回しが必要だったはずだ。その主要人物は誰なのか。背後にはどんな勢力がいるのか。読み進むにつれて、頭の奥にあった疑念が明確な形となっていくのを意識していた。

薩長の工作――。御所の兵の配備が薩摩の主導で行われたことから、間違いなく薩摩はこの計画に一枚噛《か》んでいる。それに、王政復古の詔勅を諭告したのが、蟄居《ちっきょ》の身だったはずの岩倉具視ならば、その背後には岩倉を支援する長州もいるはずだ。

御所には尾張の徳川慶勝、越前福井の松平春嶽もいたというが、本来、徳川家に忠義を尽くすべき立場にいるこの二人の態度は玉虫色で当てにならない。あくまで政変の主導は薩摩と長州だろう。

小栗は後頭部に鈍痛を感じた。いつもなら疲れは目に出るが、今夜は頭や肩が重い。疲れだけでなく怒りを感じているせいで、痛みが広範囲に広がっている。自分で肩をさする小栗を見て、大井が無言で小栗の背後に回り、肩をもみ始めた。

小栗は重いため息をついた。

「見事にやられたわ。主上（天皇）を奉って王政のもとに新政府を樹立するなど、気の遠くなるような地道な裏工作が必要になる。計画には半年や一年は費やしたことであろう。そこに上様（慶喜）が、大政奉還という手土産をくれてやったようなものだ。敵はさぞかし喜んだであろうな」

「いまの主上はまだ幼いと聞き及んでおります。名ばかりの幼主様を、近侍が操っているのではないですか」

「それについては何とも言えないの」

今の主上は十六歳。若い天皇の関わりがはっきりしないが、参列した諸侯は、学問所に伺候したところで天皇の出御《しゅつぎょ》に立ち会ったという。王政復古に関しては正式な詔勅があったと認めざるを得なかった。

「新政府の成立はもはや止められない。残る問題は、新政府に上様が参画できるかどうかだが……」

「ご新政にとっては、公方《くぼう》様の貢献は大きいのではありませぬか。なんといっても、大政奉還のご英断をなされたお方なのですから」

小栗は無念さを嚙みしめながら首を振った。

「小御所で開かれた会議ではその件でひと悶着《もんちゃく》あったそうだ。土佐あたりが上様も朝議に参与させるべきだと意見を述べたらしいが――」

今回の政変の首謀者、岩倉具視の反駁《はんばく》を受けたという。

岩倉は、幕府が独断で欧米諸国と国交を開き、港を開いて貿易を開始したことを非難する。さらに長州再征伐を強行して、社会的混乱を招き、日本がめざしていた挙国一致の体制を阻害した罪は大きい、と幕府を責めた。もし慶喜に自責の念があるのなら、官位を退き、土地人民を返上すべきなのに、政権の空名のみを奉還して、なお土地人民を保有する者に朝議に参加する資格はない、と啖呵《たんか》を切った。

「岩倉の言い分は、帝の勅許を受けたものだという点を見逃している」

独り言のように小栗は、岩倉の主張の欠陥を指摘した。

諸外国との通商や港の開港、それに長州再征伐にしても、議論を尽くしたうえで、朝廷の勅許をもらい受けている。仮にそれが幕府の罪だというなら、裁可した朝廷にも責めがあることになるのではないか。

「どなたか、それを申し上げて上様を朝議に参与させようとはなさらなかったのですか」

「山内家（容堂）も越前松平（春嶽）も屈服したようだ」

なにしろ、御所を固めている圧倒的な勢力は薩摩兵である。取りようによっては凶器を突き付けられて議論をしているに等しい。内心では慶喜の朝議参加に賛成する者も、いまさらどうにもならないと観念した。

議事の結果は、慶喜に「辞官納地」を命じることで落ち着いた。岩倉とそれを支える薩摩・長州の勝利といえる。

「小栗様」

「何だ」

「あの……。薩長と戦うことになるのでしょうか」

「全国三百藩の諸侯が納得しなければ、戦になる」

大井が不安になるのは理解できる。

幕府にしろ薩長にしろ、鎬《しのぎ》を削って権力闘争をするのは、いわば上級の家士だ。編成された武士団の上位にいる身分を維持できるかどうかで、禄の多さも体面も決まる。だが、権田村の大井のように、地方の下級武士はできれば穏やかな暮らしがしたい。それが地方の武士の偽らざる本音だ。

だからこそ、国の財政の立て直しが必要なのだ。小栗は唇を噛んだ。国を富ませ、人々の暮らしを豊かにする。そのためには、薩長に対して敗北は許されない。久しぶりに体の中の血が滾《たぎ》るかのようだった。

五

「やはり裏で操っているのは薩摩だ。賊徒を追った捕縛吏は、やつらが三田《みた》の薩摩屋敷に逃げ込むのをしかと見届けたそうだ」

「わかりきったことだ。薩摩はむしろ、これ見よがしに手掛かりを残しているからな」

錆《さび》でも舐《な》めてしまったような苦い思いで、小栗はぶっきらぼうに答えた。江戸町奉行並・朝比奈昌広《あさひなまさひろ》からの連絡は、小栗の予想通りだった。

事の発端は、ここ二か月ほどの江戸の騒乱である。商人宅や幕府役人宅に、放火、略奪、暴行の事件が相次いだ。江戸市中だけではない。攪乱は関東各地に及んだ。賊徒は「勤皇」「討幕」を掲げて、至る場所で破壊工作を行った。

幕府は取り締まりのために警護団を組織して追い詰めたが、武装集団が逃げ込む先はことごとく薩摩藩邸だった。捕縛して問い詰めた賊徒の中には、薩摩藩士・益満《ますみつ》休之助《きゅうのすけ》の命令に従った、と白状する者がいた。その益満は西郷《さいごう》吉《きち》之《の》助《すけ》隆盛《たかもり》の命令で動いているという。

だが、この時期に面と向かって薩摩と事を構えるのは、いかにもまずい。徳川家は大政を奉還して諸侯による公議の行方《ゆくえ》を見守っているところだからだ。幕閣の意見は、大坂の思《おぼ》し召しを伺うまでは薩摩に手出し無用、という内容でまとまっていた。

そんな中、破壊工作はなおも続き、警護団と衝突する事件が起きた。出《で》羽《わ》庄内《しょうない》藩は新《しん》徴組《ちょうぐみ》を組織して江戸の取り締まりを行っていたが、武装集団と遭遇し、捕縛しようと追撃を試みた。賊徒は散り散りになって薩摩藩邸に逃げ込んだが、その一部が反撃に出た。出羽庄内藩の屯所に鉄砲を撃ち込んだのだ。その結果、居合わせた数人が死傷した。

報告を聞きながら、小栗はいつのまにか拳を握りしめていた。ほとばしりそうになる声をかろうじて抑え込んだ。

おそらく、というより十中八九、薩摩が挑発に出ているのは明らかだ。いまだに徳川家に恩義を感じる諸侯を従えるには、慶喜の将軍辞職という形ではなく、武力による倒幕の形を取りたい。だから、幕府と矛を交えるために、各所で放火や略奪を繰り返し、破壊工作を続けるのだ。

　薩摩がこの日本ではなく、どこか別の所からやってきた異国のような気がした。小栗は勘定奉行のほかに陸軍奉行並を兼任している。といっても、国防や江戸の防備に、正義感ばかりで動いているともいえない。禄をもらう見返りに働くこともあるし、内部の出世争いに励むこともある。だが今は、欲や打算は消え、権力争いも関係なかった。たとえ策だとしても、このやり方は許せない。ここで戦えないようなら、海軍も陸軍も意味がない。挑発に乗ったと非難されようとも、放火や略奪を見過ごすよりはましだ。

「薩摩藩邸を砲撃すべきだ。奸賊《かんぞく》を討てない軍は、もはや軍とは呼べない。いくら待っても、大坂（慶喜）の諸有司は臆するばかりで動こうとはしない。関東にて戦端を開き、大坂の目を覚ますしかない」

　城内で人に会うたびに、小栗はそう主張した。

　それを受け、出羽庄内藩主・酒井《さかい》忠篤《ただずみ》は小栗の意見に賛意を示し、老中に申し入れたという。

「砲撃が許されないのなら、庄内藩は市中取締りの任はご免こうむりたい」

　その一言が決め手になったのだろう。しばらくすると、城内に伝令が走った。

「ご老中より命令が下りました。薩摩藩邸に賊徒の引き渡しを求めたうえ、従わなければ薩摩屋敷に討ち入って捕らえよ、との仰せにござる」

江戸城内には歓声が湧いた。城内の誰もがこの時を待っていた。御用部屋の小栗も急遽、陸軍を動かす手はずを整えた。

十二月二十五日の朝、酒井忠篤は関東諸藩の応援を得て、陸軍とともに薩摩藩邸に向かった。

「薩摩藩邸には五百人ほどの賊徒が集められているとか。手こずりそうか」

老中の稲葉正邦が心配そうに尋ねてくる。稲葉は淀《よど》藩主で、将軍慶喜が大坂にいる間、江戸城では留守居の老中として国内事務を仕切っている。

問われた小栗は、自信をもって答えた。

「統率のとれていない浪人者たちでございます。昼までには終わるはず」

実際、薩摩藩邸が焼け落ちたとの報告が城に届いたのは、その日の昼過ぎだった。

「昼には賊徒たちを召し取ったと伝令が届いた。小栗の言った通りであったな」

稲葉が状況を知らせてきた。藩邸を砲撃したことにより屋敷はすぐに大火事となったが、薩摩側は幕府の砲撃を想定していたのか、めぼしい反撃はなかったということだった。

「とにかく、これで戦端が開かれました。もはや引き返せませぬ。大坂の上様に伝令をお願いします」

半分は自分に言い聞かせるために、小栗は言葉を継いだ。江戸の藩邸を焼かれた薩摩は、これでいきり立つだろう。徳川方と薩摩との間で戦になる。

「上様は薩摩征伐に出ると思うか」

稲葉が低い声で呟《つぶや》くように聞いてきた。

「出るでしょう。会津と桑名の二藩は主戦派にござる。会桑《かいそう》が強く申し出れば、上様も必ずや兵を挙げまする」

「藩邸を砲撃した以上、もはや後戻りはできぬ。勢いに乗って薩摩を討つほかない」

「城内の士気は高まっております。江戸でも出陣の備えを急ぐべきです」

「準備に怠りなきように頼むぞ。戦う場所と必要な備えを踏まえて作戦を練っておけ。金の工面は大丈夫か」

「今が死活にかかわる時と心得ております。必ず捻《ひね》り出します」

小栗の胸には、炎のような熱と静まりかえるような冷徹が、矛盾なく同居していた。

六

案の定、上方《かみがた》では幕府軍と薩摩軍との間に戦端が開かれた。

江戸城内の留守居の老中の元に事態の推移を示す報せが続々と届いた。緒戦の様子は小栗たち多くの有司にも伝えられた。

慶応三年十二月二十五日に起きた薩摩藩江戸屋敷焼き討ちの報は、海路を経て二十八日に大坂に届いた。大坂の動きは、小栗の想定した通りだった。

報告を受けた大坂城では、幕臣ほか会津、桑名の将卒らが声をあげた。われらも薩摩を討つべし。尻に火のついた彼らは慶喜に迫った。その流れを押さえることはできず、慶喜も薩摩討滅を決意したという。

慶喜は朝廷に薩賊誅戮《ちゅうりく》の上奏文を届けた。薩摩藩の奸臣《かんしん》（西郷、大久保《おおくぼ》など）らの陰謀により、江戸各所で破壊工作が続いたのは天下周知のところだと書いた。やむを得ず、薩賊を討つ。その旨を外国公使にも通告して、幕軍に上洛《じょうらく》の準備を命じた。

その後も新たな動向の報せが伝えられた。

幕軍と薩摩軍が衝突したのは年の明けた正月三日、場所は鳥羽《とば》街道だという。幕軍は淀城を本営として、鳥羽、伏見《ふしみ》の両街道から京へ進軍した。薩摩軍は両街道に布陣し、入京を阻止する動きに出る。申《さる》の下刻（午後五時）頃、鳥羽街道の薩摩陣営から砲撃が仕掛けられ、これを合図に戦闘が開始された。このあたりの報せまでは、小栗の考えた通りに推移したもので、城中の皆が予想通りの内容を冷静に受け止めていた。

が、緒戦の結果を聞くと、江戸城の空気は一変した。砲撃を受けた幕府軍は、一旦、撤退して軍列を立て直すと、反撃に出た。一進一退。ところが翌日になると、長州兵も加わった薩長軍に「錦《にしき》の御旗《みはた》」が翻る。これに動揺した幕府軍はなす術《すべ》もなく撤退したという。

話を聞いた江戸城詰めの幕臣たちの顔からは、血の気が失われていた。

小栗をはじめ奉行たちは老中により広間に集められ、対策を話し合った。

城内では当初から主戦論が大勢を占めていた。皆が口々に薩摩追討を掲げた。だが、鳥羽・伏見での敗北を受けて、その後の軍略となると明確な返答をする者がいない。自然と皆の目は小栗の出方に向けられる。

「小栗、そのほうも抗戦を主張するのであろう」

「御意《ぎょい》にござります」

「よし。戦術を申してみよ」

「敗因は、会津・桑名やその他諸藩の藩兵が、旧来の武士団のまま刃で戦おうとしたからでございましょう。敵軍の新式鉄砲隊と比べて組織された軍とは言いがたい」

老中稲葉は一つ大きく頷いた。小栗はその場の全員を見回した。

「されど、海軍の力においては幕府軍の装備のほうが格段に上。こちらには軍艦七隻、そのほか数多《あまた》の運送船もある。ことに軍艦開陽丸《かいようまる》は砲二十六門を有する新鋭艦。これら海軍の力を中心に策を練るべきと存ずる」

「摂津灘《せっつなだ》に軍艦を集めるのか」

「仰せの通り、一部は大坂湾に送り、兵庫神戸《こうべ》を押さえて西国諸藩と薩長を分断すべきです。が、軍艦から攻めるのにもっと相応《ふさわ》しい場所があります。敵が江戸を攻めるには、主力は東海道を通るはず。東海道で海から攻めるに適した場所は、由比《ゆい》から興津《おきつ》にかけての海岸線およそ一里半の個所《かしょ》でございます。ここは海岸線が山すそになっていて道は細く、しかも敵は迂回《うかい》することもできませぬ。敵がそこを通りかかった時に、海から砲撃を加えれば逃げ場がない。狙い撃ちにすれば必ず勝てます」

これを聞いた皆が頷いた。小栗は、老中の稲葉や小笠原長行《おがさわらながみち》の反応に手応えを感じた。

このまま自分の策が採用される公算が高いとにらんだ。

だが——。小栗は末席近くに座る一人の男を盗み見た。

まさかが起きるとすればこの男、勝義邦（海舟）だ。軍艦奉行職を罷免された後は、役職に就いていない。勝には、神戸海軍操練所を創設した頃から、薩長との交流の噂がつきまとっていた。

小栗は広間に集う幕臣の雰囲気を読もうと努めた。皆、薩長との抗戦を望んでおり、恭順派は限られている。たとえ勝が恭順論を唱えたとしても、今の勝は末席の旗本の立場にすぎない。

思い過ごしだろう。自らにそう言い聞かせて、小栗は勝の影を頭から振り払った。大方は小栗の軍略を支持しており、話し合いは満足のいく結果に終わった。

京都と大坂からの連絡は、馬を用いた早飛脚で三日半かかる。正月三日に戦端が開かれ、緒戦で幕府軍が撤退を余儀なくされたと判明してから、江戸城では次の報せを待ち望んでいた。戦いは確実に続いているにちがいないが、その後の状況がわからない。その焦りもあって、小栗は気の休まらない数日を過ごした。

一月十一日——。その日の夕刻、大坂にいるはずの開陽丸が突如、品川《しながわ》沖に錨《いかり》を下ろしたという報告がもたらされた。築地《つきじ》の軍艦操練所の役人が、取り乱しながら沖の様子を伝えてきたのだ。

続報は翌日の早朝だった。徳川慶喜が浜《はま》海軍所（浜御殿）に上陸したという。幕閣の数人を連れている。そんな噂も城内に流れた。

誤報であろう。小栗は半信半疑だった。慶喜は大坂城で幕府軍を総指揮する立場にある。薩長軍が攻勢をかけたとしても、天下の大坂城がわずか数日で落ちるはずはない。身分の低い役人は慶喜の顔をよく知らないから、大方、江戸城に情勢を伝えに戻った老中あたりを慶喜と勘違いしたのだ。そんな気がした。

昼前に、その一行が江戸城に到着した。大手門《おおてもん》を通って姿を現したのは、老中板倉勝静、元京都守護職の会津の松平容保《かたもり》、元京都所司代の桑名の松平定敬《さだあき》らだけではなかった。

小栗は息が止まる思いで凝視した。城内の誰もが呆然《ぼうぜん》と見つめていた。

一行の中に、紛れもない徳川慶喜がいた。

その昔、薩摩の島津斉彬《なりあきら》をして英邁と言わしめた男の横顔はどこか物憂げで、かつての輝きは見る影もなかった。

事情を聞こうにも、一行の中で口を開く者はいない。それどころか、逃げるように奥へと消えていった。

「何があったのですか」

小栗をはじめとして幕臣たちは、老中の板倉勝静に詰め寄った。板倉は渋々ながら事情を説明した。

緒戦で幕府軍が敗れたことを、慶喜は大坂城内で聞いたという。諸隊長は慶喜に出馬を促すが、なかなか腰を上げない。一月四日、五日と躊躇《ちゆうちよ》した六日の朝、伊勢《いせ》の津《つ》藩藤堂《とうどう》家が寝返って戦況が悪化すると、慶喜は出馬を宣言した。幕閣を連れて大坂湾に移動し、開陽丸に乗船した。話を聞くかぎり、ここまではまだいい。

当時、開陽丸の艦長、榎本武揚《えのもとたけあき》は戦況の打ち合わせのために上陸し、不在だった。八日の朝、慶喜は突然、江戸へ帰るよう、副艦長以下に命令を下した。大坂湾には他に富士山《ふじさん》丸《まる》、蟠竜丸《ばんりゅうまる》、翔鶴丸《しょうかくまる》もいて、開陽丸は旗艦である。旗艦が持ち場を離れることはできない。慶喜は将軍の立場を乱用して、艦長榎本武揚を陸に置き去りにしたまま、開陽丸を江戸に向かわせた。板倉は息も絶え絶えに、以上を語った。

小栗は耳を疑った。

敵前逃亡。

だれもがそう思った。慶喜は尊王思想に傾く水戸の出身だから、朝敵の汚名を着せられることを何よりも恐れる。それは知っていたが、しかし、戦線を離脱して逃亡の挙に出るとは――。

「この先、上様はいかがなされるおつもりか」

言い寄られる板倉も疲れ切っていた。

「御前会議で明らかになるであろう。今はしばらく待て」

翌日の御前会議は紛糾した。

慶喜は上段の間に着座するとすぐに口を開いた。

「さる三日、上洛しようと鳥羽、伏見にさしかかったところ、薩摩勢が行く手を阻み、やむなく戦争におよんだ。帝に反逆する気は毛頭ないが、このこと、逆心ありととられかねない。それゆえ、ひとまず江戸に戻った次第である」

居並ぶ大名、旗本たちの空気は張り詰めた。御前では皆が臣下の礼をとり、首《こうべ》を垂れているのが本来である。だが、この日は違った。慶喜の優柔不断な態度に露骨な怒りを表した。発言する者もしない者もその首を高く上げ、憤然と席に列した。異様な怒気が場を支配していた。

「すでに朝廷は、このわしを追討すべく勅旨を下された。諸侯は朝廷に逆らえない。徳川家に味方すれば賊軍の汚名を着せられることになるからだ。もはや結末は見えた。このうえは静寛院宮《せいかんいんのみや》（和宮《かずのみや》）に取り次いでもらい、朝廷に恭順を示したい」

そう聞いて、小栗が大声をあげた。

「まだ負けると決まったわけではございませぬ」

皆が小栗の言葉の続きを待っていた。慶喜の意を受けて、発言を許可された。

「海軍力では当方が一枚上にござる。ことに開陽丸は砲二十六門を備えた比類なき軍艦ゆえ、東海道から江戸に向かう敵を、駿河《するが》湾より狙い撃ちにできまする」

以前、話し合った軍略を慶喜に伝えた。

おそらく薩長も、自分たちを朝廷の命を受けた征討軍に仕立てることにより、諸侯が逆らえないと踏んでいる。だが、こちらには軍艦七隻がある。軍略もある。朝廷は古今、負ける側には決してつかないから、形勢が変われば立場の逆転もある。勝負は五分五分。小栗はそう考えていた。

乾いた喉を唾で湿らせ、一段と大声を出した。

「軍艦を使う前に、敗北と決めつけるのは時期尚早と存じまする。軍艦で一度でも戦いに勝利すれば、どちらにつくべきか日和見している諸藩も、われらに味方します」

朝廷が常に有利と見られる側についた歴史は、慶喜も知っている。毅然《きぜん》と敵軍を破れば、自分たちが再び朝廷軍になることも理解している。

だが、決断はできなかった。

「もう少し熟慮ののちに返答する」

そう告げると、慶喜は奥に引きこもってしまった。暫時、休憩してから慶喜を呼びに行く。御前会議が再開される。小栗はまた初めから軍略を説明する。ところが、決断の時になると、慶喜は弱気になって奥に消えた。

その調子で御前会議は丸二日続いたが、慶喜は決断を促されると先延ばしをして会議を抜け出した。

慶喜が朝廷に対して逆らえないのは、もはや自然の本能に由来している。小栗は慶喜の本性をそう捉えた。

朝廷は勝った側につくものだ。最後に勝てるのなら、戦いの途中で錦旗に逆らっても、不忠となじられる道理はない、と小栗は思っている。ゆえに慶喜が朝廷に逆らえないのを知って、覚悟がないと思った。大坂から船で江戸に逃げ帰る。これほど劇的に味方を劣勢に変えた行動を小栗はほかに知らない。慶喜の弱さに憎悪の念さえ覚えた。

御前会議の二日目が終わろうとした時、退出しようとする慶喜に思わずすがりついた。

「これ以上はもう待てませぬ」

言いながら、袴《はかま》の裾をつかんでいた。その所作が小栗のその後を決した。

「無礼者」

裾を払いながら、慶喜が憤怒《ふんぬ》の表情を見せた。広間は水を打ったように静まり返った。

翌日、登城した小栗に、老中が沙汰を言い渡した。

「御役御免及び勤仕並寄合《きんじなみ》を仰せつける」

勤仕並寄合とは、役職に就いていた者が辞職して無役になった家格である。要するに、その形式をとって、小栗に罷免が言い渡された。

七

榛名山《はるなさん》の西麓の烏川《からすがわ》に沿って上流に向かった先の山間《やまあい》に、上野国権田村はある。

小栗は三月一日に権田村に到着し、そこに引きこもった。連れ立ったのは、母邦子《くにこ》、妻道子《みちこ》、養子の又一《またいち》、それに又一の許嫁《いいなずけ》の鉞子《えつこ》の家族四人。ほかに用人、下女らを合わせると総勢三十七人という大所帯だった。

権田村に到着して五十数日を過ぎたある日、高崎《たかさき》藩、安中《あんなか》藩、吉井《よしい》藩の譜代大名が八百人ほどの兵を差し向けてきた。数人の使者が小栗の家を訪れ、回文された書状を手渡した。

小栗は素早く書状に目を通した。差し出し人は、東山道《とうさんどう》総督府である。新政府は反乱軍を追討するための本部として総督府を置いていた。

書状には小栗を追捕《ついぶ》するため三藩に申し付けたとあり、手向かうようなら一挙に誅殺《ちゅうさつ》すると書かれている。その理由は、小栗が陣屋などを厳重に構え、砲台を築いているからだという。

幕臣の地位を罷免されて以来、小栗には新政府に逆らう気はなかった。将軍である慶喜に戦う気がない以上、幕府はもう消滅している。今さら戦っても大義がない。

さらには——。江戸で旧幕府軍と新政府軍の全面戦争になれば、横須賀製鉄所にドックをもつフランスをも巻き込むことになる。フランスを巻き込めば、製鉄所の完成は頓挫してしまう。

製鉄所は、日本が欧米列強に対抗するためになくてはならない施設だ。江戸で全面戦争さえ起こらなければ、フランスは内戦に中立を保ち、製鉄所建設計画を新政府との間で進めるだろう。製鉄所を無傷で残すには、江戸での大規模な戦闘は避けるべきだと小栗は考えた。

だから、新政府に逆らう意思もないし、陣屋も砲台も置いてはいない。ただ、十年以上前に買って江戸の屋敷に置いておいた古い大砲を運んでいた。

「屋敷に残しても扱いに迷惑ゆえ、持参しました。逆らう意思のない証《あかし》にその大砲をお持ちください」

譜代の藩ということもあって、使者たちは小栗に友好的でさえあった。

「戦の備えがないのは、付近を調べて確認しました。大砲は預かって、総督府にその旨伝えます。これも役目ゆえ、ご容赦くだされ。ただ、疑うわけではないが、ご子息の又一殿に同道していただきたい」

つまりは人質だが、逆らわないと決めている以上、従うほかない。又一を同道させた。

翌日、念のために用人の一人を探りに送ると、血相を変えて戻ってきた。

「又一様は、総督府の屯所まで送られるようです」

罪人扱いである。ここに至って、選択は逃げるか、それとも見捨てずに自分が出ていくか、に絞られた。

「出ていったところで、罪人にされるだけであろう。しかたがない。会津まで落ちる」

ところが逃亡の準備をしているさなかに、高崎、安中、吉井の三藩の使者が再び現れた。前に訪れた時とは明らかに態度が違う。敵意にも似た表情を向けてきた。

「われらは総督府に、小栗殿に不審はないと申し上げたのだが――」

報告を受けた総督府の巡察使は怒りを隠さなかったという。

「小栗を即座に出頭させ、高崎、安中、吉井の三藩で護送してくるようにと、そういう命令でござった」

使者たちは小栗に抵抗の意図がないことを知っている。しかし、わが身に火の粉が降りかかったのを感じて、責めるように小栗に訴えた。

「このまま逃げる小栗殿はいい。従五位下《じゆごいのげ》に叙され、上野介をお名乗りになるご身分だ。今までに高禄をもらい、たくさんの金子《きんす》を持っている。どの地に逃れても安泰に匿《かくま》われて暮らせるでしょう。元幕僚として好き放題に突っ走って、失敗すれば辞めて他の地に移ってしまう。でも、われらはどうなる。小藩の田舎《いなか》侍はそうはいかぬのです」

使者たちの目が小栗を見つめている。その目は、かつて小栗や幕臣たちが慶喜に向けたのと同じ光を放っていた。

切羽詰まった状況にありながら、瞬時、小栗は徳川慶喜の今を思った。小栗が江戸を発《た》ったのは二月下旬だから、それまでの慶喜の動向は耳に入っていた。

慶喜は尾張藩主の徳川義宜《よしのり》や松平春嶽に書を送って、鳥羽・伏見の戦いを弁明し、後継を指名して退隠する旨、表明した。そのあとは、ただひたすら閉居して恭順の態度を示している。

謹慎する慶喜の姿が目に浮かぶ。彼が望んだ不戦などうまくいくはずがないと思いながら、嘲笑《あざわら》うことも、なじることもできない自分がいた。幕府に過ちがあったとすれば、考えて行動した結果に最後まで責任を取る者がいなかったことだ。

「やむを得ない。それがしを突き出してもらおう」

小栗は投降した。駕籠《かご》に押し込められて総督府の屯所まで連れていかれた。ほかに従った用人三人も縄をかけられた。

連行の途中、駕籠に揺られながら考えたのは、流れゆく歳月の速さだった。これほどの速さで、あっという間に過ぎ去っていくものだとは思わなかった。役職を失い、幕府そのものも消えた。時代の移り変わりは残酷なまでに小栗を痛めつけた。ただ、江戸城で薩長との決戦を主張した時も、罷免されて幕臣の地位を失った時も、小栗は心のどこかで状況はいずれ好転するものだと信じていた。しかし、最後は罪人として扱われることになり、自分が形に残せたものはといえば、横須賀製鉄所だけだった。

主従四人は、烏川の河原《かわら》に連れていかれ引き据えられた。小栗は、問答無用で斬首されるのを悟った。

斬首の執行人が厳かな声を発する。

「最期に言い残すことはないか」

「私自身は何もない。しかし、妻と母と息子の許嫁。逃がした三人の女たちには寛大な処置を願いたい」

できれば、完成した横須賀製鉄所の造船施設を見たかったが、それは叶《かな》わない。だが、施設さえ残せれば、日本の造船技術は大きく発展するだろう。

小栗は普段と変わらぬ落ち着きで、悠然と死についた。

（「小説野性時代」二〇二〇年三月号）

ふたたびの道

宮本紀子

【作者のことば】

長年勤めた仕事が家業だと、そろそろ引退をと告げられてもすっぱりとは辞められないようだ。まだ出来ると思い、辞めたら誇りまで失う気になるらしい。好きなことをすればいいじゃないと言われるのも辛《つら》いという。今さら何をすればよいのかと。これが母だったら、娘の私はなにを望む。そう考えて書いたのがこの短編です。

宮本紀子（みやもと・のりこ）　京都府生
「雨宿り」にて第六回小説宝石新人賞受賞
近著――『寒紅と恋　小間もの丸藤看板姉妹　三』（角川春樹事務所）

志津《しづ》は痛い腰をたたきながら店の表へ出た。丸い猫背を反らして天に向かって伸びをする。弥生《やよい》三月、昼の八ツ（午後二時ごろ）の空は霞《かすみ》がかってぼんやりしていた。

「ああ、春だねえ」

ついこのあいだ正月を祝ったと思ったら、もう桜の季節だ。ずいぶん前から月日の経《た》つのが早いと感じていたが、この頃さらにその早さが増したような気がする。瞬《まばた》きをしている間についっと数か月過ぎているようだ。

まあね、なんのことはない。年をとったんだよ。

志津は今年の正月で還暦を迎えた。

道をぞろぞろと人が引きあげていく。どうやら河岸《かし》通《どお》りの古着市が終わったようだ。ここは古手《ふるて》屋の町、富沢町《とみざわちょう》である。あっちもこっちも古手屋が軒を連ねる。

志津もまたこの町で「万年屋《まんねんや》」という小さな古手屋を営んでいた。

夫の助治《すけじ》とはじめた店だ。その夫も五年前に死に、それまで夫の片腕として店を手伝ってくれていた息子夫婦が正式に跡を継いだ。だからって志津の暮らしは変わらない。これまでずっとしてきたように、志津は毎日店に立っている。

しかし数年前から志津は暇を持て余すようになった。客が店に来ないわけではない。今だって町屋の若女房が嫁の加代《かよ》を相手に、花見に着ていく晴れ着を探して、店の板の間に幾枚もの小袖を広げて悩んでいる。

若い客は来るのだが、志津の客が来ないのだ。それが去年あたりからひどくなった。

こうやって待っているのにさ。志津はつい愚痴っぽくなる。だがわからなくもなかった。年をとるのはなにも志津ばかりではない。志津の馴染《なじ》み客も同じように年をとる。みんな隠居をしたり足腰が痛んだりやらで、そうそう出かけることもなくなり、新しい着物も要らないのだ。月日とともに志津の周りは変わってゆく。それは商いの仕方にもいえた。

長年にわたって「万年屋」も古着市に品物を出していたのだが、息子夫婦はそれをやめ、店でのみ売ることにした。仕入先も大店《おおだな》の呉服屋が在庫処分のため安く売り払った品や、古手問屋から買いつけた品が大半を占めている。志津がしていたような、町を流す古手買いから買いつけることは滅多にしなくなった。ひとつは店の品に盗品が交じるのを恐れてのことだ。だがいちばんの大きな理由は、

「おっ母《か》さん、古手屋がひしめくこの町で、どこの店にでもあるような品物を売ってたってしようがないだろ。あそこに行けばちょいといい物が揃《そろ》うって思ってもらえるような店にしねえと」ということだった。

着物を仕立てるなど、よほどの裕福な家でもないかぎり一生のうちでそうはない。着物を新調することは、多くの者にとって古着を買うということで、その古着にしたってなかなか買えるものではない。着物自体が高価なのだ。それだから少しでもよい品をゆっくり

と選んでもらいたい。息子夫婦はそう考えているようだ。

志津だってそれはよくわかっている。夫とふたりで店を構えた頃から十分に考えてきた。古手買いからも仕入れてはいたが、他の店のようにすぐに品物を吊《つ》るして売るようなことはしなかった。必ず洗い張りに出した。それでも汚れや傷みが目立つものは、着たときに隠れる場所へくるように仕立て直した。手間はかかるが、万年屋で買えばすぐに着られると喜ばれ、お陰で上客もつき、細々だがどうにかここまでやってこられたのだ。息子と娘、ふたりの子どもを育てあげることだってできた。

それによい品をというのなら、志津は今だって品物の目利きには自信がある。

正月の七草のころやってきた顔見知りの古手買いから、志津は久しぶりに一枚仕入れた。五つ紋が入った唐茶染《からちゃぞ》めに松葉の裾模様の小袖だ。元は大柄な女のものだったらしく、身幅が広い。だからか、しっとりとした上品な着物にしては安く仕入れることができた。

なのに息子の直治《なおじ》は、ひと言相談してくれと叱る。

「こんな幅広の着物は人を選ぶだろ。それに紋がついているものは気安く着られない。きっと売れ残っちまうぞ」

その唐茶の小袖をこの数日、店のどこにも見かけない。志津はほくそ笑んだ。なんだい、売れたんじゃないか。やっぱりいい品はじっと待っていりゃあ売れるんだよ。

あたしの目に間違いはないんだ。凝った肩と首をぐるぐる回し、さあ店に入ろうと上機嫌で振り返ったときだ。その着物が店先に吊るされて春の埃《ほこり》っぽい風に揺れていた。志津はぎょっとして急いで衣桁《いこう》から着物を外した。

「なんてことするんだい。こんなことをするのは直治だね」

その直治が大きな荷を背負って店先に立った。得意先の外回りから戻ってきたようだ。額に汗をかいている。いつもなら「お疲れさん」とねぎらう志津だが、口から出たのは文句だった。

「ちょいとお前、どういうことだい。こんないい着物を表に吊るしたりして。陽《ひ》があたって色が褪《あ》せちまうだろ」

「どうせ売れないんだ。看板にしたっていいだろ」

直治はとんでもないことを言う。

「それを決めるのはあたしだよ。これはあたしが選んだんだ。あたしがちゃんと売るさ」

勝手なことをしないでおくれと志津は着物を抱えて店に入った。

町屋の女房はまだ迷っている。志津はその横で着物をぱっと広げて畳んだ。品物をいちばん奥の棚に置き、女客にごゆっくり、と挨拶して奥の台所へ引っこんだ。

夕餉《ゆうげ》のお菜の芋を剝《む》いていた志津から、盛大にため息が出た。

とんでもないことと言えば、今年に入って直治に言われたこともそうだ。

「おっ母さん、商売はぼつぼつ俺たちに任せて、気楽におさんどんでもしてくれよ」

店でぼうっとしていることが多くなった志津を見兼ねてのことだろう。

嫁の加代も「そうしておくんなさい」とうなずくし、娘の多恵《たえ》は、「いいじゃない、そう言ってくれてるんだったら、そうしたら」と喜んだ。

しかし志津にとってそれがいちばん嫌だった。

もともと志津はおさんどんが苦手なのだ。飯の支度をするなら商いに精を出していた方がよっぽどいい。志津がおさんどんをしたのは、夫と所帯を持ってすぐのときぐらいか。店を構えると同時にひとり暮らしの母親を引き取り、食べることはみなこの母がしてくれた。母親が寝込み、あっけなく逝くと、娘の多恵が後を引き継ぎ、嫁に行ってしまうと、今度は一緒に住みはじめた息子の嫁が台所に立った。志津が台所に立ったのは、ほんのわずかな間で、しかもはるか昔だ。直治には「なに言ってんだい。若い者にはまだまだ負けないよ」と言ってみたものの、いくら商売にやる気はあっても、実際こうやって自分だけが暇なのだ。嫌だなんだと言ってはおれず、志津もこの頃では台所に立つようになった。しかし目刺しを焼けば焦がしてしまうし、大根は何度煮ても辛くなる。さすがにこれではまずいと思い、ときどき娘のところへお菜のつくり方を教えてもらいに行くのだが、腕は一向に上がらない。

どうせこれだって。志津は芋を剝くのをやめて、包丁を置いた。店に向かって首を伸ばし「ちょっと多恵のところへ行ってくるからね」と声を張り上げると、笊《ざる》に芋を入れて勝手口から外へ出た。

おさんどんは昔から苦手なんだよと言うと、娘の多恵は志津が持ってきた芋の皮を剝きながら「知ってるわよ」と笑った。

「お婆《ばあ》ちゃんが寝込んだとき、おっ母さんがおさんどんをしたことがあったでしょ。あたし、おっ母さんの拵《こしら》えたお菜が食べられるって結構うれしかったのよ。生まれたときからずっとお婆ちゃんのご飯だったから。だけどおっ母さんが出すお菜といったらお刺身ばっかり」

「魚の棒手振《ぼてふ》りに捌《さば》いてもらえれば、後は切って皿に盛るだけだからね」

「でも、二日にいちどはお刺身なんですもの。友達に多恵ちゃんのところはいつも豪勢ねって言われたときは、恥ずかしくってしかたなかったわ」

あとはなんだったかしらと、多恵は天井を見上げて志津がつくったお菜を思い出す。

「煮売屋から買った座禅豆でしょ。焼きなすでしょ。冷奴《ひややつこ》でしょ。でも三日もするとおさんどんが嫌になって、よく店を閉めてから蕎麦《そば》屋に行ったのよね。兄さんはそのころはもう奉公に出ていていなかったけど、お父《と》っつぁんとそろそろだろうって話してたら、今夜は蕎麦だよーって」

多恵はくすくす笑う。

「で、結局見かねたお父っつぁんがあたしにつくれって言ったのよ」

「おや、そうだったかね」

「やだ忘れたの。お父っつぁん言ってたじゃない、おっ母さんの頭には商いのことしかないからって。そうよね、口を開けば売れない、金がない、忙しい。あたし、ぜったい商いなんかするもんか。商売家《しょうばいや》へ嫁ぐもんかって思ったもの」

理想の相手はなかなか現れず、多恵の嫁入りは少し遅れたが、その甲斐《かい》あって娘は薬種問屋の番頭をしている男の女房に納まった。本町の裏手にあるこの小さな仕舞屋《しもたや》に親子三人で暮らしている。ひとり娘が小さい頃は、手習いから帰ってくるとお八つを出してやり、その日にあったことを聞いてやる。今も夕飯は夫が戻ってからみんなで食べているという。そのひとり娘も年頃になり嫁入り修業になにかと金がかかると嘆いているが、まずまず幸せなようだ。

「思いが叶《かな》ってよかったじゃないか」

「ええ、よかったわよ。あたしがしてほしかったことをみんな娘にはしてやれたもの」

多恵は皮を剝いた芋を鍋に入れ、火にかけた。出汁《だし》に醬油《しょうゆ》を加え、酒を入れる。

「はいはい、何もしてやれず悪うござんした。ちょいと、そんなんじゃ、どれだけ醬油を入れたかわからないじゃないか」

「そんなのいちいち量りゃしないわよ。目分量よ」

眉根を寄せ、じっと鍋の中を見つめる志津に多恵はため息をつく。

「ねえおっ母さん、兄さんだって無理におさんどんをしろだなんて言ってないでしょ。義姉《ねえ》さんだって、台所に立つのが嫌いなひとではないし。ふたりともおっ母さんにはそろそろのんびりしてもらいたいのよ」

「のんびりって、何をすりゃあいいのさ」

「好きなことすればいいじゃない。その年で元気でいられるなんてそうそうないわよ。そう思ったら何だってできるじゃない。おっ母さん、少しは店から離れなきゃ。もう兄さんの店なんですからね」

「あたしだってそれぐらいわかっているさ。だからこうして飯をつくっているじゃないか」

「さあどうだか」

廊下に足音がして、台所に孫の照《てる》が顔を出した。

「あら、お婆ちゃまいらっしゃい」

「おかえり。今日はなんのお稽古だったんだい」

「お花よ」

「そうだ、おっ母さんもお照と一緒に習ったらどう」

多恵はそうしなさいよとしきりにすすめる。照はどうしたのと不思議がる。

「お婆ちゃまが暇を持て余しているから何かやったらどうかって、今話していたところなんだよ」

「お前ねぇ……」

志津は顔をしかめた。暇を持て余しているだなんて、なんて言い草だ。たとえそうだとしても、他にもっと言い方ってもんがあるだろう。娘というのは母親に対し遠慮ってものを知らない。

「お婆ちゃま一緒にしましょうよ」

照はうれしそうに言う。孫はやっぱりかわいいもんだ。

「そうだねえ……でもここに来るよりもっと店を留守にしなきゃいけないだろ」

「ほら、またおっ母さんの口から店が出た。もう店のことはいいのよ。孫と稽古に通えるなんて幸せなことじゃない。ねえ、本気で考えてごらんなさいよ。戻ったら兄さんに相談するのよ。あとで話したか聞きに行くんだから」

「ああもう、わかったよ。ほら、芋が煮えたんじゃないかえ」

富沢町に戻り、志津は息子の直治に渋々話した。

「ね、多恵がそんなことを言うんだよ」

台所で水を飲んでいた直治は、志津が抱えていた丼から芋の煮っ転がしをひとつ摘《つま》んで
「いいんじゃないか」とあっさり言った。

「花なら店に飾ってもいいしな」

なるほど。それなら店の役にも立つね。志津は俄然《がぜん》やる気になった。

「じゃあ、お照と稽古に通ってみるかね」

「ああ。それよりおっ母さん、このお菜は多恵が拵えたろ」

黙っている志津に、直治はやっぱりな、と煮汁のついた指先を舐《な》めた。

「自分でやらないといつまでたってもうまくならないぞ」

「わかってるよ。それよりあたしの客は来なかったかい」

直治は「いや」と首をふって、店へ出て行った。

孫の照と共に意気揚々と生け花の稽古に通った志津だったが、二度ほど行っただけであっけなくやめてしまった。

「どうしてなのよ」

多恵の家の台所である。志津に烏賊《いか》の煮つけを教えながら、多恵は怒る。

「花を生けていても楽しくないんだよ。性に合わないっていうやつだね」

「でも店に飾ったって喜んでいたじゃない」

「さあ、そこさ。飾ったら飾ったで、もっとこの枝はこうがいいとか、花はこうだとか、お客がいちいち言って勝手に直すんだよ」

まったく失礼しちまうよと怒る志津に、多恵は呆《あき》れてため息をつく。

そこへ孫の照が帰ってきた。

「おや、今日は何のお稽古だったんだい。お花はない日だろ」

「お婆ちゃまいらっしゃい。今日はお茶よ」

「おやまあ、忙しいねえ」

「お浜《はま》ちゃんなんてもっと忙しいのよ。お屋敷奉公がしたいらしくって、横笛まで習っているんですもの」

照は、いちどおさらい会に誘われて行ったことがあると話した。

「武家の奥方さまがお師匠さんなんだけど、笛を吹いていらっしゃる姿が素敵なのよ」

照は思い出してうっとりする。

「わかるよ。あたしも娘時分に歌舞伎の囃《はや》し方《かた》の笛に見惚《みと》れたことがあるからね。そりゃあ格好がよくってねえ」

「へえ、お婆ちゃまにもそんなときがあったのね」

「あたしもはじめて聞いたわよ」

多恵も意外そうだ。

「そりゃそうさ。ずっと婆さんだったわけじゃないんだよ。それに、なにも好きこのんで商売ばかりしてきたわけじゃないんだ。爺《じい》さんたら、あたしと夫婦《めおと》になってすぐに店をはじめただろ。どんどん古着を仕入れてくるわ、掛取りは来るわで、仕方なしだったんだよ」

夫への恨み言と、後のほうは娘への言い訳になった。でも話しているうち若い頃を思い出し、志津は笛に興味が湧いた。

「あたしも習ってみようかしらねえ」

「おっ母さん本気なの」

多恵は驚いて目を瞠《みは》る。

「お前が何かしろって言ったんじゃないか」

「そりゃあ商い以外に楽しみができれば、娘のあたしとしてもうれしいけど」

照は手をたたいて喜んだ。

「お婆ちゃまが笛を吹けたらお友達に自慢できるわ。それに笛も錦の袋に入っていてすっごく豪華よ」

「そりゃあいいねえ。で、どこで教えてくれるんだい」

思い立ったら吉日である。

志津はお菜も貰《もら》わず、多恵の家を出たその足で笛の師匠のところを訪ねた。

内玄関に現れた笛の師匠は、娘の多恵よりすこし年上に見えた。四十過ぎだろうか。町人にも笛を教えているぐらいだ。暮らし向きは厳しいようで、着ている物も何度も水をくぐった着物だということが商売柄、志津にはわかった。が、やはり武家の奥方である。凜《りん》としている。

「あの、こんな年寄りでも笛が吹けるようになるんでございましょうか」

「なんでも気持ちでございます」

師匠は志津を離れに通し、持ってごらんなさいまし、と笛を渡した。

「構えるだけでも、気持ちは違ってまいります」

志津は竹の笛を手に持ち、かつて熱い眼差《まなざ》しで見つめた笛方の真似《まね》をして構えた。

師匠の言うとおりだった。なんだかもう吹ける気さえしてきて、志津の気持ちは一気に高まった。興奮で顔が熱くなるのが自分でもわかるほどだ。

「決めました、習います。それに笛もいただきとうございます」

これには師匠のほうが戸惑った。稽古に通うのはともかく、笛は何曲か奏でられるようになってからでも遅くはないと助言する。

「それに安くもございませんし」

「いかほどでございますか」

「よいものでございます。一両近く」

一両……。値を聞いてさすがの志津もうっと詰まった。が、「いやいや」と小さく首をふった。せっかくやりたいことを見つけたんだ。それにこんなに高ぶった気持ちはいつぶりだろう。志津は、今は持ち合わせがこれしかないがと、財布ごと師匠に差し出した。

師匠は少し逡巡《しゅんじゅん》したが、わかりましたとうなずいて、紫の錦の袋に入った笛を志津の前へ置いた。お励みなさいましと微笑《ほほえ》む師匠に、

「ありがとうございます」

志津は礼を言って笛を胸に抱えた。

浮き立つ気持ちとは裏腹に、志津は家に帰っても笛の稽古に通うことを直治に言えないでいた。笛も戻ってすぐに自分の部屋の行李《こうり》の底へ隠した。生け花のことがあるから新たな習い事への気恥ずかしさもあったが、「やめておけ、年寄りの冷や水だ」と言われるのが癪《しゃく》だった。だから志津は、

「時々だが一刻《とき》（二時間）ばかり外に出るよ。なに、お前たちの言うように、ゆっくりしようと思ってね」と話した。嘘《うそ》ではない。

「まあ、店以外に出掛けるところがあるのはいいことだ」

でもあんまり無理をするなよ、と息子は言って、嫁もうなずいた。


はじめての稽古日はよい天気だった。

桜も満開を迎え、上野《うえの》のお山も飛鳥山《あすかやま》も連日花見客で大賑《おおにぎ》わいのようだ。

志津は昼の九ツ半（午後一時ごろ）過ぎに、胸を弾ませ師匠の屋敷へ向かった。

離れの障子は開け放たれ、どこぞで咲いているのか、桜の花びらが風に舞っていた。

こんなところで笛を吹けるだなんて。

桜吹雪《ふぶき》の中で笛を奏でる自分の姿を思い浮かべ、志津はもううっとりだ。

「では、はじめましょうか」

志津は自分の笛を錦の袋から出して、嬉々《きき》と手にした。

しかしすぐに、これは大変だとわかった。

「膝を揃えて背筋を伸ばすのです。腹に力を入れて、肩の力は抜く。ほらまた猫背におなりですよ」

笛を吹くどころか、まともに構えることさえできなかった。指の使い方もこれまた難しい。

「左手は孔《あな》を指の腹でしっかり押さえて。ああ、右手は違うの。中指と薬指は指の節の一つめと二つめの間で押さえるのですよ。ほらまた猫背。腹に力を入れて！」

家に帰り着いたらもうぐったりで、翌日は体中が痛くて動くのに苦労した。

それでもせっせと貯《た》めた金で手に入れた笛である。孫の照も志津が吹けるようになるのを楽しみにしてくれている。ここでやめてなるものか。志津は稽古をつづけた。

息子夫婦も、今まで店にべったりだった志津が少し店から離れたことで、商売がしやすいようだった。

何度目かの稽古日で、簡単な曲を練習していこうということになった。

「少し早いですが、せっかく笛も誂《あつら》えたことですし」

師匠が選んだのは「かごめ」という、直治が幼い頃に近所の子ども達とよく唄いながら遊んだわらべ唄だった。

師匠はヒャーリーロウーと笛独特の節回しで調子をとりながら志津に教えていく。

志津だってだいぶ笛にも慣れてきた。頭の中で「かあーごーめーかーごーめえー」と唄いながら笛を吹いていく。

こんなのちょろいもんだ。すぐに吹けるようになるさ。

ところがどっこい甘かった。指の動きに気を取られていたら、息が吹けず音は出ない。息を吹こうと躍起になれば、今度は指がついてこなかった。なんとか音を出せても、曲の調子に合わせなくてはならず、おまけに、

「猫背になっていますよ。背筋はまっすぐ。はい、もういちど」

何度やってもうまくはいかなかった。頭ではわかっているのに、指と息のふたつの動作

が同時にできないのだ。

「はじめは皆さんそんなものです」

師匠の励ましにうなずきながら、志津は稽古を重ね、必死に笛を吹きつづけた。

そして三月の最後の稽古日になった。

月の終わりの稽古日はおさらいの日だとかで、この日は何人かの町屋の娘たちと一緒に稽古をすることになった。

師匠に「それではどうぞ」とうながされ、娘たちはそれぞれに曲を奏でていく。途中でつっかえる者もいたが、それでも志津から見れば、娘たちの白く細い指は滑らかに動き、血色のよい赤い唇から吹かれる息は力強く、笛の音はみな伸びやかに座敷に響いた。

「次はお志津さんお願いします。ゆっくりでいいですからね」

師匠は志津が習ってまだ日の浅いことを娘たちに話し、娘たちも「最初は音も出なかったわよねー」と、志津を気遣ってくれた。志津は吹いた。が、はじめて人前で吹く緊張で指の動きどころか、すぐに息は上がり、掠《かす》れた音しか出てこない。焦りと、娘たちの哀れむような顔が目の前をぐるぐる回り、志津はしだいに気持ち悪くなってきた。

ありがとうございましたと挨拶をして、師匠の屋敷の門を出たときには、脂汗が額から流れた。

ただいまと台所の勝手口をやっとのことでまたいだとき、ちょうど鍋の火加減をみていた嫁の加代が、志津を見るなり「おっ母さん」と声を上げた。

「どうしたんです、顔が真っ青《まさお》じゃありませんか」

「そうかい、ちょいと疲れたようだ。悪いが休ませてもらうよ」

自分の部屋へ戻り、袂《たもと》に入れていた笛を押入れの行李にしまったところへ、加代が心配して様子を見にやってきた。

「大丈夫ですか。布団を敷きましょうか」

「いいよ、自分でやるから」

志津は部屋の隅の布団をよっと持ち上げた。と、その拍子にふうと目の前が真っ暗になり、体が前へ崩れた。

「おっ母さん、おっ母さんっ。お前さん、おっ母さんが！」

気がついたら寝かされていて、枕元に娘の多恵が座っていた。

多恵は志津が目を覚ましたのに気づき、「おっ母さん」と涙を浮かべて志津の顔を覗《のぞ》きこんだ。その横で直治が怖い顔をして腕を組んでいる。

「多恵に聞いたぞ。笛を習いに行ってたんだってな。まあ、何をしてもいいが、体に気をつけてもらわないと困るよ。医者は無理をしたんだろうって言ってたぞ」

「心配かけて悪かったよ」

直治と多恵はまだ何か言いたげだったが、志津はふたりに背を向けて目を閉じた。

子どもたちはまた志津が眠ったと思ったようで、部屋から静かに出て行った。

志津のまぶたの裏で娘たちが楽しげに笛を吹いていた。あたしはあんな風に楽しめない。

今思えば、志津はただただ必死に吹いていただけだ。結局、年なんだと思った。やめよう。志津は決めた。花をやめたときと同じで、寂しくはなかった。却《かえ》ってほっとしていた。

「あっははは」

志津が今までの経緯を話したら、妹の徳《とく》は腹を抱えて笑った。

笛の稽古をやめ、もとの暮らしに戻った志津は、四月に入り灌仏会《かんぶつえ》もすんだ九日の今日、久しぶりに深川《ふかがわ》の海辺大工町《うみべだいくまち》に住む妹のところへ来ていた。徳の夫の善三《ぜんぞう》は船大工をしていたが、今はやめて跡を息子が継いでいる。同じ町内に小さな家を借りて、夫婦で細々と内職をして暮らしていた。

「そんなに笑わなくってもいいじゃないか」

志津はむくれた。慰めてもらおうとは思っていないが、大口を開けて笑われるとも思っていなかった。

「だって姉さん、笛に高い金を出しといて吹けないばかりか、目を回してぶっ倒れるなんて。で、結局やめて、金だって戻ってこなかったんだろ」

稽古をやめることは、まだ起き上がれなかった志津に代わって、息子の直治が伝えに行ってくれた。師匠はたいそう驚いたそうだが、志津が倒れたことを話すと、親が元気でいてくれるのがいちばんだと言って、わかりましたとうなずいてくれた。だが笛の代金は返せないから承知してくれとも話した。こちらの都合なのだ。もとから諦めていたが、直治には宝の持ち腐れだとちくりと嫌味を言われた。なに、孫の照にやればいい。

「で、姉さんはまた店にべったり張りついてんのかい」

そうだった。前と同じで、自分の客がやって来るのを店に座って待っている。苦手なおさんどんもまたはじめたが、腕は相変わらずで、つくったお菜はなかなか減らない。

今朝《けさ》も昨日の夕飯につくった菜っ葉の胡麻和《ごまあ》えが深鉢にまだたんと残っていて、鉢を前にむっすりしているところへ、この徳から手紙が届いたのである。なんでも、照降町《てりふりちょう》の楊枝《ようじ》問屋から大量の注文を頼まれて、どうにも断りきれずに引き受けたのだが、善三とふたりで捌けるかどうか心許《こころもと》なく、志津に四日ほど手伝ってくれというものだった。すぐに来てほしいとも手紙には書いてあった。

四日も店を空けるだなんてと志津は渋った。が、直治はそんな薄情なことを言ってねえで、手伝いに行ってやればいいじゃねえかと言った。

「でも飯の支度だってできやしないよ」

「そんなことはかまやしないさ」

「おっ母さんのお客さんがいらしたら、事情を話しておきますよ」

嫁の加代も安心して行ってこいと笑う。

なんだか厄介払いされたようにも思ったが、たったひとりの妹が困っているんだからと考え直してやって来たら、この仕打ちだ。今度は、そりゃあいけないねえ、と徳は顔をしかめている。

「いつまでも店にしがみついてちゃあ、直治たちは堪《たま》らないよ」

「みんなそう言うけどさ、商売していかないと食べていけないじゃないか」

それに滅多に来ないとは言っても、志津の客はまだまだいるのだ。

「だからあの店はあたしがいないと困るんだよ」

そうさ。よくよく考えれば、あの店はあたしの店でもあるんだ。なにを遠慮することがあるもんか。店にべったり張りついていたっていいじゃないか。

「そんなこと思っているのは姉さんだけだ」

徳はまた大口開けて笑う。

「姉さんがやめたって誰も困りゃしないよ。ちゃあんと息子夫婦が食べさせてくれるさ。直治はさ、姉さんの苦労してきた姿を見てるから、やめろだなんて言えないのさ。だがね姉さん、なんでも引き際が肝心だよ」

「……なんだい。手伝ってくれっていうから来てやったのに、もう帰るよ」

いくら妹でも腹に据えかねた。

まあまあ、とふたりの間に割って入ったのは、土間で楊枝を削っている徳の夫の善三だった。

「お徳、言い過ぎだ。わしらだってこうして内職で稼いでいるじゃねえか。義姉さんだってすべて甘えるなんざできないんだよ」

善三の言うとおりだった。それに売れないつらい気持ちを嫌というほど味わってきたただけに、志津は一枚でも古着を売ってやりたいと思う。役に立ちたいと思うのだ。

「言い合っている場合でもねえしよ」

見ろよ、と善三は指をさす。

家の土間も志津たちが座っている部屋にも、楊枝の材料が山のように積まれていた。

「ふたりとも口より手を動かしてくれ」

志津の手伝いは、徳と一緒に出来上がった楊枝を袋詰めにしていくことだ。

「姉さん悪かったよ。ほら機嫌直して」

徳は袋の束を志津にばさりと渡した。

富沢町の家に帰り着いた頃には、もうすっかり暗くなっていた。

ちょうど直治が夕飯を食べていて、志津も座って冷や飯に白湯《さゆ》を注いで啜《すす》った。

「疲れているようだな」

嫁の加代が今夜のお菜の鰯《いわし》の煮付けを出してくれる。

「楽な仕事なんてないね」

楊枝を袋に詰めるのも、もたもたはしていられない。かといって急ぐと楊枝の先が紙を突き破ってしまい、なかなか加減が難しかった。

「そうだ、あたしの客は来なかったかい」

直治は志津をちらっと見て、「いいや」と答えた。

三日目になると土間や部屋にあった楊枝も大分と減った。

「どうやら間に合いそうだねえ」

妹夫婦はほっと息をついている。

志津も安堵《あんど》した。これでやっと店に戻れる。

「今日はみんなで昼にしないかえ。干したかますのいいのが手に入ったんだよ」

徳はいそいそと台所へ立ってゆく。手伝いに来てから、昼は徳がつくった握り飯をかわりばんこに食べていた。

「姉さんのために買ったんだよ。助けてもらったお礼さ」

こんなところはやっぱり姉妹である。

徳は志津が部屋を片づけている間に、かますを炙《あぶ》り、豆腐と三つ葉の澄まし汁を拵えた。

「こうやって姉さんと膳を並べて食べるなんていつぶりだろうねえ」

徳は魚の身を箸でせせりながらしみじみ言う。

「ああ、そうだねえ。それにしても立派なかますだねえ」

善三も「いい塩梅《あんばい》だ。酒が欲しくなっちまう」と舌鼓をうつ。

「まあ、お前さんたら。まだ真っ昼間ですよ」

朗らかに笑っていた徳だったが、ちょいと姉さんたら、と驚いた様子で志津を呼んだ。

「もう食べちまったのかい。いくらなんでも早すぎるよ」

徳は呆れた顔で志津の骨だけになった皿を見つめた。

「あのさ、もっとゆっくり味わって食べたらどうなんだい」

「長年の癖なんだよ。店をしていたらお客がいつ来るかわからないだろ」

「だけどここは富沢町の店じゃないんだ。そんなに早く食べなくっても」

妹の皿には、まだ半身がきれいに残っていた。

「義姉さん、ちょいと腹ごなしに近所を歩いてきちゃあどうだい」

善三にすすめられ、志津はうなずいて立ち上がった。

表へ出ると、腰高障子が開け放たれた家の中から、妹の善三に嘆く声が聞こえた。

「姉さんは骨の髄まで商売人だ。楽しむことを知らない。あたしゃなんだか悲しくなってきたよ」

娘の多恵の言葉を志津は思い出した。あれはいつだったたか。

おっ母さんは食べることも、つくることも、商い以外はみんなやっつけ仕事なのよ。

多恵の半分怒って半分泣いている顔も覚えている。

小名木川《おなぎがわ》沿いに歩き、万年橋《まんねんばし》の中ほどで、志津は欄干にもたれて立ちどまった。

志津は大川《おおかわ》の流れに向かって大きく息をはいた。

あたしの生き方は間違っていたんだろうか。だから花も笛も楽しめなかったんだろうか。

橋の下を鯔《ぼら》の黒い群れが泳いでいる。海鳥が甲高く鳴いて飛んでいく。

志津は欄干を摑《つか》む己の皺《しわ》のいった手に目を戻した。

でもねえ、これでもあたしなりに精一杯生きてきたんだよ。

その日の帰り道でだった。

新大橋《しんおおはし》を浜町《はまちょう》の広小路《ひろこうじ》へ渡ったときだ。「お志津さん」と声をかけられた。外は暗く、蕎麦の屋台の掛け行灯《あんどん》に照らされた顔は、小網町《こあみちょう》の傘屋の内儀で志津の昔からの客だった。

「おとついだったか、あんたんとこに寄ったんだよ。なのにあんたは留守でさあ」

「おや、そりゃあ申し訳なかったですねえ。今からでもよかったら店に寄ってくださいましな。おかみさんに見てほしい品があるんでございますよ」

しかし内儀は顔の前で手をふった。

「聞いてないのかい。そんときにあんたんとこの嫁に見立ててもらって買ったんだよ。ちょいと派手かと思ったんだが、みんなに粋だって褒められてね。さすが若い者の見立ては違うね」

じゃあね、と内儀は足早に小網町の方へ去っていった。

おとついといったら――。

直治はあたしの客は来なかったと言っていたのに。

富沢町に帰り、夕飯をすませて熱い茶を飲んでいるとき、

「そこで傘屋のおかみさんに会ったよ」

と志津は告げた。

直治は飲んでいた湯呑《ゆの》みから顔を上げ、皿を洗っていた加代は流しから振り返った。

ふたりは互いに顔を見合わせている。

「おっ母さんは留守だって言ったんだよ。なあ」

「ええ」嫁も気まずそうに相槌《あいづち》をうつ。

「けどせっかく来てくれたんだしよ」

飯を食べているとき、志津は恨み言のひとつも言ってやろうと思っていた。が、やめた。かわりに、

「ああ、わかっているよ。いい着物をすすめてくれたって褒めてくれてね、あたしゃ鼻が高かったよ。難しいおひとなのに、よく売ったもんだと感心したよ」と褒めた。

茶漬けを啜り、自分の歯がたくあんをぼりぼり噛《か》んでいる音を聞いているうち、志津は代替わりしたのだとようやくわかった。実際はとっくに代は替わっている。頭では理解しているつもりだったが、今夜あの内儀の言葉でそのことが胸にすとんと落ちたのだ。ここはもうあたしの店ではない。それがはっきりとわかった。

怒らない志津にふたりはほっとしたようだった。

「加代が辛抱強く相談に乗っていたからな。それに、これもお父っつぁんやおっ母さんが真っ当な商いをして、いいお得意さんをつくってくれたお陰さ」

直治は殊勝なことを言う。

「そう思ってくれるかい。うれしいよ」

その夜、志津は床に横になり、真っ暗な天井を見つめながら考えた。

そうさ、あたしがいなくったって、この店はちゃあんと回ってる。うれしいことじゃないか。頼もしいかぎりだ。いい息子に、いい嫁だ。

引き際が肝心だよ――。

妹の徳の言うとおりだ。

今がその引き際なんだろう。いいや。遅いぐらいだ。志津は心に決めた。

「店に立つのをやめよう」

暗闇につぶやけば、寂しさが熱いものと一緒に胸にせりあがってきた。

花や笛をやめたときは平気だったのにね。けどそりゃそうだ。趣味じゃない。あたしの生業《なりわい》だったんだもの。

「でもさ、もう着物が売れないなんて毎日悩まなくていいんだ。金の心配だってせずにすむ」

息子夫婦の世話になり、甘えればいいんだ。息子たちだってそれを望んでいる。あたしがひとりで肩ひじ張って頑張ってきただけだ。それをやめるんだよ。

体の底から「ほう」と深いため息が出た。力がすうっと抜けていく。重いものが剝がれていくようだ。身が軽くなったように感じる。これが肩の荷が下りるということだろうか。

しかし志津には行くあてもなく、波間に漂う葉のような心細さにも感じた。

これも慣れていくんだろうさ。娘の多恵はまた言うに違いない。好きなことをすればいいじゃない、とね。だけど、好きなことなんてそうそう見つかるもんじゃない。

徳に相談してみようかと志津は思った。店をやめると言ったら「やっと決心をしたんだね」と喜んでくれるだろう。そうだ、内職を世話してもらおう。妹のそばに引っ越したっていい。


手伝いの最後の日は、朝からあいにくの雨だった。

昼の九ツ半を過ぎたころ、注文の楊枝がすべて片付いた。

よかったねえと皆で茶を飲み、昨夜考えていたことを志津が相談しようとしたときだ。今日は閉めている腰高障子がばんっと勢いよく開いて、細身の女がふくよかな女を引きずるようにして入ってきた。

「ちょいとお徳さん、聞いておくれよ」

「どうしたんだい」

徳はすぐさま土間に下りて女たちの濡《ぬ》れた体をふいてやり、とにかくあがれと部屋へうながした。楊枝の袋が詰まった荷をどけて座る場所をつくってやっている志津に、徳はふたりとも、この家の裏にある長屋の女たちだと教えた。志津より十ほど若いか。

「どうしたもこうしたも」

タカと名乗った細身の女は、部屋に座るとまだ息を切らせながら喚《わめ》いた。

「お虎《とら》さんったら今日の親戚の祝言《しゅうげん》に行かないって言うんだよ」

勇ましい名とは裏腹に、虎という女は、ふくよかな体を縮めてうつむいている。

「どうしてなんだい、あんなに楽しみにしてたじゃないか」と、徳も驚く。

そんな女たちの様子を、志津は茶を淹《い》れながら善三と眺めた。

徳は虎の顔を覗きこむ。

「可愛《かわい》がってた親類の娘《こ》だろ。花嫁姿が見られるって喜んでいたじゃないか。大きな蠟燭《ろうそく》屋のご新造《しんぞ》さんだ、玉の輿《こし》だって」

なのに今日になって急に行かないなんてどうして、と徳は虎の膝を揺すった。

「だからだよ」

虎は消え入りそうな声でつぶやいた。

「相手は立派なお家なんだよ。なのにこんな形《なり》の婆さんがのこのこ行っちゃあ迷惑だ」

タカがはっとした。

「何か言われたのかい」

「そうなのかい？　いったい誰に何を言われたんだい」

徳は虎に訊《き》く。しかし虎は首をふった。

「当たり前のことさ。普段着に毛の生えた形で行けば、あの娘に恥をかかせるだけだ」

「そんなこと言うやつは、長屋の性悪差配《さはい》だろ」

タカが吼《ほ》え、善三がぐふっと茶を噴いた。志津は善三の背を擦《さす》ってやる。

「本当のことさ。いいんだよ。あたしには場違いだってよくわかったんだから」

「そんなことあるもんかい」

徳は言って「ちょっと待っておくれ」と奥へ引っこんだ。

「あたしだってそんなに持ってやしないんだけどさ」

かんかんと鉄の把手《とって》が鳴っている。どうやら自分が持っている着物のうちで、虎に合うものはないかと、箪笥《たんす》の中を探しているようだ。

「これなんかどうだい」

徳が手に持ってきたのは、梅紫の五つ紋の礼服だった。

「羽織ってごらんよ。ほら立って」

しかし徳の着物はふくよかな虎には小さすぎた。身幅がたりない。

「弱っちまったねえ」

「お徳さんの着物が合わないんじゃ、あたしのだって駄目だね。そうだ、霊巌寺《れいがんじ》門前にある質屋が貸し物もする損料屋をしてただろ。あそこに行って」

だめだめと徳が手をふる。

「布団や鍋釜も一緒くたに並べて貸すようなところにろくな物はないよ。貸し賃が高いばっかりだ」

そうかい、とタカは落胆する。ふたりは桶《おけ》職人のおかみさんはどうか、それよりも植木職人のおかみさんはと、近所の女たちの名をあげてゆく。虎はそんなふたりの間で「もういいよう、もういいよう」と言っている。

志津はその様子を黙って見守っていたが、そのうち段々と悔しくなってきた。

「ちょいと、お徳。あんた目の前に古手屋の姉さんがいるっていうのに、どうしてあたしを頼ってくれないんだい」

志津は「姉さん助けておくれよ」と徳がいつ言ってくるか、ずっと待っていた。

「そりゃあ姉さんに相談したいよ。だけど古手屋で見繕える銭があったら、はじめからこんなに悩んだりしていないさ」

「誰が買えだなんて言った。商いをしようだなんて思ってやしないさ」

「だって……それじゃあ……でもいいのかい」

商売大事の姉がと、徳はまだ信じられないようだ。

そんな妹に、志津はしっかりとうなずいてやった。

「実はね、店に立つのをやめることにしたんだよ。今日はそれをあんたに話そうと思ってたんだ。最後にどんと高値の品物を売って花道を飾ってやろうと考えていたんだが、あんたらの話を聞いているうち、今まで商ってきた古着で人助けをして締めくくるのも乙《おつ》じゃないかと思えてきたんだよ」

徳の着物が虎に合わなかったのを見て、いや、差配がけちをつけたんだろうとタカが喚き、茶を噴いた善三の背を擦ってやっているときから、志津は虎の力になってやろうと考えていた。

「もうなんだい、それならそうと早く言っておくれよ」

徳はちょっと憎まれ口をたたいたが、ほっとしたようだ。

「そうかい、姉さんもとうとう決心したんだね」

しみじみ言って、

「姉さん、ありがとう。恩にきるよ」

徳は志津に手を合わせた。

「で、その祝言だけど、今日のいつ、どこであるんだい」

「たしか夕方から柳橋《やなぎばし》の料理茶屋でだったよね」

確かめる徳に、虎はまだ信じられないと目を丸くしながら、そうだと返事をした。

「だったらお虎さんをうちの店に連れて行ったほうが早いね」

「そうと決まればこうしちゃおれない。ちょいとお前さん、倅《せがれ》んとこの舟を出しておくれ、そら早く！　ああ、問屋の手代《てだい》はまだかねえ、楊枝を渡さなきゃ一緒に行けやしないじゃないか」

徳は地団駄を踏んで残念がった。


善三を船頭に、志津は虎を乗せて富沢町へ向かった。

店に駆けこんで来た志津に、直治も加代もびっくりだ。

「おっ母さんどうしたんだい、そんなに濡れちまって。そのひとは誰なんだい。おじさんまで」

次々店に入ってくる者に直治たちはさらに驚く。

しかし……


「話は後だ。ちょいと品物を借りるからね」

志津は虎を店座敷にあがらせ、これはという着物を片っ端から羽織らせた。

「これもちょいと身幅が狭いねえ。どれか幅の広いものが──」

棚のいちばん下に唐茶の色がちらりと見えた。

そうだ、これがあったんだ。

志津は着物を引き抜いた。羽織らせるとこれが虎にぴったりだ。

「よし、着物はこれに決まりだ。次は帯だね。帯は……そう、この亀甲文様《きっこうもんよう》の袋帯がいい。さあ、今度は着替えだ。善三さん、ちょいと待っておくんなさいよ」

志津は虎を奥の自分の部屋へ案内し、支度に取りかかった。

「なんだか悪いよう」

虎は上物の着物に尻込みしている。

「なに言ってんだい、着せてあげるから今着ているものを早くお脱ぎよ」

四半刻（三十分）して、志津は額に流れる汗を手の甲でぬぐった。

「ほらできた。ああ、我ながらうまくいった。どこぞの大店のお内儀さんのようだよ」

志津は帯に扇子を挿してやりながら虎を見上げた。

目の前に立つ虎は、唐茶の小袖に身を包み、志津の藤色の手絡《てがら》に鼈甲《べっこう》の櫛《くし》を挿している。

「なに、娘っ子はどんな格好だってお前さんが来てくれただけで十分うれしいさ。だがね、お虎さんのこんな姿を見たら、自分のためにどんなに心を砕いてくれた、祝ってくれているか、わかるってもんさ。海辺大工町の小母《おば》さんが来たよって言っておやり。きっと喜んでくれるから」

虎は、うん、うん、とうなずき、うれし涙を流す。

「ありがとう。夢が叶ったよう」

「そりゃあよかった。ほら、胸を張って行っといで」

志津は虎の背を押した。


雨はやんでいた。舟で柳橋まで送っていくという善三は、堀に舫《もや》いでいた舟に虎を乗せると志津に振り返った。

「義姉さんは人に着物を選んでいるときがいちばんいい顔をしていなさるよ」

「そう？　売れてもいないのにかい」

にやりと笑う志津に、善三は肩をすくめる。

「じゃあ送っていくよ」

「あい、頼むよ」

舟が桟橋から離れた。

「楽しんでおいでよ」

虎は河岸に立つ志津を何度も振り返り、手をふっている。

小さくなっていく舟を見送りながら、志津はよかったと思った。

善三にはあんなことを言ったが、ああやって人が喜んでくれるのはうれしいものだ。店で客の相手をしていたときだってそうだった。いいものが見つかった、似合う着物に出会えたと喜んでくれたら、そりゃあうれしくってたまらなかった。

夫がはじめた商いだ。仕方なしにやってきたところもある。

「でもね、やっぱり好きなんだよ。楽しいんだよ」

だが志津は、もう店から退く決心をしている。

「さ、戻ろうか」

志津は足を店に向けた。その足取りがちょっと重くなった。最後に人助けをしたはいいが、きっと直治は怒っているだろう。そりゃそうだ。古手屋が着物をただで貸してどうする。でも自分にとって見慣れている古着でも、今度のことでやはり高価なものなのだと、志津は深く感じた。普段着はどうにか買えても、今日のような改まった席に出掛けるとなると、途端に困る者は多かろう。

損料屋も着物だけを扱うところはある。しかし、鬢付《びんつ》け油で襟が汚れるからと、前もって値を割り増しされたり、借りた品を返しにゆけば、染みをつけたと追加の金を求められたりする。徳がぼやいていたように貸し賃が高いのはどこも同じだった。涙の染みにまで金を取られたと川柳に詠まれるほどだ。

いいものを安く貸すところがあったらねえ。

「安く貸す……」

そこで志津はふと思った。

「あたしがそれをするっていうのはどうだい」

いやいやいや、と志津はすぐに自分の年を考え、苦笑した。

もういい年だ。今さら新しい商いをはじめるなぞ。店を退くといっている者がなにを今さら。しかしそう思う一方で、知り合いの古手買いから古着を安く仕入れて、とにかくはじめは女物だけにしよう。それも年齢をある程度しぼった方がいい。それなら品物もたくさんなくてもすむ。染み抜きだって、洗い張りだって、自分でなんとかなる。その分貸し賃をぐっと抑えることだってできる。選んでもらう借り着は少ないが、値が安ければ喜んでもらえるだろう。でも、あたしひとりが食べていけりゃあいいといっても、儲《もう》けは大事だよ。肝心なのは大事な日に着てみたいと思ってもらえるような品を持つことだ。無地とおとなしめの柄物を。とにかく品のよい品物を吟味することだ。髪の飾りに草履《ぞうり》もいる

――と頭の中をものすごい勢いで算段が駆け巡る。

「やってみようか……」

好きなことをすればいいじゃない。その年で元気でいられるなんてそうそうないわよ。そう思ったら何だってできるじゃない――。

多恵の言葉が今までとはまったく別の言葉として志津の耳に蘇《よみがえ》ってくる。

「ああそうだよ、あたしの人生だ。あたしの好きなことをしたらいいじゃないか」

あたしの新しい商いだ。

「そこいらの損料屋と同じにしてもらっちゃあ困るよ。目指すのは、女たちが金の心配をせずにおめかしできる店だよ。そうだ、屋号は『おめかし屋』にしよう。うん、いいね」

最初は客がつくように荷を担いでの外回りだ。手に「おめかし屋」と書いた幟《のぼり》を持って町をまわろうじゃないか。

志津の胸は高鳴る。足取りは軽くなる。速くなる。とうとう志津は走り出した。そのまま店へ駆けこみ、「どうしたんだよ。今度はなんだい」と驚いている息子夫婦に志津は大声で告げた。

「あたしゃ、新しい商いをするよ。おめかし屋だ。決めた、決めたんだよ」

志津は、呆気《あっけ》にとられている夫婦をおいて店の表に出た。

見上げる空は茜色《あかねいろ》に染まりはじめている。その空に向かって拳を突き上げ、志津は叫んだ。

「あたしゃあ、まだまだ終わりゃあしませんよー」

志津の目には、己の新たな道が延びているのがはっきりと見えた。

(「小説宝石」二〇二〇年三月号)

ヤマトフ

植松三十里

【作者のことば】

懇意にしている編集者に勧められたのは何年も前だった。外国に関わった歴史上の人物を、よく小説にするので、興味は持ったものの、一冊にする自信がなかった。その一方で、家族をテーマに短編小説をいくつか書いているうちに、ふと「短編なら」と思って手がけたのが「ヤマトフ」だ。勧めてくれた方にも、短編を書かせてくれた方にも、またここに選んでくださった方々にも心から感謝したい。

植松三十里（うえまつ・みどり）　静岡県出身

「桑港にて」にて第二十七回歴史文学賞受賞

『群青　日本海軍の礎を築いた男』にて第二十八回新田次郎文学賞受賞

『彫残二人』にて第十五回中山義秀文学賞受賞

近著──『かちがらす　幕末の肥前佐賀』（小学館）

ペテルブルグの四月は、まだ冬から抜けない。空は晴れ渡るものの、宮殿広場には冷たい風が吹き抜ける。人々は毛皮のロシア帽を目深にかぶり、同じ毛皮の襟巻きをかき合わせつつ、早足で行き交う。

ヤマトフこと橘《たちばな》耕斎《こうさい》は、寒さをものともせずに広場の一角に立ち、岩倉具視《いわくらともみ》が率いる使節団を待っていた。耕斎は上背があり、かつて剣術でならした体格は、五十代に入った今も、ロシア人の中で見劣りしない。

ペテルブルグ大学の日本語科の教え子たちが、白い息を吐きながら背後を取り囲む。耕斎のロシア人妻の連れ子で、やはり日本語科の学生であるターニャも、今や遅しと待ち構えていた。

──来たわッ──

ターニャがロシア語で叫ぶ。耳を澄ますと、かすかに馬車の音が聞こえた。

広大な宮殿広場は、周囲を五階建てに取り囲まれている。アーチを多用した美しい石造り建築だ。その彼方《かなた》、建物が途切れた隙間から、六頭立ての馬車が現れた。一台ではなく続々と広場に入ってくる。蹄《ひづめ》や車輪の音が石畳に響き渡り、見知らぬ人が足を止めて言う。

──大層な行列だな。どこかの王族の来訪か、それとも、よほど大事な使節団か──

耕斎は胸たかならせて声を張った。

——日本だ。日本の使節団が、皇帝との謁見に向かうところだ——

——日本？　どこだ、それは——

——シベリアの最果ての、その先に高い文化の島国がある。それが日本だ——

耕斎が密《ひそ》かに日本を離れたのは、ペリー来航の二年後だった。以来十八年の歳月が経《た》ち、明治と改元されて五年。その間に日本の使節団と接するのは、これで四度目になる。

前の三回は幕府からの使者であり、髷《まげ》を結い和服を着て、大小の刀を腰に差していた。そんな見た目もあって、未開の国から来た珍奇な一行として扱われた。

でも今回は新政府が送り出した大使節団だ。一年三ヶ月も前に日本を離れ、アメリカをはじめヨーロッパ各国を外遊し、三日前にペテルブルグに到着した。

耕斎は通訳として駅まで迎えに出たが、全員が仕立てのいい洋服に身を包み、断髪をきれいになでつけていた。使節団の通訳たちは、ロシア貴族の教養語であるフランス語を使いこなす。前の三回とは異なり、文明国の使節という体裁を整えていた。

到着翌日にはロシアの外務省を訪問した。そこで伊藤博文《いとうひろぶみ》が交渉に立った。岩倉具視が由緒正しき貴族であることや、すでにロンドンでヴィクトリア女王と謁見したことなどを強調し、ロシアでも同じ待遇を求めて、皇帝との謁見を約束させたのだ。伊藤はロンドン留学の経験を持ち、この一年三ヶ月の旅の間にも、かなり外交馴《な》れしていた。

使節団の目的は、欧米の技術や文化の見聞と、日本の国際的地位の向上だった。特にロシアとは難しい交渉事はないため、迎える側も構えることなく、皇帝との謁見を許したのだった。

蹄と車輪の音が高まり、いよいよ先頭の馬車が近づいてくる。最初の一台が目の前を通り過ぎる時、耕斎は教え子たちと高らかに声を合わせた。

「ロシアに、ようこそ」

乗っていた伊藤博文が、日本語に気づいて目を細めた。さらに学生たちはロシア語でも歓迎の言葉を繰り返す。

「イポーニツ　タブロー　パジャーラバチ」

広場を行き交う人々は、誰もが足を止めて馬車の列に見入った。

「イポーニ、イポーニツ」

日本、日本人というロシア語が飛び交う。

その間にも黒塗りの馬車が何台も通り、ひときわ豪華な車体が近づいてきた。窓の奥に岩倉具視の姿が見える。上がり気味の大きな目に力がある。やはり耕斎に気づき、小さくうなずいて通り過ぎていく。

馬車がすべて行き過ぎ、宮殿前に次々と停車して、日本人が降りるのが見えた。小柄ではあるものの、遠目にも堂々としている。

伊藤博文や木戸《きど》孝允《たかよし》など、主だった使節たちの服装は、金モールの刺繡《ししゅう》入り大礼服だ。最後に降り立った岩倉具視の金モールは、ひときわ豪華だった。

ターニャが耕斎の腕をつかんだ。

――パパの国の人たち、立派だわ。私、誇りに思う――

思わず胸が熱くなる。これで故国は文化国家として認められるのだ。髷や着物や帯刀といった古来の文化を捨てたのには、一抹の寂しさがあるものの、欧米に認められるためには仕方ないことだった。

皇帝アレクサンドル二世との謁見は、宮殿内でつつがなく済み、夜には歓迎のレセプションが開かれた。立食の夜会で、大勢のロシア貴族や外務省の高官たちが、日本人を取り囲み、耕斎は通訳として加わった。

岩倉具視は、主だったロシア人との会話がすむと、気さくに耕斎に話しかけた。

「ペテルブルグ大学に日本語科があるとは驚いたな。君が開いたのかね」

「いいえ、日本語学校は百七十年前からあります。カムチャツカ沖で遭難した伝兵衛《でんべえ》という漁師が、この街に連れてこられて、ピョートル大帝の命令で教えたのが最初です」

ピョートル大帝は帝政ロシアを確固たるものとし、壮麗な首都ペテルブルグを建設した偉人だ。伝兵衛が他界した後も、漂流民が連れてこられて教師を務め、ロシア人の隣国語習得は、途切れがちながらも続いてきた。

「なるほど。それに比べると、日本は不勉強が過ぎるな」

岩倉は組んでいた腕をほどいた。

「君は帰国する気はないかね。日本でロシア外交の助言をしてもらいたい」

日本とロシアの間には国境問題がある。それを解決するには、専門的な助言が必要だった。しかし耕斎は首を横に振った。

「私は、もうロシア国籍ですので」

「それは心得ている。君のことは調べさせてもらった。今はヤマトフだが、もとは増田《ますだ》という掛川《かけがわ》藩士の家に生まれ育った。しかし勘当されて、先祖の姓を用いて橘耕斎と改めた。そうだな？」

耕斎は内心、舌を巻いた。

「仰せの通りです。ならば私が帰国できない理由も、ご存知でしょう」

「何かしでかしたらしいな。だが徳川《とくがわ》の治世のことだ。気にせんでよい」

岩倉は、人垣の向こうでロシア人と英語で話し込む伊藤博文を、目で示した。

「伊藤くんもな、若い頃は無茶をした。江戸にできたばかりのイギリス公使館を焼き討ちしたのだ。江戸で付け火は死罪だ。まして国際問題に発展している。それでも今では、あの通りだ」

新政府では、すねに傷を持つ者が、いくらでも活躍しているという。耕斎自身、望郷の念がないわけではないが、それでも承諾できないでいると、岩倉は理由を言い当てた。

「こっちに女房子供でも、いるのかね」

耕斎は観念した。

「実は、妻と、その連れ子が」

「連れ子は幼いのかね」

「いいえ、もう二十歳（はたち）になります」

　ならば置き去りにしてもいいだろうと言いたげだった。

その時、ロシア人が握手を求めて、ふたりの間に割り込んできた。日本語の会話は終えねばならない。岩倉は早口で耕斎に伝えた。

「あと半月ほどは、ここに滞在する。それまでに帰国のことを考えておいてくれ」

そして思いがけないことを言った。

「君の母上は健在だ。こんなに立派になった息子の姿を、さぞや見たいだろう」

その夜、帰宅すると、ターニャが目を輝かせて駆け寄ってきた。

——パパ、レセプション、どうだった?——

——ああ、なかなか盛大だった——

——ママも行けばよかったのに——

母親のアンナを振り返る。

夜会は夫婦同伴が原則だ。だが耕斎は通訳の責任を重んじて、単身で出かけたのだ。

アンナは素っ気なく答える。

——私は嫌ですよ。そんな気の張るところなんか——

もともと無口な女だが、ここのところ妙に不機嫌が続いている。やはり言葉とは裏腹に、連れて行かなかったことを恨んでいるのかもしれなかった。

出会った頃は三十そこそこで、はかなげな美しさに惹《ひ》かれた。今は髪に白いものが混じり、目尻や口元のしわが目立つ。十数年も連れ添うと、こんなものかと溜息《ためいき》が出る。

ふいに岩倉の言葉がよみがえった。

「君の母上は健在だ。こんなに立派になった息子の姿を、さぞや見たいだろう」

望郷の念は母に繫《つな》がっていた。

耕斎は文政《ぶんせい》三年、遠州《えんしゅう》掛川藩士の家に生まれ、幼名を久米蔵《くめぞう》といった。父は早くに亡くなり、年の離れた兄、増田市郎兵衛《いちろうべえ》が家督を継いだ。

子供の頃の耕斎は負けん気が強かった。体格がよかったこともあって、剣術を始めると才を発揮した。だが周囲とうまく交われず、喧嘩《けんか》ばかりして何度も道場を破門になった。

兄は厳しかったが、母は末子の耕斎をかばってくれた。破門になるたびに、母は息子の将来を案じて泣いた。それが申し訳なくて、毎度、道場に詫《わ》びを入れては、破門を解いてもらった。

だが喧嘩は激しくなるばかりで、そのうえ家の金を持ち出して博打《ばくち》にまで手を出した。道場は破門されたきりになり、いつしか街道筋で知られる悪たれになっていた。

兄からは勘当を言い渡された。母は懸命に仲裁に入ってくれたが、耕斎はこらえきれずに家を飛び出した。

それからは、いっぱしの渡世人になった気分で諸国を放浪した。だが旅の空の下で、母を思うたびに胸が痛んだ。思い返せば愚かな母だったかもしれない。息子を甘やかしすぎたのだ。それでも、とことん味方になってくれた優しい母であり、そんな母のために、できることなら人生をやり直したかった。

さんざん悩んだ挙げ句、三十歳を前に仏門に入った。寺で漢籍を学び始めると、たちまち修行僧の中で頭角を現した。この調子なら僧侶として大出世できるぞとばかりに、いい気になっていると、今度はやっかみを招いた。気に入らないことが重なって、とうとう修行僧全員を相手に、刃物をふるう大立ち回りを演じた。そうして寺を出たのだ。

その後は僧形で諸国を放浪した。結局、何をやっても駄目だと、自分自身を責めた。

三十四歳の時に江戸で黒船騒ぎがあり、翌年、日米和親条約が結ばれて、伊豆下田《いずしもだ》と箱館《はこだて》が開港した。

耕斎は新天地の箱館で、心機一転をはかろうと考えた。蝦夷地《えぞち》ではロシアがシベリアからの南下を図っており、そんなところなら自分の生きる道がありそうな気がしたのだ。

いっそ遠い異国に渡り、かの地の事情を調べて、日本のために尽くそうかとまで思った。そのくらいのことをしなければ、人生はやり直せないと覚悟した。

だが、そうなると母とは今生の別れになるかもしれない。ひと目だけでも会って覚悟を伝えたかった。そこで掛川に戻り、ひそかに実家に顔を出すと、母は涙で迎えてくれた。

耕斎は約束した。

「母上、今度こそ、立派になって帰ってくるから、楽しみにしていてください」

母は泣き笑いの顔で、息子の手を握った。

「ええ、待っていますよ。待っていますとも」

そして路銀が要るだろうからと、わずかな蓄えを手渡そうとした。その時、兄が帰宅し、鬼のような形相で怒鳴ったのだ。

「何をしているッ」

母は慌てて事情を話した。すると兄は鼻先で笑った。

「異国の事情を調べるなら、何も箱館くんだりまで行かずともよい。ちょうど伊豆の戸田《へだ》にロシア人が大勢いるから、宿に忍び込んで、やつらの本性を暴いてこい」

掛川藩主の太田資始《おおたすけもと》は、幕府老中まで務めた名君だ。今は、しきりに海外の情報を求めているという。

「ほかで得られぬ話を持ち帰れば手柄になる。そこまでできたら勘当を解いてやるし、帰参の口添えをしてやってもいいぞ」

そう言いつつも、また鼻先で笑う。

「おまえなら間諜《かんちょう》くらい朝飯前だろうが、それを成し遂げられないのが、おまえだ。まず無理だろうな」

煽《あお》り立てられて、耕斎は受けて立った。

「わかりました。命をかけてでも手柄を立てて、きっと帰参してみせます」

侍に返り咲いて、母を喜ばせたかった。母は危ないからやめろと引き止めたが、耕斎は敢然と立ち去った。


戸田は伊豆半島の西岸にあり、狭い湾口を駿河《するが》湾に向けた入江は、見事な円形で、波の穏やかな天然の良港だった。

さっそく耕斎は港町で聞きまわり、ロシア人が滞在している理由を突き止めた。そこには安政《あんせい》の大地震がからんでいた。

開港場になったばかりの下田は、伊豆半島の突端近くに位置する。そこにディアナ号というロシア軍艦が入港中、安政の大地震が起きた。ディアナ号は津波の被害を受けて沈没したという。

ディアナ号には五百名近いロシア人が乗っていたが、彼らは帰国の足を失った。そこで幕府が船大工たちに協力させ、戸田で洋式帆船を建造したのだ。戸田を選んだのは、湾口が狭くて、外から覗《のぞ》きにくいためだった。

ヘダ号と名づけられた新造船は小型で、五十名足らずしか乗れなかった。そのほかにロシア人たちは、下田に来航したアメリカ商船を雇い入れて、百六十名ほどが帰国した。

なおも二百七十名が戸田に残って、帰国の機会を待っていた。耕斎の兄が話した「大勢のロシア人」とは彼らのことだったのだ。

残留組の責任者はゴシケビチといい、漢文の読み書きができるために、幕府の役人とは、筆談で意思を通じているという。暇を持て余して、日本語を習いたがっているが、幕府が許可しないという。

ゴシケビチの宿舎は、町外れの宝泉寺《ほうせんじ》だった。隣接する本善寺《ほんぜんじ》に兵士たちが寝泊まりしている。しかし、どちらの寺も門前に見張りが立って、日本人は立ち入れない。

耕斎は境内に入る目星をつけた。宝泉寺は切り立った崖下にあり、崖上からならなんとか入り込めそうだったのだ。夜になるのを待ち、月明かりを頼りに、裏山の大木に荒縄を結びつけて、それを伝って崖下まで降りた。

墓場を通り抜けて本堂裏の雨戸をたたいた。すると銀色の髭《ひげ》をたくわえたロシア人が燭台《しょくだい》を手に現れた。僧形の耕斎を寺の坊主だと思ったのか、特に警戒した様子はない。

耕斎が「ゴシケビチ？」と聞くと、うなずく。そこで用意していた紙片を開いて見せた。あらかじめ漢文で「日本語とロシア語を教え合おう」と書いておいたのだ。

ゴシケビチは喜色満面となり、さっそく本堂に招き入れてくれた。すぐに意気投合し、筆談で言葉を教え合った。以来、耕斎は夜になると、密かに通うようになった。

ゴシケビチはロシア正教の宣教師でもあり、布教のために北京《ペキン》に滞在したことがあるという。その時に中国語を身につけ、漢語辞典を持っていた。それを底本にして、ぜひとも日露辞典を編纂《へんさん》したいという。

ふたりは漢語辞典を間に置き、ゴシケビチがロシア語訳を、耕斎は日本語訳を、一語ずつ教え合って書きつけていった。これは予想外に面白い作業だった。たがいに少しずつ言葉がしゃべれるようになるのも、わくわくするほど楽しかった。

作業の合間に、ゴシケビチは外交の重要性を教えてくれた。特にロシアと日本は国境を接しているだけに、争いが起きやすい。それを話し合いで回避するのが外交であり、話し合いのために必要なのが語学だという。

耕斎は子供の頃から喧嘩を繰り返して、人の道から外れてしまった。それだけに争いの虚《むな》しさは身にしみている。

ロシア人の本性を暴くつもりで来たものの、そんなことはどうでもよくなった。それより日露辞典ができれば、日露両国のためになる。自分も外交の場で働きたくなった。ようやく進むべき道が見えてきた気がした。

辞典の翻訳を進めているうちに、ロシア人の帰国の算段がついた。下田に入港してきた大型のアメリカ船を、また借り受けることになったのだ。

ゴシケビチは一緒にロシアに来てほしいと誘ってきた。なんとしても日露辞典を完成させたいので、引き続き協力してほしいというのだ。耕斎は話に乗った。

その頃、辞典の翻訳作業に問題が起きていた。耕斎にもわからない単語が、いくつも現れたのだ。技術の専門用語や、動植物の名称などだった。

アメリカ船が下田から戸田まで回航されてくるのには、まだ日数がかかるという。その間に耕斎は、ゴシケビチから金を預かって江戸に出た。そして大手書店に飛び込んで、参考になりそうな書物を片端から買い込み、急いで戸田に戻った。

その夜、買ったばかりの書物を風呂敷に包んで、しっかりと背中に斜めがけし、いつものように崖を下ろうとした。

だが、役人に見つかった。いかにも金のなさそうな坊主が、高価な書物を買いあさったことで、江戸で目をつけられ、尾《つ》けられていたに違いなかった。

月明かりの下、山中に逃げ込んだ。だが数人がかりで執拗《しつよう》に追いかけられ、気がついた時には挟み撃ちにされていた。

真剣で斬りかかられ、もみ合っているうちに、相手の刀が持ち主の喉を貫いた。絶叫とともに、生温かいものが耕斎の手に降り注ぎ、強烈な血の臭いが鼻をつく。

ほかの追手がひるんだ隙に、耕斎は全力で逃げた。必死にまわり道をして崖上に戻り、ほとんど飛び降りるほどの勢いで下った。そして墓場を走り抜け、無我夢中で本堂の雨戸をたたいた。

ゴシケビチは瞬時に事情を察した。本堂に招き入れるなり、血まみれの僧衣を脱がせて、洋服を着せかけた。

それからゴシケビチは耕斎を匿《かくま》い通した。アメリカ船に乗り込む際には、ロシア正教の祭壇用の木箱に潜ませて運び出した。役人たちは異教の道具を嫌い、よく検分もせずに門を通したのだった。

日露辞典は日本を離れてから二年以上も後に、ペテルブルグで完成した。題名は「和魯《わろ》通言比考《つうげんひこう》」とした。ロシア語は活字を用い、日本語は耕斎の筆文字を木版で彫って、両方を組み合わせて印刷した。全部で四百二十三ページ、掲載語は一万五千に及んだ。

完成した時には感無量で、表紙にゴシケビチの名前と並べて、橘耕斎と記した。まさに日露外交の基礎となる辞典だった。

これが高く評価され、耕斎は三十八歳でロシア外務省アジア局に任官し、外交の場に踏み出したのだった。


岩倉使節団がペテルブルグに滞在中、ターニャが突然、打ち明けた。

——パパ、私、結婚するの——

相手は日本語科の学生で、卒業を待って一緒になるという。

——私も卒業したら働くし、ママの面倒は任せて。彼もママと同居してくれるって——

ロシアは女子教育や女子の就業が進んでおり、ターニャは日本語教師になるという。

耕斎としては実の娘のように慈しんできただけに、嫁ぐというだけでも穏やかではいられない。そのうえ言葉尻が気になった。

——ママの面倒は任せてって、どういう意味だ？——

するとアンナが冷ややかに答えた。

——あなたは日本に帰っていいということですよ——

耕斎は眉をひそめた。

――私は帰るつもりなどない――

――でも帰りたいのでしょう――

――おまえこそ私を追い返したいのか――

つい口論になる。

寡婦だったアンナに手を差し伸べて、ターニャを大学まで行かせたのは、耕斎の力だ。でも母娘《おやこ》にとって自分は、もう用済みのような気がした。

また岩倉の言葉がよみがえる。

「君の母上は健在だ。こんなに立派になった息子の姿を、さぞや見たいだろう」

母には迷惑のかけ通しだった。最後に別れた時のことを思い出す。

「母上、今度こそ、立派になって帰ってくるから、楽しみにしていてください」

あの約束も果たせていない。母の歳《とし》からして、もう会えないものと諦めていた。だが健在なら、ひとめ会って謝りたい。今の自分を見せたい。もしかしたら喜んでもらえるかと思うと、胸がざわめいてならなかった。

岩倉使節団がペテルブルグを離れる日が来た。耕斎が駅まで見送りに行くと、岩倉具視から改めて問われた。

「帰国の件、決意したかね」

耕斎は曖昧に首を振った。

「いつかは、とは思うのですが」

「ならば早く決断したほうがいい。来年、この街に日本公使館を開くことになった。そうなると君は立場が微妙になるだろう」

公使が赴任してくれれば、まず国境問題の交渉が始まる。だが耕斎が日本かロシアか、どちらに利するかで、どちら側からも疑惑を向けられかねない。日本に帰ってロシア外交に尽力する方が、すっきりするのは明白だ。

「とにかく決断したら、すぐに知らせてくれ。日本から渡航許可を出す」

岩倉はそう言って、ロシア側が用意した貴賓列車に向かった。だが、ふいに改札前で立ち止まって手招きし、耕斎が近づくと声をひそめた。

「女と別れるのに金が要るなら、支度金を出すぞ」


アンナとターニャ母娘に初めて出会ったのは、耕斎が三十八歳で、外務省アジア局に任官したばかりの頃だった。

ペテルブルグは運河の街だ。夏の間は週末ごとに、物売りたちが小船を漕《こ》いでやってくる。日用品や古着、野菜果物、乳製品など、何でも売りにくる。

耕斎が岸辺を歩いていると、花売り船が通りかかった。櫂《かい》を操っていたのがアンナで、幼いターニャが岸辺を行き交う人々に、可愛《かわい》い声をかけていた。

——お花、お花はいかがですかァ——

耕斎も声をかけられた。

──奥さんに、お花を買いませんか──

かわすつもりで答えた。

──独り身だから、奥さんはいないよ──

──じゃあ、恋人に──

おしゃまな口調で勧める。

──いや、恋人もいないんだ。いつ遠い国に帰るか、わからないのでね──

任官してもなお、帰国の望みは心の隅に、かすかに残っていた。

──そうなの？　じゃあ寂しいわね──

耕斎は苦笑しつつ岸辺に立った。

──ママの仕事を手伝って、偉いね──

すると、いっそう大人びた様子で答えた。

──うちはね、パパが死んじゃったから、私が手伝わないと駄目なの──

母子家庭と聞いて、耕斎は少し気の毒になり、小銭で花束を買い求めた。家で花瓶に飾ると、殺風景な部屋が華やかになった。

それからは毎週、花束を買うのが楽しみになった。アンナは口数が少なく、おしゃべりな娘を、いつも微笑《ほほえ》んで見つめている。その温かい視線に心惹かれた。

白夜の夏が過ぎ、短い秋も終わると、運河から物売りの小船が消えた。水面が固く凍りつき、雪が降り積もる。昼間は短く薄暗く、部屋は殺風景に戻ってしまい、春まで母娘に会えないのが寂しかった。

その頃、箱館にロシア領事館が置かれることになり、ゴシケビチが日本語の能力を買われて、初代領事として赴任が決まった。ゴシケビチは出発前に、耕斎にロシア正教への改宗と、ロシア国籍の取得を勧めた。

それまで耕斎は、ゴシケビチの屋敷の一室に下宿していた。彼が箱館に赴任したら、その後の住まい探しが厄介になる。外国人は居住範囲が定められ、出かけられる場所も、街の中心部に制限されていた。

結局、耕斎は勧めに従って、ロシア国籍取得を申請した。そもそも罪人の身では、日本に帰れるはずもなく、帰国の望みを捨てたのだ。

国籍取得には厳しい審査があり、その認可を待っている時だった。仕事を終えて、暗い雪道を歩いて帰ると、下宿のドアの前に、小さな人影があった。

子供用の毛皮の帽子が動いて、顔が見えた。ターニャだった。耕斎は驚いて駆け寄った。

――どうしたんだ？　ママは？――

ターニャは黙っている。しゃがんで小さな手を取ると、指先まで凍えていた。それを両手で包んで聞いた。

――ひとりで来たのかい。何かあったのか。話してごらん――

続けざまに促すと、ようやく口を開いた。

――ママが病気なの。死んじゃうかもしれない――
真剣なまなざしに、いっそう驚いた。
――医者は？　往診に来てもらったのか――
ターニャは黙って首を横に振った。診察料が払えないらしい。そこまで暮らしに困って
いたとは思いもよらなかった。
――家はどこだ？――
すぐに駆けつけるつもりで聞いたが、ターニャの口にした住所は、外国人の外出許容範
囲の外だった。もし今、規則を破れば、国籍申請は却下される。下手《へた》をすれば国外追放も
ありうる。
一瞬、迷いが生じた。その時、ターニャが目に涙を浮かべ、冷たい手で、耕斎の手を強
くつかんで揺すった。
――ママを助けて――
この子は、ほかに頼る当てがないのだ。そう気づいて立ち上がった。先のことなど、ど
うでもよかった。こんな幼い少女が、たったひとりで助けを求めに来たのだから。
ターニャを抱き上げ、雪あかりの中、大股で運河沿いを歩き出した。その時、向かいか
ら、馬車が雪煙をかきたてて近づいてきた。それがゴシケビチの屋敷の前で停《と》まった。
気になって振り返ると、ゴシケビチ本人が馬車から降りてくるところだった。向こうも
耕斎に気づいて、大声で言った。

——おおい、国籍が取得できたぞッ。これで、どこにでも行かれるぞッ——

耕斎は大急ぎで戻り、ゴシケビチが差し出す書類を受け取った。それはまさしくロシア国籍の認定証だった。

耕斎はターニャを抱いたままで頼んだ。

——すみません。馬車を貸してください——

ゴシケビチが承知するなり、ターニャと馬車に乗り込み、アンナの住まいを目指した。


玄関のドアを開けると、足元にアンナが倒れており、驚いて抱き起こした。ガウンは冷え切っているのに、高熱で背中が熱い。

うわ言のように娘の名を呼ぶ。ターニャがいないことに気づいて起き出し、玄関まで探しに来たらしい。

——心配するな。ターニャは、ここにいる。ひとりで私を呼びに来たのだ——

そのままアンナを抱き上げて、寝台まで運んだ。驚くほど軽かった。

大急ぎで馬車で医者を呼びに走った。医者の診察中、部屋の寒さに気づいて、暖炉に火を入れようとしたが、薪《まき》がなかった。それどころか食べ物もない。

アンナは重い肺炎を起こしていた。熱冷ましの薬を与え、あとは暖かくして安静にしているようにと、医者から指示された。

医者を送りがてら、薪や食べ物を調達して戻ると、ターニャが母親の寝台の足元で寝入っていた。頬の涙の跡が痛々しかった。

その晩が峠だった。翌朝には熱冷ましが効いて、少し元気を取り戻した。耕斎は毎晩、仕事帰りに見舞った。その甲斐《かい》あって、半月ほどで全快した。

改めて週末に訪ねると、ターニャが耕斎の手にすがり、顔を見上げて言った。

――ねえ、ねえ、パパになって――

幼いながらも、本能的に庇護者《ひごしゃ》を求めていた。苦笑すると、アンナが娘をいさめた。

――ターニャ、無理を言っては駄目よ。いつか遠い国に帰る方なんだから――

耕斎は首を横に振った。

――帰らない。ロシア国籍を取ったんだ――

――お母さまが待っているんじゃ？――

――いや、母は生きているかどうかも、わからない。もう帰らないと決めたんだ――

そして日本を出た理由を、初めて打ち明けた。ゴシケビチしか知らないことを、何もかも話し終えた時には、アンナは涙を流していた。それほど親身になってもらえたことが、耕斎の心を温めた。

ふたりが結ばれたのは、その夜だった。

耕斎がロシア国籍を取得した年の夏、幕府はアメリカと通商条約を結んだ。かつての和親条約は、燃料や真水を提供するだけの取り決めだったが、今度は貿易を始める条約だった。これにロシアはじめ、オランダ、イギリス、フランスの各国が続いた。

翌年には横浜《よこはま》が開港した。その後、幕府初の外交使節団がアメリカに向かった。通商条約の正式文書の交換式を、相手国で執り行ったのだ。

この知らせにロシアは警戒した。アメリカに抜け駆けされた形であり、箱館で領事を務めるゴシケビチが無能よばわりされた。そのため耕斎は、みずから渡米を志願した。使節団に接触して、事情を探ってくると申し出たのだ。

それが認められ、耕斎はロシア軍艦に乗ってバルト海を抜け、大西洋を渡った。すでにワシントンDCでの文書交換式は終わり、一行がニューヨークに移動した時に、耕斎は近づくことができた。

使節団は従者や賄いまで含めると七十七名で、主だった使節は、仕立ておろしのような紋付袴《もんつきはかま》姿で、凝った拵《こしら》えの刀を腰に差していた。耕斎には立派に見えたが、ロシア軍艦の乗員たちの目には奇異に映ったらしい。

耕斎が非公式に会いたいと打診すると、小栗忠順《おぐりただまさ》という目付《めつけ》が応じてくれた。額が大きく張り出して、いかにも切れ者といった印象の旗本だった。

耕斎は小栗から内々に、日本の外交事情を聞き出すことができた。通商条約は朝廷の猛反発を受け、調印した外国奉行たちが罷免されてしまったという。アメリカ一国のみの訪問計画は彼らが決めたことであり、今回、渡米してきた正使は新任の外国奉行で、決定事項を引き継いだだけだった。

耕斎は言葉を選びながら忠告した。

「今後、使節を送るのなら、特別な目的がない限り、一国だけ特別扱いしない方が賢明でしょう。下手をすると、日本はアメリカの言いなりだと、ほかの国から侮られます」

小栗は率直に受け止めた。

「わかった。心得ておく」

だが使節団の中に、耕斎の前歴を見破る者がいた。罪人だから捕まえろと騒ぎになり、耕斎はロシアの旅券を見せた。

「私は、すでにロシア人です。捕縛なされば、ロシアとの国際問題になりますよ」

すると相手はたじろぎ、耕斎はロシア軍艦に乗り込んで、急いでニューヨークを離れた。ただ内心は穏やかではなかった。

それが耕斎が最初に接触した日本の使節で、後に万延《まんえん》元年遣米使節団と呼ばれた。

二度目に会った一行は、文久《ぶんきゅう》元年に三十八名がヨーロッパ各国を巡った。こちらは文久遣欧使節団と呼ばれた。

すでに通商条約で、兵庫や新潟の開港が約束されていたが、日本では攘夷《じょうい》の嵐が吹き荒れて、とても実行できる状況ではなかった。そのため開港延期を求めて、ヨーロッパ各国を訪ねたのだ。

最初に訪れたフランスでは突っぱねられたが、次のイギリスが延期に応じ、ロシアなど各国が同調した。そのために使節の目的は達せられ、ペテルブルグでは難しい交渉事はなかった。

そこで耕斎は表舞台には出ず、もてなしに徹した。料理は日本人が好みそうな海産物を揃《そろ》え、寝室には箱枕や糠袋《ぬかぶくろ》を備えた。

耕斎が物陰からうかがっていると、福沢諭吉《ふくざわゆきち》という威勢のいい従者が言った。

「きっと日本人がいるんですよ。こんな気配り、日本人でなければ無理だし。でも、なぜ顔を出さないんでしょうね」

そうはいっても、また前歴を見破られてはと、耕斎は最後まで黒子に徹した。

三度目の使節団との邂逅《かいこう》は慶応《けいおう》二年で、耕斎にとって正念場となった。

正使は小出秀実《こいでほずみ》という箱館奉行で、瓜実顔《うりざねがお》で彫りの深い美男だった。総勢十九名で、彼らの目的は樺太《からふと》の国境問題であり、各国訪問ではなく、ロシアだけを目指してきた。

すでに日本からの留学生が何人もペテルブルグに滞在しており、耕斎は小まめに世話を焼いていた。そのために今さら隠れても意味がなかった。

まして大事な国境交渉だ。すでに箱館から帰国していたゴシケビチが第一通訳官、耕斎が第二通訳官として、外務省アジア局長の補佐に立った。

会談は蝦夷地周辺の地図を間にして始まった。蝦夷地の北端である宗谷《そうや》岬のさらに北には、樺太が南北に細長く伸びている。樺太では、いまだ国境は定められておらず、日本人とロシア人が混在して暮らしている。そのために小競り合いが起きていた。

小出は細長い樺太の中央に横線を引いた。

「この線を国境にして、ここから南半分を日本領土として認めてもらいたい。北半分はロシアに差し上げよう」

ゴシケビチが訳すと、アジア局は現状維持を強く主張した。国境など不要だという。ロシアとしては少しでも南の土地が欲しいのであり、北半分に追いやられるなど論外だった。

一方、小出もかたくなだった。形のいい眉を吊《つ》り上げて、何としても南北で分断すると言い張る。双方とも歩み寄ろうとせず、このままでは物別れになりそうだった。

耕斎は内々に小出に面会して助言した。

「ロシアは領土が広大で、さまざまな国と国境を接し、それぞれに問題を抱えています。でもロシア人は、あえて国境をあいまいにしておいて、折を見て出兵し、領土を広げようという魂胆です。ですから、この交渉で、きちんと決着をつけるべきです」

小出は何を今さらという顔をした。

「だからこそ樺太に、はっきりした国境線を引こうというのではないか。おまえは通詞《つうじ》の分際で、わざわざ何を言いにきた？」

日本では通訳の身分が低い。若かりし頃の耕斎なら、ここで喧嘩になったところだが、ひとつ息をついてから答えた。

「私がお伝えしたいのは、日本は樺太全土を手放して、代りに千島《ちしま》列島を取るべきだということです」

「何だと？　広大な樺太を手放して、小さな島を得るなど、大損ではないか」

「ですが、日本が欲しいのは海産物のはずです。それなら千島列島の方が、巨大な漁場を得られます」

蝦夷地の東に連なる千島列島には、夏になると昆布漁のために、蝦夷地から大勢のアイヌの人々が送り込まれる。昆布は乾物になって長崎から中国へと輸出され、幕府に莫大《ばくだい》な外貨をもたらしていた。

その千島列島も、カムチャツカ半島寄りはロシア領、蝦夷地寄りは日本領とされてはいるものの、やはり混乱は起きている。

「ここは千島列島すべてを日本領にして、カムチャツカ半島との間を国境にすべきです。その一方で樺太をロシア領とし、宗谷岬との間も国境にするのです。海を国境にすれば、あいまいさは消えます」

小出は鼻先で笑った。

「それがロシアの本音か」

「いいえ、ロシアの本音は駆け引きなく、現状維持です。千島列島を手放させるのも、けして容易ではありません」

「広大な領土を持つロシアが、あのような小島にこだわるとは、なんという強欲だ」

「千島列島を失えば、オホーツク海の制海権を失うからです。そこを痛み分けで決着するのが、外交というものでしょう」

小出は言い返せなくなったのか、原則論に立ち戻った。

「とにかく樺太は手放せない」

「なぜ、それほど樺太にこだわるのですか。蝦夷地そのものでさえ未開拓だし、とてつもなく長い海岸線の守りも、これから固めなければならない。とても樺太まで手がまわらないでしょう」

「いや、ロシアが樺太全土を手に入れれば、次は蝦夷地が狙われる。さっき、おまえは言ったな。ロシアは折を見て出兵し、領土を広げようという魂胆だと」

耕斎は首を横に振った。

「それは敵対した場合です。友好関係が築かれれば問題はありません」

さらに言葉に力を込めた。

「私は故国のことを思って、ご忠告しています。今、決めなければ、国境問題は未来永劫《えいごう》、解決しなくなるでしょう。気づいた時には、樺太も千島列島もロシアのものになっているかもしれません」

するとと小出は突き放すように言った。

「おまえの話など信用できぬ。しょせんロシア人だしな」

耕斎は説得の虚しさを感じた。

その後、公式な会談は八回に及んだが、結局は決裂した。

一行がペテルブルグを去る時に、耕斎は駅まで見送りに行き、思わず涙をこぼした。せっかく外交の表舞台に出られたのに、何もできなかったことが情けなかったのだ。

家に帰ってから、耕斎は紙に「大和夫」と大書した。「日本の男」という矜持《きょうじ》を込めた苗字《みょうじ》だ。ただ「ヤマトフ」を漢字でしたためる機会は、まずない。

それを見つめていると、アンナが背後から、遠慮がちに声をかけてきた。

――もしかして今度の使節団と一緒に、日本に帰りたかったんじゃありませんか。お母さまにも会いたいのでしょう――

夫の鬱屈《うっくつ》を望郷の念と誤解したらしい。耕斎は前を向いたままで否定した。

――そんなことはない。自分の力のなさが悔しいだけだ――

だが今になって思う。もし国境問題が解決していたら、自分の評判が日本に伝わり、兄や母の耳に入ったのではないかと。

しかし、この交渉によって、耕斎はロシア外務省から危険視された。日本側に加担しすぎたというのだ。ゴシケビチは擁護してくれたが、結局、耕斎は外務省を追われ、ペテルブルグ大学の日本語科で、教官を務めることになったのだった。

岩倉使節団がペテルブルグを去った後、ターニャが結婚相手を家に連れてきた。耕斎の教え子だけに、性格も家も申し分ないことは承知している。でも、だからこそ心がざわめく。

――ターニャは、もう何の心配もないな――

夫婦ふたりになった時に力なくつぶやくと、アンナは黙り込んでしまった。つい自虐的な言葉が出る。

――おまえたち母娘にとって、もう私は用なしなのだな――

なおも返事はない。否定さえしてもらえないのが哀《かな》しかった。

かつてアンナが重い肺炎にかかった時に、助けを求めに来たターニャの真剣なまなざしは忘れられない。パパになってと甘えた愛らしさも、脳裏に焼きついている。

あの時は、母娘ともに生きるか死ぬかの瀬戸際で、それを自分が助けたのだ。でも今は、もう求められてはいない。

それどころか、もはやロシア外交にも必要とされてない。ゴシケビチとふたりで日露辞典を編纂していた時に、外交こそが進むべき道だと決めたのに。

もしかして日本なら、まだ自分を必要としてくれるかもしれない。そんな姿を母に見せたい。母の年齢を考えると、急がねばならないことは、充分に承知していた。

岩倉使節団を迎えた翌年、在ペテルブルグ日本公使の派遣と、公使館の開設が、日本政府から正式に伝えられた。

耕斎は公使の名に驚いた。榎本武揚《えのもとたけあき》といって、幕府崩壊の際に、最後まで新政府に反抗した元旗本だ。

その経歴も、すでに耳にしている。十九歳の時に、幕府の蝦夷地探検隊に従者として加わり、二十歳で日本初の洋式海軍学校に入って、幕府海軍の創設に関わった。さらに二十七歳から三十二歳までは、幕府初の公式海外留学生としてオランダに滞在。

帰国した時には、すでに幕府は傾いていたが、生来の負けん気ゆえに幕府崩壊を認めなかった。そのため東洋一を誇った幕府艦隊に、幕府側の残党を乗せて蝦夷地に上陸。箱館五稜郭《ごりようかく》を占拠し、かの地の外国領事たちに蝦夷地独立を認めさせたという。

だが最終的には力つきて、新政府軍に降伏したのだ。その後は二年半、投獄されたが、最終的には許されて開拓使に出仕した。開拓使は北海道開拓のために設けられた新政府の役所だ。

オランダ語はもちろん、英語やフランス語にも通じているという。蝦夷地独立を領事たちに認めさせるほどの外交手腕を持ち、まして強気の性格からしても、ロシアとの交渉にはうってつけだった。

その年の六月十日、榎本は公使館員たちを連れてペテルブルグに現れた。その姿を見て、耕斎は、この男なら大丈夫だと直感した。

小出秀実も美男だったが、榎本は目鼻立ちが整っているだけでなく、上背があり、堂々たる偉丈夫だ。外交官は国の印象を左右するだけに、外見も大事だった。

榎本は耕斎に近づいて握手するなり、まっさきに言った。

「小出さんから君のことを聞いた。小出さんは気に入らなかったらしいが、樺太と千島の交換の件、私は悪くないと思った。国境交渉は、その線でいく」

この時、耕斎は帰国を決意した。もはや任せて間違いはない。日本を故国とするロシア人という中途半端な自分が近くにいては、邪魔になりかねないと判断したのだ。

いつまでも陽《ひ》の沈まない白夜の最中《さなか》、耕斎は帰宅すると、アンナとターニャに初めて帰国の意思を打ち明けた。ターニャは目を見張り、母親の腕をゆすった。

――ママは、それでいいの？――

するとアンナは言葉少なに答えた。

――いいのよ。あなたも結婚するし、私は身軽になって、ひとりで生きていくから――

ターニャは声を荒立てた。

――ママ、強がりはやめてちょうだい。ママの面倒は私が見るって前から言ってるでしょう。でもパパがいなくなって、本当に平気なの？――

アンナは空を見つめてつぶやいた。

――平気よ――

翌日、耕斎は大学に退職を伝え、外務省に旅券を申請し、榎本には日本での滞在査証の発行を頼んだ。

榎本は、やや困惑気味で聞いた。

「これから領土交渉が始まる。手伝ってもらえないのか」

「私は微妙な立場ですので、いない方が、むしろ上手《うま》く進むかと思います」

「だが君は譜代藩の出だ。日本に帰っても、思うような仕事につけるかどうか」

旧幕臣はもとより、掛川藩のような譜代大名の旧家臣たちも、新政府では冷遇されているという。

「私は開拓使に出仕したが、正直なところ居心地はよくなかった。どうしても逆賊の汚名がついてまわるのだ。こっちに来られて、何よりだったと思っている」

耕斎は頰を緩めた。

「日本で何か役に立ちたいという思いも、ないではありませんが、そういうことであれば、静かに余生を送るのもいいかもしれません。私は、もう五十五歳ですし、ロシアから年金を支給してもらえますので」


榎本が着任して、ほぼひと月後の七月九日が、耕斎の出発日と決まった。

ペテルブルグから国際列車を乗り継いで、南フランスのマルセイユまで行けば、横浜行きのフランス郵船が就航している。

出発前夜、耕斎はターニャに告げた。

――年金はアンナと私で折半する形で、受給手続きをした。半額では不満かもしれないが、十数年、連れ添った夫婦の証《あかし》だ。そうアンナに伝えてくれ――

あれ以来、アンナとは口を利いていない。とうに寝室は別々だし、もはや目も合わせない。ただ、どんなに不仲になっても、無一文で放り出す気にはなれなかった。

受給証書を手渡すと、ターニャの手がふるえ始めた。

——どうした？——

——パパ、ありがとう。こんなに気を使ってくれて——

声が潤んでいる。

——私ね、ママが重い肺炎にかかった時に、パパなら助けてくれるって思ったの。子供心にも打算があったのよ。でも本当に助けてくれた時、パパが大好きになった。だからパパになってって頼んだのよ——

泣き笑いの顔になった。

——あの時のことは一生、忘れない。ママだって忘れてはいない——

手のひらで乱暴に目元をぬぐった。

——ママが、ずっと不機嫌なのは、本当はパパに行って欲しくないからなの。いつかパパは日本に帰る人だから、その時は引き止めちゃいけないって、子供の頃から言われてたから、私も我慢してたけど。でも、でも——

涙で言葉を詰まらせ、ひとつ息をついてから続けた。

——ママはね、ひと言でもパパと口を利いたら、涙が止まらなくなっちゃうから、わざと素っ気なくしてるのよ。今にも引き止めそうになるのを、必死にこらえているの——

耕斎は目を伏せた。

——そうか。もし、それが本当なら——

——本当よ。娘だから、わかるの——

——わかった。それなら明日、アンナも駅まで見送りに来てもらいたい——

アンナの本心を聞いたからこそ、今夜も距離を置きたかった。耕斎こそ、ひと言でも口を利いたら、帰国の意思がゆるぎそうな気がしたのだ。

日本に連れて行くという選択肢はない。アンナでは孤立するに違いないし、本人も、そう自覚しているから、夫を送り出す覚悟を決めているのだ。ならば、その配慮を受け入れるのが、妻への思いやりだと心に決めた。


耕斎はペテルブルグの駅に立った。今まで何人の日本人を、ここで見送ったか、もう憶《おぼ》えていない。使節団はもとより、留学生や旅行者など、列車が離れていく時には、いつも置いていかれる寂しさがあった。

でも今日こそは自分自身の出発だった。大学の教え子たちや、世話をした留学生、榎本以下、新しい日本公使館員たち、それにロシアの外務省の役人までが、総出で見送りに来てくれた。

ただアンナはもとより、ターニャの姿もない。来る来ないでもめているのか。それとも昨夜聞いたアンナの心は、ターニャの思い違いだったのか。

駅舎の中を、制服姿の駅員が鐘を鳴らして、発車の予告をして歩く。

「では、そろそろ行きます」

耕斎は榎本から順に、別れの言葉を交わしながら握手してまわった。泣いて別れを惜しむ教え子もいる。最後のひとりの手を放してから、一瞬、駅前広場に目をやった。もしかして母娘が来るのではないかと、淡い期待を抱いたのだ。

しかし姿はなかった。耕斎は小さな溜息をつき、見送りたちに軽く頭を下げてから、プラットホームに向かって歩き出した。

漆黒の機関車からは、大量の蒸気がもれて、プラットホームに流れてくる。大型の革《かわ》鞄《かばん》は、すでにポーターに預けて列車に積み込んである。

美しいペテルブルグとも、これでお別れかと思うと、熱いものが喉元にこみ上げる。この街は、行き場のなくなった自分を受け入れて、まっとうに働かせてくれたのだ。

名残惜しさに足を止めて振り返ると、見送りの男たちは、駅舎の柵のところに鈴なりになって手をふっていた。そのほとんどが、今生で二度と会わぬ人々だ。

耕斎は顔をそむけて涙をこらえ、扉のない客車の昇降口に向かって、ふたたび歩き出した。白い蒸気の流れるホームを、駅員がけたたましく鐘を鳴らして乗車を急がせる。

耕斎が客車の手すりをつかんで、タラップに片足をかけた時だった。

――パパーッ――

ターニャの声が駅舎の方から響いた。驚いて振り返ると、見送りの人垣が割れて、広場の方からターニャが走ってくるのが見えた。アンナの手を引っ張っている。

男たちが身を引いて場所を譲り、ふたりは柵の前まで走りついた。アンナは泣いていた。

思わず一歩、二歩と戻りかけた。だが駅員が鋭く笛を吹き、早く乗れとあおる。耕斎は足を止め、妻に向かって片手を上げた。アンナも泣き顔のままで手を上げ返す。

一瞬で夫婦の心が通じ合った。妻の思いが伝わってくる。やはり夫との別れがつらくて、ぎりぎりまで見送りをためらっていたのだ。そして決して引き止められない間際になって、ようやく姿を現したのだ。

機関車が甲高い汽笛を鳴らし、銀色の車輪が、ゆっくりと動き出す。耕斎は未練を断ち切り、踵《きびす》を返して客車に追いつくと、一気にタラップを駆け上がった。

開いたままの昇降口から身を乗り出して、駅舎の方を向いた。アンナもターニャも見送りの男たちも、いっせいに手を振る。

遠のいていく母娘の姿が涙でくもる。耕斎は小声でつぶやいた。

――アンナ、ターニャ、おまえたちと出会えて、本当に幸せだった――


横浜に着いたのは明治七年の秋だった。さっそく東海道を西に向かおうとすると、掛川藩は明治維新後、千葉県に移封になったと聞いた。

行ってみると、九十九里浜《くじゅうくりはま》に面した地で、稲刈りのすんだ田園が広がっていた。増田市郎兵衛という兄の名で訪ね歩き、茅葺《かやぶき》の農家を教えられた。どうやら帰農したらしい。譜代藩には、よくあることだと聞いた。

つい足が速まる。目当ての家に近づくと、庭先に鶏が歩きまわり、機織《はたお》りの音がした。息を整えてから縁側をのぞいた。そこで機織りをしていたのは兄嫁だった。白髪《しらが》やしわが増えたものの、記憶にある兄嫁にまちがいない。

兄嫁は洋服姿の耕斎に気づき、機織りの手を止めて怪訝《けげん》そうに聞いた。

「何か、ご用でしょうか」

耕斎は庭に足を踏み入れて、幼名を口にした。

「久米蔵です」

兄嫁が目を見張り、立ち上がるなり、慌てて奥に走り込んだ。戻ってきた時には兄が一緒だった。やはり驚いた顔をしている。

耕斎は真っ先に聞いた。

「母上は？」

兄は哀しげな表情に変わり、黙って首を横に振った。亡くなったという意味だ。

耕斎は思わず目を閉じた。岩倉具視から母が健在と聞いてから、もう一年以上が経っている。もしかしてと覚悟はしていた。それでも厳しい現実には打ちのめされる。

「いつ？」

「先月だ。もう納骨も済ませた」

もう少し早く帰っていればと、深い悔いがわく。兄は手招きした。

「とにかく上がれ」

耕斎は縁側に近づいて腰を下ろすと、革靴を脱いで上がった。靴も洋服も帰国のために、新しく誂《あつら》えたものだ。

座敷の奥に仏壇があり、兄嫁が座るように促す。中には古い位牌《いはい》が並び、ひとつだけ金文字の鮮やかな位牌があった。漠然と死の予感は抱いていたものの、現実として母との対面が、こんな形になろうとは、さすがに想像できなかった。衝撃で言葉がない。

兄がかたわらに座った。

「ずいぶん前に新政府から、おまえのことで問い合わせがあった。勘当した弟だと認めると、伊豆で人を斬って、ロシアに逃げたと知らされた」

岩倉具視からの照会に違いなかった。兄は仏壇の引き出しを開けて、一通の手紙を取り出した。

「母上が、おまえが帰ってきたら、これをと」

耕斎は受け取り、手を震わせて巻紙を開いた。母の懐かしい文字が並んでいる。

「ぶじおかえりのこと　心よりおよろこび申し上げ候《そうろう》　おろしあ国でのごかつやく　かたくしんじおり候　これからも　つつがなく過ごされますよう　心よりねがいたてまつる　久米蔵どの　はは」

兄嫁が背後から声をかけた。

「義母上《ははうえ》さまは、わかっておいでだったのですよ。いつかは、こうして立派になって帰っていらっしゃると」

耕斎は文字を見つめた。「おろしあ国でのごかつやく　かたくしんじおり候」の一行が激しく心を打つ。人を斬って逃げたというのに、それでも母は息子の活躍を信じたかったのだ。信じたくて信じたくて、こんな手紙を残したのだ。

愚かな母に違いない。それでも耕斎には唯一無二の母だった。ひとめ会いたかった。会って信頼に応えたことを知らせたかった。

その一方で、ペテルブルグの駅で別れたアンナの姿が、脳裏によみがえる。母なき今、あれでよかったのかと悔いもわく。

でもアンナは、いつか夫が去ると覚悟していた。母は息子が帰ってくると待っていた。それが女たち、それぞれの意思だったのだ。

耕斎は手紙を抱きしめて泣いた。

（「小説新潮」二〇二〇年四月号）

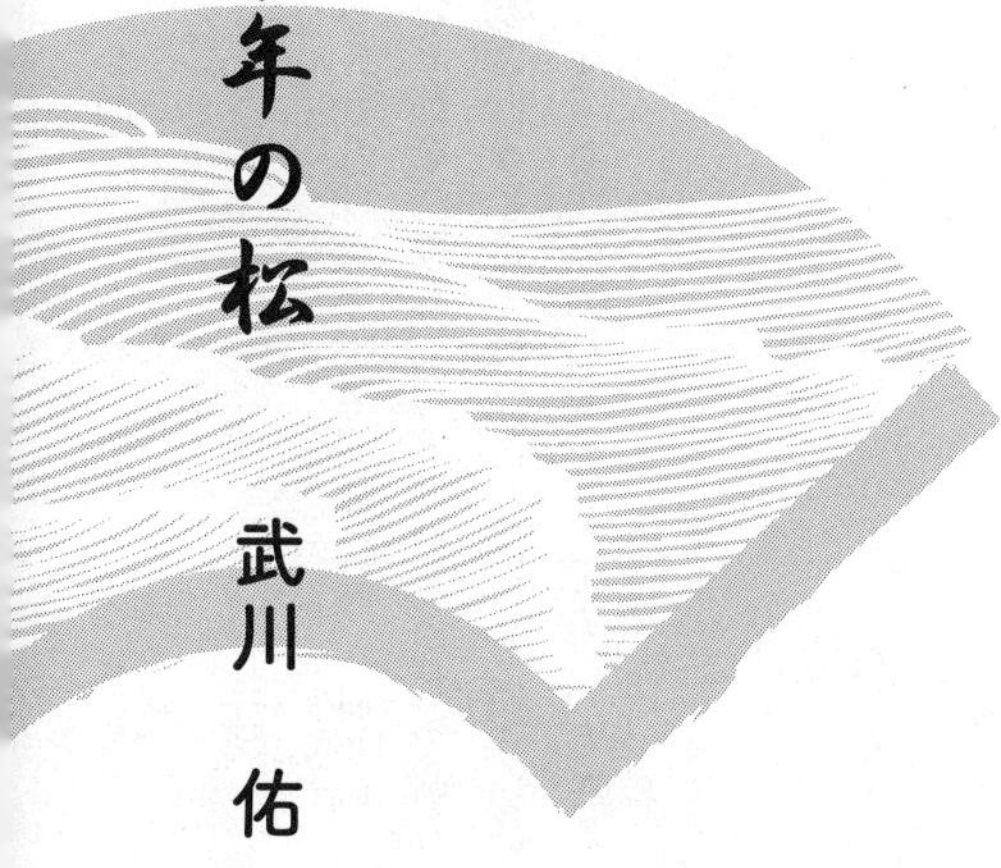

千年の松

武川　佑

【作者のことば】

文武両道の将として雅《みやび》やかな印象がある長岡藤孝《ながおかふじたか》（細川幽斎玄旨《ほそかわゆうさいげんし》）だが、丹後《たんご》一色《いつしき》氏をめぐる対応では、一色五郎を誘殺して弓木《ゆみのき》城城兵を撫《な》で斬りにするなど、血腥《ちなまぐさ》い面が目立つ。戦国の将であるとどうじに、彼は古今伝授という和歌の頂点を極めた文化の守り手であった。彼の複雑な二面性を感じて頂けたら幸いである。

武川　佑（たけかわ・ゆう）　昭和五十六年　神奈川県生
「鬼惑い」にて第一回「決戦！小説大賞」奨励賞受賞
『虎の牙』にて第七回歴史時代作家クラブ賞新人賞受賞
近著――『千里をゆけ　くじ引き将軍と隻腕女』（文藝春秋）

序

太い眉に頬骨の張った、古《いにしえ》の絵巻から出てきたような逞《たくま》しい武者だ。時代に取り残されている、と長岡《ながおか》兵部《ひようぶ》大輔《たいふ》藤孝《ふじたか》（のちの細川《ほそかわ》幽斎《ゆうさい》玄旨《げんし》）は思った。

天正《てんしょう》八年（一五八〇年）、夏のことである。

海へと川が注ぎこむ盛りあがった砂洲《さす》のうえに築いた藤孝の陣屋を、一色《いっしき》家当主、一色五郎《ごろう》が家臣を引きつれ訪れていた。

「誓詞《せいし》をこれに」

一色家が正式に織田《おだ》家に帰順する誓詞のとりかわしのためであった。

織田家は丹波《たんば》および丹後《たんご》を平定、毛利《もうり》家征伐へ舵《かじ》を切った。越後《えちご》国では御館《おたて》の乱が収束して上杉《うえすぎ》景勝《かげかつ》が当主となり、長宗《ちょうそ》我《か》部《べ》元親《もとちか》が四国を着実に切りとっている。

乱世に、刻一刻と新しい時代の足音が聞こえ始めている。

藤孝の上役である明智《あけち》惟任《これとう》日向守《ひゅうがのかみ》光秀《みつひで》が、満足そうに誓詞を読み返す横で、藤孝は自分の前に座る若い男の面《つら》構えを盗み見た。間近で顔を見るのは今日がはじめてだ。緊張しているのか、表情が硬い。左頬に真新しい向こう傷が見える。男の居城である弓木《ゆみのき》城を藤孝が攻めたときにできたものであろう。

一色五郎義定《よしさだ》。齢《よわい》二十四。

丹後守護の家柄で、長らくこの地を治めてきた名門一色家の若き当主である。

昨年、丹後を攻めた明智光秀と長岡藤孝は、建部《たてべ》城から丹後守護の一色義道《よしみち》を敗走せしめ、自害に追いこんだ。しかし父・義道から家督を譲られた一色五郎は、天橋立《あまのはしだて》の西にある弓木城に籠り、長岡勢を退けた。

これ以上丹後での戦線が長引けば、大殿（織田信長《のぶなが》）の叱責を被ると恐れた明智光秀が一計を案じた。一色が織田家に降《くだ》るかわりに、長岡藤孝の娘伊也《いや》が一色五郎に嫁ぐ。すなわち縁組によって一色家と和睦し、丹後を分割統治することに定まったのだった。

縁組とは聞こえがいいが、人質を取られたも同然である。弓木城を陥《お》とせなかったのは長岡藤孝の落ち度だ。息子ほども歳《とし》が離れた男に手こずった、と織田家中で噂《うわさ》になっていよう。

五郎は光秀に向かい、袂《たもと》を払って深々と頭をさげた。

「一色家家臣一同、これより右府《うふ》さまに忠誠を誓いますれば」

光秀は、誓詞を折りたたんで文箱《ふばこ》に納めた。

「長岡兵部どのとよくよく相談のうえ、治められよ」

五郎は背筋を伸ばし、いっそう頭《こうべ》を垂れた。

「はっ」

頭をあげた五郎と目があい、藤孝は片眉をあげて厭味《いやみ》を言った。

「日向守さまのおかげで命拾いをしたな。あと一月《ひと》弓木城を攻めておったら、一色は滅びておったやも」

五郎は大きな黒い瞳で藤孝を見返してきた。

瞳は、陣幕の向こうの海のように凪《な》いだままだ。

「父が敗れたは、家臣の内応によるもの。一色は日向守さま、兵部さまに負けたとは思っておりませぬ」

この言葉を聞いて、脇に座った藤孝の嫡男、忠興《ただおき》（与一郎《よいちろう》）が気色ばむ。

「往生際の悪いやつめ」

五郎は聞こえなかったふりをして、端然と座ったままでいた。

ただの古の武者、というだけではなさそうだ、と藤孝は五郎の伸びた背筋を見る。

長岡は一色五郎に負けたに等しい。五郎も心から長岡、ひいては織田に忠誠を誓うつもりは毛頭ないだろう。隙あらば長岡の寝首を掻《か》くくらいの心づもりでいるはずだ。

藤孝は考えを改めることにした。

これから丹後の地を一色と分割して治める過程で、五郎をたらしこみ、恭順させる。義父として心服させ、従わせよう。心で一色を屈服させるのだ。

手はじめに藤孝は目を落とし、朗々と詠じた。

「我が血流は絶えることなく注ぎ入る覗《のぞ》き見てみよ阿蘇《あそ》の海也《なり》」

五郎の父、一色義道が家臣に裏切られ、無念のうちに自害したときに遺《のこ》した辞世の句であった。すでに長岡側に通じる一色の家臣から聞き入れたものだ。

決してよい出来ではない。だが、丹後阿蘇海は一滴にいたるまで一色のものであるという自負に満ちた歌だ。

「…………」

五郎が身じろぎをする気配を、藤孝は見逃さなかった。

「わしに言われるのも癪《しゃく》であろうが、御父上の御遺志を継いで、立派になりなされ」

昨日までの敵から、このような言葉をかけられるとは思っていなかったのだろう、五郎の肩がわずかに震えて、頭がさがった。

「長岡兵部さまの御心遣い、深甚にて候《そうろう》」

忠興が白けたように鼻を鳴らす。藤孝も若ければおなじようにしていたかもしれない。

五郎の殊勝な申し出を聞いた光秀が、大殿もお喜びになろう、と柔和な笑みを浮かべた。

一

天正九年（一五八一年）、二月。

丹後平定から一年ちかくが経《た》ったころ。

藤孝の娘の伊也は、一色五郎の居城である弓木城へと輿入《こしい》れすることになった。

丹後平定直後はまだ幼いという理由で、輿入れを先延ばしにしていたが、先日の御馬揃《おうまぞろ》えで五郎が信長から直接、長岡と仲良くやれ、との言葉を賜った。いまだに輿入れが済んでいないことが信長に知れれば、叱責を受けるやも、と藤孝は段どりを早めさせた。

その日、藤孝と忠興は、伊也を造営中の宮津《みやづ》城から弓木城の途中まで馬で送っていた。春先のうらうらとした陽《ひ》が差し、桃の花が咲きはじめていた。あたりの棚田で代掻《しろか》きの準備をする百姓たちが、道脇に平伏して、輿入れ行列を見送る。

峠道を一度越えれば、海ぞいの街道に出る。

山一つ、浜一つを越えただけの距離に、長岡家の入る宮津城と一色家の居城弓木城はある。天橋立はそのちょうど中間だ。

高台から天橋立の砂洲が見えた。歌枕としても名高い名勝は、弓なりの砂洲に松林がおよそ三十町（約三・三キロ）さきの対岸まで続き、今日も見物人で賑《にぎ》わっている。白い砂地に緑の松が映える。天橋立の向こう、深く入りこんだ阿蘇海の奥に、山が連なって、弓木城の堀切が見えている。

輿から、伊也が目尻の赤らんだ顔を向けた。まだ十四の幼ささえ残る娘は、唇をつきだして訴えた。

「父上。伊也は一色めに虐《いじ》められるやもしれませぬ。継子に侮られるかもしれませぬ」

一色五郎には先妻があり、一女が生まれている。その先妻はすでに病死したというが、家臣のなかには長岡との縁組を心よく思わない者もおおいだろう。

妹を元気づけようと、兄の忠興が胸を叩《たた》く。

「宮津から弓木までは二里もない。なにかあれば兄が駆けつけ一刀のもとに五郎を斬り伏せようぞ」

潮騒《しおさい》に伊也の声が混じった。

「是非に。一色に隙あらば伊也は狼煙《のろし》を焚《た》きます。父上、兄上はきっと攻め寄せてくださいませよ」

勢いよく頷《うなず》き、忠興が振り返る。

「父上。やはり伊也が気がかりです。弓木城まで送ってゆきましょう」

藤孝は渋面を作った。

「花嫁を送って父が婿のところまで押しかけるなど、聞いたことがない」

忠興の妻玉子《たまこ》のときは、玉子の弟の光慶《みつよし》がついてきたが、婚姻に父は顔を出さぬのが通例である。長岡家の当主が一色のもとへ出向いては、まるで降伏の儀のようではないか。

忠興は焦れて癇癪声《かんしゃくごえ》をあげた。

「もういい。父上は心ない。伊也はわしが弓木城まで送ってゆきまする。父上は宮津へ帰るがよろしかろう」

ひとり馬の腹に蹴りを入れ、忠興は海猫を追うようにして浜辺を駆けだした。伊也が乗る輿がそれを追いかける。伊也は去り際、ちらと藤孝を見た。

海からの風が吹いて、藤孝の体を冷やしていく。頭のなかでさまざまな策謀がうごめいている。

「すこし頭を冷やす」

供を待たせ、藤孝は天橋立の一方の岸にある智恩寺《ちおんじ》に参詣した。寺の北側は海が迫って、藤孝は草履《ぞうり》を脱いでまだ冷たい海水を蹴った。白い飛沫《しぶき》は真珠の玉が転がるように、凪いだ海へ散ってゆく。

父上は心ない、か。

いつだか、光秀から「あなたの本心はいずこや」と問われたのを思いだす――。


いまから九年前の元亀《げんき》元年（一五七〇年）。

九月十三日のことであった。

昼前、ひときわきつい煙の臭いが将軍義昭《よしあき》の御所にまで漂ってきた。前夜から御所に詰めていた藤孝は、愛刀である浮股《うきまた》の刀を握って渡り廊下を早足で進んだ。

角を曲がったとたん、焦げた臭いがした。

闊達《かったつ》な笑い声が耳に届く。

「正月言うた通りになったろう。兵部よ」

目の前にいたのは織田弾正忠《だんじょうちゅう》信長その人であった。全身から煙の臭いをさせ、後ろには明智十兵衛《じゅうべえ》光秀が立っていた。二人とも顔は照りかえすように赤く、光秀は陣羽織の裾が目に見えて焦げていた。

昨晩、信長は比叡山《ひえいざん》山上の東塔、西塔、無動寺《むどうじ》など諸堂を焼き払い、山衆、俗人を問わず、千とも万ともつかぬ人を撫《な》で斬りにしたと、飛脚が報《しら》せてきていた。実際、御所からも北東の空が赤く染まるのが見え、藤孝は寝ずに空を見つめつづけていた。断末魔の声が山を越えて洛中《らくちゅう》へも轟《とどろ》いてくるようだった。

藤孝はわずかに己が後ずさったのを悟り、顎をあげて答えた。

「正月とは。なんのことかわかりかねまする」

比叡山焼き討ちについては、正月、藤孝はすでに信長から知らされていたのだ。岐阜に下向し、信長に正月の挨拶をしたとき、信長から「今年は山門を亡《ほろぼ》さん」と話しかけられた。幕臣などつまらぬ地位に汲々《きゅうきゅう》とせず、わしの家来になれ、とも言われた。聞こえなかったふりをして、挨拶の口上をつづけたのを覚えている。

二度藤孝がとぼけるのを見て、信長は口の端に笑みを浮かべた。

「処世に長《た》けた男よ」

「弾正忠さまが比叡山を焼き払った旨は、聞きおよんでおります」

「俺を恐れたか」

「いえ」藤孝は咳《せき》ばらいをした。「かつて将軍義教《よしのり》公も叡山を焼いてございまする。そのときは根本中堂はじめ、ふもとまで焼き払われたと記録にございますゆえ。弾正忠さまのことは恐れませせぬ」

そう言いのけると、笑い声がふいに起こった。

声の主は、信長の後ろに立っていた明智十兵衛光秀だった。乱れた頭髪のひと房が面《おもて》に流れ、目がぎらぎらと輝く。千人もの殺された者の返り血が臭いたつ。

ふだんは温和な彼が、血走った眼差《まなざ》しをむけて、嘲笑《あざわら》うように言う。

「さような故事はよろしい。殿は貴殿の本心を問うておられるのです」

波がうちよせて袴《はかま》を濡《ぬ》らす。藤孝は我に返った。天橋立の松原へ、西日が差して長く影が落ちていた。

あのとき、光秀はたしかに言った。ふだんは柔和な男に嚙《か》みつかれた驚きは、九年を経ても記憶に新しい。あれから光秀とはいくたびも飲み明かし、連歌をし、胸襟をひらく友となった、はずだ。

もう一度、寄せる波を足元で蹴りあげる。

遠くで家臣の松井康之《まついやすゆき》の声を聞いた。

「年甲斐《としがい》もなく不貞腐《ふてくさ》れるのは御止《おや》めなされ」

松井の目には、自分は娘を一色に取られて不貞腐れる父、と映るのだろう。

松井が帰りましょう、と呼ぶ。餌を求めた浜千鳥が頭上を舞い、藤孝は細かい砂を素足で踏みしめ戻っていった。

二

その光秀が下向してきたのは、輿入れから一月半が経った、穏やかな四月のことだ。長岡と一色の縁組を祝いに、連歌師の里村紹巴《さとむらじようは》と京からやってきたのである。

丹波路の途中、鬼が棲《す》むという大江山《おおえやま》まで迎えに来た藤孝を見つけると、光秀は気安く手をあげて微笑《ほほえ》んだ。

「兵部どの！」

多忙の合間を縫っての下向へ礼を言うと、光秀は片目を瞑《つぶ》って見せた。

「長岡への祝いというのは名目で、天橋立と文殊《もんじゅ》さまの参拝が楽しみだったのです」

いまはお互いに織田家の家臣となり、藤孝は光秀の下役という形だが、年上のこの男は、藤孝に対して礼を欠かさない。

「玉子どのも御父上に会うのを楽しみにしておるよ」

息子の忠興の嫁で、光秀の娘である玉子の名を出すと、とたんに光秀の目尻がさがった。

「あれはよくやっていますか。わしには無愛想な娘だったが」

「癇癪者の忠興にとっては、薬のような女子《おなご》よ。凸凹《でこぼこ》がようはまっておる」

光秀はほっと息を吐いた。

「そうか、よかった」

細い峠をいくつも越えたところで視界がひらけ、丹後の海へ黄金色の陽が差す。

「天橋立では舟を用意させてある」

藤孝の言葉に光秀は、舟に乗るのは酔うが大丈夫だろうか、と心配そうに眉を顰《ひそ》めたので、笑ってしまった。

「天下に聞こえた日向守は船戦《ふないくさ》さが苦手とあらば、四国や九州への渡海は難儀であろうな」

光秀は秀でた額を掻いて言った。

「四国や九州攻めのまえに、毛利がどうでるか」

だいぶ前から中国の毛利攻めには織田家中もうひとりの重臣である羽柴筑前守秀吉《はしばちくぜんのかみひでよし》がとりかかっているが、はかばかしくないという噂だ。じきに明智や長岡が後詰《ごづめ》にでることになるかもしれない。

朝は茶会をして、昼は安土《あづち》に登城し、あるいは居城である亀山《かめやま》城、坂本《さかもと》城で政務を行い、夜は遠国から訪ねてきた大名や商人たちをもてなす。寝る暇もないくらいにこの男は働いている。中国攻めの後詰は、両肩に重くのしかかるであろう。

長岡にとっても、気が重い。

日の本の一統に、織田信長はそろそろ手をかける。家臣は最後の仕上げにとりかかり、各々失敗の許されぬ立場にいた。

「まあ、今日は天下のことは忘れて、くつろがれよ。戦さの話はなしだ」

光秀はふたたび安堵《あんど》の息をついた。

「そういたそう」

その日は夜更けまで宮津城で酒宴が開かれた。

翌朝は忠興が主人となり、茶会で光秀たちをもてなした。里村紹巴、津田宗及《つだそうきゅう》、山上宗二《やまのうえそうじ》など当代の連歌師、茶人を招いての茶会だった。本膳は七つ、菓子はむすび花にて飾り、豪華なものだった。酔った忠興が、地蔵行平《じぞうゆきひら》の太刀《たち》を義父・光秀に献じる一幕もあった。

膳を平らげると宮津城を出て、天橋立に向かう。忠興の嫁で光秀の娘の玉子、光秀の嫡男の光慶たちも後ろからついてくる。酒がまわって初夏の日差しがここちよい。峠道を越えたところで、天橋立が見え、光秀が歓声をあげた。

「丹後平定の戦さのときは、ほとんど見る暇もなかった」

「また戦さの話か。罰杯《ばっぱい》を授けるぞ」

光秀は宮津城から持ってきた徳利で漆の酒杯へ手酌で酒を注《つ》いだ。播磨《はりま》の清酒であった。

「うまい」

「罰杯だというに」

峠道をくだっていくと、天橋立のたもとの智恩寺で一色五郎が待っていた。一緒に連れてくると約束していた伊也の姿がない。

赤らんだ顔の忠興が、語気を強める。

「伊也はどうした」

五郎はわずかに頰を染めて答えた。

「さきごろ身ごもりましたようで。悪阻《つわり》がひどく、今日は弓木城にて休ませております」

聞きつけた明智光秀が、それはめでたいと、相好を崩した。

「ますます一色と長岡の縁は強固となろう。なあ、兵部どの」

藤孝はなかば義務で頷いた。まずは男子が産まれさえすれば、長岡の血が一色へと流れこむ。

五郎の案内で一行は智恩寺の文殊堂に参拝したあと、用意した小舟に乗りこんだ。舟は、色とりどりの花で飾られ、甘い香りに満ちていた。

五郎が光秀へ得意げに言う。

「橋立は舟より見よ、というのが某《それがし》の持論です。某は幼きころより丹後の海にて櫓櫂《ろかい》をとっておりました。櫓櫂さばきを御覧に入れまする」

和睦の席で一度会ったとはいえ、織田家中の重臣である光秀と対面し、五郎は緊張しているようだった。

先の舟に明智光秀と長岡藤孝、そして里村紹巴らが乗りこみ、五郎が櫓櫂をとる。二番目の舟に忠興や玉子、光慶、津田宗及らが乗った。

後ろの舟で、玉子の弾んだ声がする。

「素晴らしい景色だこと」

薄曇りの山は若草色に霞《かす》んで、新芽が萌《も》えいでる。対岸まで続く天橋立の砂洲には見物人は今日もおおく歩いて、舟も何艘《そう》か浮かんでいた。

舟に鈍色《にびいろ》の波が水音をたてて押しよせ、深くで魚が跳ねた。

藤孝は舟から水面を覗きこみ、この一滴一滴が、五郎の父の血であるか、と思った。

誰にも聞かれないよう、唇を動かしてみる。

「一色五郎という男の本心は、いずこにありや」

自分や光秀は、間接的に五郎の父の仇《かたき》であろう。織田の旗を掲げ、自分たちが丹後に侵攻したからこそ、一色義道は家臣の離反を呼び、自害せざるをえなくなった。しかし天下はいまや織田のものとなりつつあり、一国の守護が抗してどうにかなるものではない。一色家の若き当主として、五郎はなんとしてでも家を存続させねばならぬと考えていよう。

そのためには、明智や長岡にひれ伏し、媚《こ》びへつらうことも厭《いと》わぬ——そんなところだろうか。

すこし若者を試してやろう、そんな底意地の悪い気持ちが頭をもたげた。振り返り、櫓を漕《こ》ぐ五郎に訊《たず》ねる。

「明智と長岡が丹後を攻めたがゆえに、お主の父上は御自害なされた。お主はいま仇二人が乗る舟の船頭だ」

周囲の者たちが押し黙った。舟を揺らす波の音だけがする。

五郎が額の汗を拭き、答えた。

「日向守さま、兵部さまには某をよく取り立てて頂き、縁組まで。感謝こそすれ、恨む筋はございませぬ」

緩めた顔からは嘘《うそ》の色は感じられない。しかしまだ心の奥底に手を伸ばした感触もない。

「兵部どの。わしらが海に投げ出されるところでしたぞ」

光秀が額を掻き掻きおどけたので、皆どっと笑い、話は仕舞いとなった。

三十町つづく長い天橋立の松原のなかほどを、光秀が指す。皆がそちらを向いた。

「立派な松がありまするな」

赤松であろうか、人一人では抱えられないほどの太さがある。龍の鱗《うろこ》のような赤い木肌は、横にうねって、岐阜の安土城の庭園にある松より枝ぶりも見事であった。

五郎が説明する。

「なえ松、といって古くからある大木にて。願掛けをする者もおるようですな」

見れば、旅人が集まって、松に向かって手をあわせている。

うっとりと光秀が松を見やった。

「このような立派な松、大殿にもお見せしたいものだ」

里村紹巴が「日向守さまはまこと忠義の士にてございまするな」と持ちあげ、光秀は照れた。懐から筆を持ちだして、光秀は懐紙になにか書きつけた。

和歌を詠もうとしているらしい。後方で、忠興と玉子が「父上の歌詠みがはじまった」

とはしゃぐ。

一方五郎は目を瞬《しばた》かせ、きょとんとしていた。和歌はあまり馴染《なじ》みがないのであろう。

「皆気になっているぞ、なんと詠んだ」

藤孝が覗きこもうとすると、手で覆って隠してしまう。

「もったいぶるではないか」

何度か書きなおし、満足がいったのか、光秀は懐紙を手に朗々と唄いあげた。

「うふるてふ松ハ千年のさなへ哉《かな》」

藤孝は即座に意味を理解する。「うふる」は「右府」すなわち織田信長と、「植える」を掛けているのだろう。織田の天下が千年つづくように、そうして明智や長岡が栄えるようにと。

光秀は恥ずかしそうに五郎へ歌題を説いた。

「この千年には、明智、長岡、そして一色も含まれているのだよ、五郎どの」

五郎は顔を赤くして頭をさげる。

「素晴らしきものにて候」それから首を傾《かし》げた。「上の句のみにて。下の句は如何《いかん》」

藤孝は説明してやった。

「和歌ではない。連歌である」

「はあ、京で盛んといわれる連歌でありますか」

なおもぴんとこないようで、櫓櫂を止めて思案顔である。

焦れた忠興が、後ろから声を張った。

「上の五・七・五を発句《ほっく》と言う。つぎの者が脇句《わきく》といって七・七を詠むのだ。父上。脇句は如何」

「急《せ》かすな与一郎」

藤孝は光秀から筆を借りた。懐紙を持って句を考えるとき、藤孝の場合、周りの景色は一切消える。自分の心だけが有る。藤孝は、刹那ともいえるこの時間がなによりも好ましいと思っていた。我が身を煩わす諸所の戦さ模様も。幕僚との諍《いさか》いや出世争い、主君の織田信長さえも忘れ去る。

五・七・五、あるいは七・七を世界のすべてとして、言の葉で埋め尽くす。

只《ただ》、人となる。

薄く目を開き、舟から手を伸ばし、阿蘇海の海水に手を浸した。夏の海水は奥底まで澄んで、自分の厳めしい顔が映っていた。太い両眉のあいだには深い皺《しわ》が刻まれ、猜疑《さいぎ》の色濃い目の下はたるんでいる。

ああ雑念が混じっている、と思った。

「夏山うつす水の見なかミ」

連歌師の紹巴が素早く発句帳を開いて書きつけ、歎息《たんそく》した。

「水上と、中を見る、と掛けたのですね。千載集《せんざいしゅう》の藤原家基《ふじわらのいえもと》の『水上月といへる心をよめる』から取られたのでしょうか」

それもある。だが、本意はべつにある。

藤孝は艫《とも》で立ち尽くす、背の高い若者に目を遣《や》った。五郎のかすかな声がした。

「『我が血流は絶えることなく注ぎ入る覗き見てみよ阿蘇の海也』」

父・義道の辞世の句。阿蘇の海の一滴一滴が一色の血であるという和歌をうけ、誠であろうかと水を覗きこんでみた。そういう句である。

海からの風を受け、五郎のたぶさが揺れている。藤孝の口は自然と動いた。

「先刻の厭味の詫《わ》びだ」

「……は」

後ろで忠興が焦れて、「第三句を早《はよ》う」と身を乗りだす。第三句を里村紹巴が「夕立のあとさりけなき月みへて」と藤孝の「水上」から導かれて月を詠んだ。

五郎がぽつりと言った。

「いまは昼間なのに、夜がやってまいりました。連歌というものは場所や時すら駆けるのですな」

五郎は艫に立って、天橋立の向こうの外洋を見ていた。舟に満載した牡丹《ぼたん》や菊に彩られ、視線のさきで、青い波頭が外洋へむけて押し流れてゆく。

黙してひたすら外洋を見つづける、若い背中に誰も目をくれない。藤孝だけがその懊悩《おうのう》に気づいている。

時代に取り残されたこの若者が、織田の家臣として日の本を勇躍する日が来たら、と藤孝は考える。戦場で鬼丹後と恐れられる姿。あるいは忠興のように堺《さかい》や太宰府《だざいふ》の商人や茶人を迎え、もてなす図を想像した。

お前は路傍の石ではない。

もっと広き世へ出てゆくべきだ。

そうして思った。五郎と忠興を競わせようと。直情的な忠興と競えば、五郎も自然と本音を吐露しよう。それは魅力的な思いつきだった。藤孝は五郎の背へ声を飛ばす。

「五郎。こんど与一郎の歌会に参加するがよい。同年代の者と交われば、見識もひろがろう」

五郎は、はじめ戸惑ったように目をさまよわせていたが、忠興が頷くのを見て、口許《くちもと》をゆるめた。

「競うてごらんにいれまする。都の若衆と」

中天を過ぎ、照りかえしでだいぶ暑くなってきた。対岸はもうすぐで、家臣の松井康之らが浜に馬を用意して待っている小さな姿が見えてきた。

藤孝はもう一度、水のなかへ己を映してみた。さきほどよりすこし、機嫌のよさそうな顔があった。

「そうだ」光秀の肩を叩き、問うた。「元亀元年、そなたはわしの本心を問うたことがあったな」

光秀は秀でた額を手拭でぬぐい、首を傾げた。

「本心？」

「言うたとも、叡山の焼き討ちの翌日だ」

「ああ」光秀はそそくさと手拭を懐に納めた。

「あれは羨ましかったのですよ。手を汚さず義昭公の御傍《おそば》に侍《はべ》る幕臣たる兵部どのが。兵部どのはいつもつまらなそうな顔をしておられるから」

「そうだったか？」

「ええ。でも連歌などを同席するにつれ、印象は変わりましたよ」

「どのように？」

顔をあげた光秀は、あのときとおなじ、ぎらつく目をしていた。

「あなたは不変なのです。そう、なえ松のように」

「…………」

岸辺に舟が乗りあがる。家臣たちが波打ちぎわを袴をたくしあげて舟を曳《ひ》いた。

光秀はめずらしく我先にと舳先《へさき》から浜へ飛び降り、藤孝を振り返った。

「時はうつろう。功をあげる機会はますます減ってゆきまする。大殿が天下を一統なされたら、私は残された国を根こそぎ奪《うば》うてやりますぞ。柴田《しばた》、羽柴には負けませぬ。兵部どのや与一郎、五郎どのにはその手伝いをしてもらいたい」

目は輝き、口元には薄笑みが浮かんでいる。穏健なだけではない、織田家中の筆頭を柴田、羽柴とあらそうこの男の野心が、かがめた背に透けて見えるようだ。

それに対し、己は不変と言われ、口にわずかな苦みを感じた。

――この心地は、なんだ。

背後で無数の浜千鳥が飛びたつ。流れ雲が陽を隠し、千鳥が飛びゆくさきを目線で追って光秀は微笑んだ。

「やあまた戦さの話をしてしまった。罰杯いたそう」

三

翌天正十年（一五八二年）、織田方は甲斐《かい》・信濃《しなの》の武田《たけだ》征伐に動き、一方で中国での対毛利戦線はいよいよ厳しくなっていった。

甲州《こうしゅう》征伐から戻ると、信長から明智、長岡、一色へ、羽柴の後詰をするよう命がくだった。甲州征伐では丹後に詰めていた藤孝や一色五郎も出陣する。甲州征伐に参加した忠興はすぐに丹後へ戻り、親子で出陣の準備を進めた。

そして中国出陣を控えた、六月三日未明。

まだうす暗いなか、火急のこととて家臣に起こされ、飛脚の早田道鬼斎《はやだどうきさい》と対面した。京から昼夜を駆けてきた早田は頭をさげて言った。

「昨日二日未明、洛中本能寺《ほんのうじ》にて大殿討たれさせ給《たま》いて候。二条《にじょう》城に立て籠もった信忠《のぶただ》さまもおなじくと」

隣に座った家臣の松井康之が頓狂な声をあげた。

「は？　なんと申した」

早田道鬼斎は顔を手で覆った。くぐもった声が漏れる。

「右府さまが、討死なさいました」

松井が叫ぶ。

「虚言だ！　いったい誰が」

藤孝は目を閉じると、飛びゆく千鳥を背に、ぎらついた目をする光秀の姿が浮かんだ。

静かに問う。

「惟任日向か」

道鬼斎が驚いた声をあげた。

「私よりまえに注進申した者がおりましたか」

「……そうでなければよいと思ったことを言うたまで」

いま洛中にいる織田家重臣は明智光秀ただ一人である。柴田は所領の越中《えっちゅう》の地にいるし、丹羽《にわ》は織田家三男信孝《のぶたか》と摂津《せっつ》に出ていたと記憶している。羽柴は備中高松《びっちゅうたかまつ》城、滝川《たきがわ》にいたっては関東に出兵中だ。備中へ羽柴の後詰を急遽《きゅうきょ》命じられた明智一人は、丹波亀山城にいたはずだ。丹波から京へは半日もあれば着く。

早田道鬼斎の震える声が聞こえる。

「右府さまの安否については錯綜《さくそう》しておりますが、洛中は随所が燃えあがり、民が逃げ惑っておりまする。掲げられるは明智の旗。米田求政《こめだもとまさ》さまが京・今出川《いまでがわ》で見申した」

米田求政は用事があって洛中に出ていた家臣であった。家臣の報告となれば真実だろう。

「父上！」

駆けつけてきた息子の忠興が飛びこんできた。本能寺の変を聞くや、胸を掻きむしる。

「乱世に後戻りだ！」忠興はふと漏らした。「義父上《ちちうえ》はやはり、信州《しんしゅう》での御打擲《ごちょうちゃく》を腹に据えかねたのか」

信長と光秀のあいだでどんな確執があったのか、いまとなっては知るすべはない。

忠興から聞いたことだが、三月前の甲州攻めの際、信州のある寺で信長が家臣の引きたての件に激怒し、光秀を打擲したという。あるいは長宗我部の四国取次の件で揉《も》めていたとも。つい先月も、徳川家康《とくがわいえやす》と穴山梅雪斎《あなやまばいせつさい》の饗応役《きょうおうやく》を任じられていたが、中国攻めの後詰を任じられたため饗応役を急に解かれた。光秀が用意していた豪華な食材を城の水堀に捨てさせたのを、忠興は見たらしい。あまりに不憫《ふびん》だった、と忠興は言った。

天橋立での光秀の薄ら笑いは、能臣という器に収まらないものだった。それを野心と呼ぶ者もいよう。信長へのたてつづけの失望は、能臣という器を破壊しつくしたのかもしれない。

忠興が落ちつかず歩きまわる衣擦《きぬず》れの音がする。外では驟雨《しゅうう》が降りはじめた。忠興はいま考えるべきことがわかっていない、と藤孝は思う。明智がつぎに動くのは勢力の取りこみである。

摂津中川《なかがわ》、高山《たかやま》、筒井《つつい》、古田《ふるた》（織部《おりべ》）。丹後一色。

そして長岡。

長岡は丹波方面で明智と協調して動いているばかりでなく、事実上明智の配下である。配下であり、盟友である。

藤孝は目を閉じたままでいた。

わずか四日ばかり前に光秀が嵯峨愛宕山《さがあたごやま》で詠んだ連歌を、里村紹巴づてに写しを取り寄せていた。

発句　惟任日向守
ときは今あめが下知る五月《さつき》哉

写しを受け取ったときは、五月雨《さみだれ》が降る愛宕山の風景を詠《うた》ったものだと思っていたし、いまもそう思う。胸に秘めた主君弑逆《しぎやく》の企《たくら》みを、おおくの人が集まる連歌会で漏らすような男ではない。

だが、愚かな人々は言うだろう。

この句に天下への野心が隠されていると。

だからいまこそ、光秀の歌が知りたかった。

小姓《こしよう》が恐る恐る襖《ふすま》を開き、日向守さまから書状が届きましたと告げた。

い。
た。明智のもとに馳《は》せ参じろ、という短い命令の書状だった。私信もなにも書かれていな
此度《こたび》天下の怨敵を討ちはたし、号令する、そのために貴殿の御旗《みはた》を待つ、と書かれてい
忠興が奪い取り、書状を広げる。
「よこせ」

ときはすでに信長のものではなくなったことに、忠興は気づいたようだった。うわずった声がする。

「父上、早う返事を。新たな天下人に馳せ参じねば、長岡の面目は潰れまする」

届いた書状に一句、藤孝を頼みと請う和歌が書きつけられていたら、心は揺らいだかもしれない。みずから変じた男の、本心は。義憤か、怨恨か、悔悟か。彼がいま身を置く境地に興味があった。

だが、書状は、「上役」惟任日向が、淡々と「麾下《きか》」長岡に命ずるものでしかない。

「父上！　聞いておられますのか」

忠興の怒声が響き、松井が囁《ささや》く。

「殿。急ぎ明智に使者を」

ようやく藤孝は目を開いた。顔を真《ま》っ赤《か》にして目の前に立つ忠興の姿がある。燭台《しょくだい》に照らされ、顔の半分は鬼のように眦《まなじり》が吊《つ》りあがり、反対側は闇に沈んでいた。

「長岡は明智に与同せぬ」

藤孝の言葉をかき消すかのように、驟雨の水音が激しくなった。

誰も、一言も発しなかった。

忠興が一歩前に踏みだす。

「玉子はどうなります」

忠興の嫁、玉子は光秀の娘だ。忠興は明智の義子である。

一言。

「殺せ」

「父上！」

忠興の腕が振りあげられ、握った拳が風を切った。

裾を捌《さば》いて藤孝は身を低くし、振りおろされた手首へ手刀を叩きこむと、忠興の足を払った。その場へ尻もちをついた忠興のみぞおちへ膝を置いて乗りかかり、右腕を捩《ね》じりあげた。

「なぜなのです」

「和歌がなかったことがすべて。明智の本意は知れた」

忠興は苦しげに呻《うめ》いた。

「私には父上や日向守さまほどの器量はございませぬ。なぜ父上が御盟友である日向守さまを見限るのか、わかりませぬ！」

誰かがいる、と藤孝は顔をあげた。

蓑《みの》と笠《かさ》から滴り落ちる水滴が、燭台の火の光を受けて輝く。

一色五郎だった。

変事を聞き、弓木城から馬を飛ばしてきたのだろう。蒼白《そうはく》の顔が、凍って見えた。

藤孝は瞬時に浮股の刀を摑《つか》み、柄《つか》に手をかけた。

聞いたことのない弱い声が返る。

「義父上」

藤孝は浮股の柄に手をかけたまま、五郎のほうへ一歩進めた。これから己が口にする保身がいかに小賢《こざか》しいかを悟られたくなくて、早口になった。

「ここが我らの保元《ほうげん》の乱。我らは羽柴に本能寺の変を急報し、裁量を仰ぐ」

五郎が掠《かす》れ声で問う。

「一色は」

――ゆけ。

「一色は明智につけ。明智が勝ち、長岡家が廃絶になることがあらば、伊也の子・五郎に長岡の名跡《みょうせき》を継がせよ」

忠興が癇癪声をあげた。

「父上、一色など頼みにしていったいなにを考えておられます！」

使えるものはなんなりと使うのだ、と藤孝は思った。

「長岡と一色の家を残すことのみ也」

保元の乱で、源為義《みなもとのためよし》が嫡男の義朝《よしとも》を敵方につけ、源家一門で分かれ争ったように、藤孝は五郎を義朝とするのだと考えた。

揺れる瞳が定まり、五郎の口元がわずかに上向きに動かされた。

「……わしに明智のもとへゆけと。御自分は勝ち目のおおきな羽柴へつくと。義父上らしい狡《ずる》さですな」

ようやく本音を出したか、と藤孝はある種の満足感に浸った。この場での五郎の率直さは、好ましくもあった。

「どう考えようと許そう。ただし、明智が敗れることがあれば、お主は滅びる」

挑むように五郎は笑う。

「わしは和歌はからきしですが、軍記物はむさぼるように読み申した。義朝がどうなったかも知っており申す」

藤孝はつられて笑った。嫡子義朝は、保元の乱で父に勝ち、源氏の頭領となった。

「もう戦さに勝ったつもりか」

藤孝は懐刀《ふところがたな》を取りだすと、後ろ手に髷《まげ》を摑んで、元結《もとゆい》のあたりへそれを押しあてた。

ぶつ、ぶつ、と肉の筋が切れるような感触があり、黒い髪が肩に落ちた。切り落としたたぶさを、乱雑に懐紙に包み、五郎へ押しつける。

「兵部の髷だ。日向守へ持ってゆけ。長岡の覚悟のほどを知るだろう」

これで本当に明智との縁は切れたのだ、と手に残った短い毛を吹いた。

懐紙をていねいに包みなおし、挑むような視線で五郎は藤孝を見た。

「一色、長岡。かならずどちらかは生き延びましょうぞ」

「一色になにかあったら、わしはお主を助ける。証文《しょうもん》を書くか」

「わしと義父上のあいだには、無用にて」

ざっと蓑を翻すと、雨粒を散らし、五郎は板間を出て行った。弓木城にとって返し、軍勢を率いて洛中へ急行するだろう。その力強い歩みには、藤孝がすでに失った熱がある。変容しつつある男のかたちがある。自分もあのように光秀のもとへ駆けつける道もあったのかもしれないと思うと、胸のあたりに風が吹いた。

胸をさすりながら忠興が身を起こす。

「行かせてよろしかったのですか」

藤孝は軽くなった頭を撫でた。

「ああは言ったが、明智とともに一色五郎が討死でもすれば、それはそれで儲《もう》けものよ」

五郎を死なせるは悔しいが、長岡まで倒れては元も子もない。

絶句して忠興が、手を止めた。

「丹後はすべて長岡のものとなる……」

藤孝は頷いた。明智と一色がともに滅べば、すぐさま弓木城を強奪して、丹後一国は長岡のものとなる。忠興の言ったとおり、乱世はふたたび舞い戻ってきた。

長岡は決して敗《ま》けぬ。

まずは長岡が当座の戦さに関わらないようにせねばならない。羽柴の優位を見定めてから参じるためには――。

「わしらは頭を剃《そ》るぞ、忠興」

四

矢継ぎ早に続報がもたらされた。光秀が近江《おうみ》を従え、安土城を開城せしめたこと、その後上洛《じょうらく》したこと。明智の動きはそこから止まった。おそらく越中柴田の動きを牽制《けんせい》しているのだろう。

光秀からはあれから毎日のように、帰順を請う書状が届いていた。

はじめは藤孝と忠興が髻を落とし、揃って剃髪《ていはつ》したことをなじる文面。それから合力すれば忠興に摂津を与えよう、という甘言が書かれ、日を追って若狭《わかさ》もつけようと言ってきた。

藤孝には、光秀が秀でた額に汗を浮かべ、焦れているのがわかる。

起《た》った当初光秀は畿内、すくなくとも摂津、丹波、丹後は抑えられると思っていたのだろう。しかし明智方につく者は幽斎が予想した以上にすくなかった。

藤孝あらため幽斎玄旨は、羽柴勢の前野長康《まえのながやす》へ本能寺の変を告げた。羽柴は急ぎ毛利と和睦し、摂津へ戻るとの報があった。ほか越中柴田、摂津丹羽、織田信孝、関東滝川の動きはようとは知れなかった。

しかし羽柴は動く。

幽斎は忠興と戦備えを進めた。殺せと言った玉子は、忠興が頑として容《い》れなかったことから、僻地《へきち》にいったん幽閉することとした。

明智と羽柴は大戦さとなろう。場所はどこか。菩提寺《ぼだいじ》である摂津勝龍寺《しょうりゅうじ》も危ういかもしれぬ、と幽斎は広げた地図を睨《にら》んで考えた。頭を生ぬるい風が撫でてゆく。揺れるたぶさはもうない。頭を撫でればつるりと心地がよかった。

宮津城は忠興に譲り、自らはじきに宮津城の東の田辺城《たなべ》に移る。見納めにと高櫓《たかやぐら》に登った。梅雨空《つゆぞら》の重たい雲が垂れこめる空を海鳥が飛び交い、朝早くから漁にでていた舟が戻り来る。天下は鳴動していようとも、漁民農民の暮らしは毎日つづいてゆく。

目を閉じ、只人となる。

「立かへり千とせやよはふ（呼ばふ）浦の波」

丹後天橋立の景色を見て、かつて光秀は千年を連歌に詠んだ。

小姓がやってきて、摂津大山崎《おおやまざき》にて羽柴・明智布陣との由、と告げた。

天下分け目の大戦さが開かれる。

千年がついえる。光秀のいまの顔を想像しようとして、やめた。

「千年とは短いものだな」

六月十三日、大山崎合戦。

翌十四日の未明、明智惟任日向守光秀は死んだ。自害したとも、土豪に襲われ絶命したともいう。

洛中に晒《さら》された光秀の首は、それは美しかったと、人づてに聞いた。


幽斎は七月二十日、本能寺の焼け跡に立った。

崩れた築地《ついじ》から覗き見る人もいまはすくなく、おおかたが運びだされた本能寺の跡地は、ただ灰が舞う焼け野原だった。墨染《すみぞめ》衣《ごろも》に数珠を手にした幽斎は、集まってくる馬や輿を見た。

仮屋を建て、信長を弔う百韻の連歌をなす許可を秀吉から得ていた。

「やっとるかあ」

馬が通りかかり、辛子色《からしいろ》の薄物を着た男が馬上から手をあげる。羽柴筑前守秀吉であった。幽斎が灰を踏んでちかづいていくと、秀吉のほうから馬を降りて歩み寄ってくる。並ぶと背の高い幽斎から頭ひとつ小さい小男は、幽斎を見あげて、丸い目を動かした。

「みな、ここぞとばかりに集まって来よるな」

聖護院道澄《しょうごいんどうちょう》といった高位の公家《くげ》も、連歌に参加する予定であった。信長を悼むにかこつけて、光秀とは無縁であると喧伝《けんでん》したいのであろう。そもそも幽斎がその第一である。

秀吉自身も幽斎を疑っているから、様子を見に来たのであろう。

向こうの築地まで見える、黒々とした土を見渡し、秀吉は言った。

「さっぱり焼けたのう」

言葉尻でもとらえられてはかなわない、と背に汗が浮かぶ。

「まこと。一月半前に大殿がここにいらしたとは、夢のようにございまする」

「夢、か」

秀吉は背を返し、軽く手を振った。そうして驚くべきことを言った。

「あんたくらいは、あの大逆人を悼んでやってくれ」

心臓が摑まれたように、高く鼓動を打つ。

「いまなんと」

秀吉の乾いた笑い声が返る。

「首一つになったあれは、さっぱりした顔じゃった。わしは、すこし羨ましゅうなった」

――猿め。ぬけぬけと大嘘を。

天下の大罪人を羨ましいとは。

秀吉が覗きこんできたが、幽斎は瞬《まばた》き一つしなかった。

つまらなそうに鼻を鳴らし、秀吉が傍を離れてゆく。

「そうそう。あんたの縁戚の一色。あれはようないな」

冷水を浴びせかけられたかのように、幽斎は立ち尽くした。

一色五郎は大山崎合戦にて明智方として戦い、脇腹に銃弾を浴びて丹後に帰って来ていた。明智に与《くみ》した者は斎藤《さいとう》、阿閉《あつじ》、伊勢《いせ》、松田《まつだ》、ほとんどが討死するか処刑されている。

幽斎は秀吉に五郎の助命を請うた。一色に嫁いだ伊也が五郎の命を助けてくれるよう泣きついてきたのである。

予想外のことだったが、幽斎のもとに届けられた震える筆跡の伊也の文《ふみ》を見て、断るわけにはいかなくなった。丹後領有が成ったのも、伊也が一色に嫁いでくれたからである。

嘆願により処罰はまぬかれたものの、秀吉は一色を心よく思っていないようだった。

幽斎は唇を真一文字に結んで頭をさげる。

「よう考えまする」

秀吉は築地に集まった見物人のあいだをおどけた格好ですり抜け、馬に跨《また》がった。

「うん。そうするがええよ」

虚《むな》しい追善の連歌を終え、幽斎は丹後田辺城に戻った。

だが、八月にはいったある日、阿蘇海の対岸にある弓木城で軍船の動きがおかしいとの報が入った。兵を大勢乗せた十ばかりの船が弓木城近くの湾に集まっているという。

ちょうど忠興は上洛して不在である。幽斎は忠興に急ぎ戻ってくるよう飛脚を飛ばし、間にあわぬことを想定して、自らの甲冑《かっちゅう》を着て弓木城により近い、宮津城に駆けつけた。

「五郎、愚かなことを」

助命が成ったというのに、なぜ。

五郎に向けて返事のこないであろう書状を書いた。長岡に刃《やいば》を向けようとするなら愚かである。兵を収めよ、和議を結ぶべし。いったん宮津城に来られたし。

翌日、湾の犬《いぬ》の堂《どう》沖に軍船が出たとの一報が入った。

「こちらも兵を出す」

手勢の兵を率いて、幽斎は宮津城の海に面した水堀から船を出させた。初秋の涼しい風が頬を撫で、戦さに出るのは久しぶりだと思いだす。弓木城へ海路で行くには途中に天橋立があり、通り抜けるのは一艘ずつしか能《あた》わぬ。

南北に阿蘇海を遮る天橋立の松原を挟んで、幽斎と五郎の船団は対峙《たいじ》した。あたりは騒然となり、天橋立に見物に来ていた者たちは突然現れた小早船《こはやぶね》の群れを見て、智恩寺に逃げだした。

足利二《あしかがふた》つ引両《ひきりょう》の一色の戦旗をかかげ、五郎は船団の一番前の船の舳先に立っていた。浅葱色《あさぎいろ》の色縅《いろおどし》鎧《よろい》の上から白地の小袖を肩にかけている。

浅葱色の縅糸《おどしいと》は、明智の軍旗の色だったことを思いだす。

火縄銃を構えさせた松井康之を押しとどめ、幽斎も舳先に立つ。こちらは当世具足に戦袈裟《いくさげさ》を羽織った僧体だった。

松原を挟んで両者は三十間《けん》（約五十五メートル）の距離が開いていた。

五郎のよく通る太い声が、人の絶えた松原に響く。

「これは弔い合戦にて候。一色の攻め手にはあらじ」

そうして肩にかけた大弓を外し、矢を番《つが》える。矢じりには白いものが巻きつけられていた。文だ、と思った。五郎が矢を空に放つ。矢は幽斎の乗る小早船の置盾にあたった。

文を開けば、乱れた右肩上がりの悪筆は、光秀の文で見慣れたものだった。赤い染みが点々と散っている。血であることは明白だった。

「われならで誰かは植えむ一つ松心して吹け志賀《しが》の浦風」

かつて光秀が詠んだ句である。

「誰かは植えむ……」

天橋立で幽斎がこれを見ることに意味がある。

ほの暗い闇から光秀が囁きかけてくる。

──誰かは、貴殿です。藤孝どの。

文を握る手が震えた。心を動かされるな、と幽斎は目をつぶり、文を破ろうと手に力をこめたが、できなかった。

目を開けば視界は霞み、浅葱色の具足をつけた人の姿がある。

「このためにお主は……」

弔いは終わりだとばかりに、五郎は白い小袖を脱ぎ、手を高く掲げた。

「惟任日向守さまよりの言伝《ことづて》、たしかに御伝えした」

松井康之が危ない、と叫んで幽斎の腕を引き、尻もちをついた。敵船で火縄銃の音がいっせいに鳴り、鉛玉が置盾に当たって弾《はじ》ける。焦げた臭いがあたりに立ちこめた。

幽斎は叫んだ。

「船を押しだせ、松原にあがるぞ」

五郎の船団は十艘、こちらは二十。松原に兵を上陸させる。松井康之が止めるのも構わず幽斎も浮股の刀を抜き、水を撥《は》ね散らして松原の砂を踏みしめた。一色兵も喊声《かんせい》をあげて松原に乗りあがり、狭い砂地で斬りあいがはじまる。味方から悲鳴があがった。

「大殿は御下がりください！」

むかしならこれくらいの斬りあい、いくらでも前線で戦った。顔をあげれば押しあう兵の向こうで、五郎は太い赤松の幹に登り、幽斎を睨みつけていた。

かつて遊覧で見たなえ松か。

幽斎は手を振って火縄銃を射かけさせるが、松の間を跳弾してしまう。

「兵を集めろ。五郎を討ち取れ」

声を飛ばすと、矢が頰をかすめる。振り返れば松の上に乗った五郎が弓に矢を番えていた。

「わしが往《ゆ》く」

浮股を肩に担ぎ、前に一歩踏みだす。一色兵が後ずさった。一色兵は元亀の丹後攻めで長岡藤孝の名を骨身に刻んでいる。

五郎の声が聞こえた。

「幽斎玄旨を通せ」

一歩、一歩、進んでいけば、一色兵が割れて道を開ける。戦さというより、なにか儀式のようにも思えた。なえ松のもとへたどり着き見あげれば、五郎も打刀を抜き飛び降りてきた。振りおろされる刃を避けて後ずされば怒号が飛ぶ。

「臆したか、兵部大輔！」

「小賢しいことを」

身を低くした五郎が駆けてきて数合打ちあう。鍔迫《つばぜ》りあいになり、顔が間近にある。太い眉を吊りあげ、血走った目が幽斎を見ていた。

「わしの前でいい子の顔をしておったな」

五郎は口の端を歪《ゆが》めて笑った。

「よい婿ぶりであったろう。おれは大山崎で日向守さまの戦さを間近に見た。あの方は将を慰撫《いぶ》し、苦境にあってさっぱりとした顔でおられた」

光秀が器から己の野心をあふれさせたように、織田の家臣という立場、長岡の婿という立場を捨てて只人となろうとしたとき、五郎の器に満ちた水はあふれでた。

頭の片隅で羨ましい、と思った。そうか、秀吉もおなじように感じたのか。

背の高い幽斎が刃を押して、柄を握る五郎の左人差し指を弾き飛ばす。そのまま押して、親指の付け根を断ち切れば、なまあたたかい血が手にかかった。踏みこんで足で腹を蹴り、どっと座りこんだ五郎の頭上に刀を振りあげた。

外洋からの海風に乗って、海鳥の羽ばたきが頭上を旋回する。

「いまはこの刀、下ろさぬ」

幽斎は振りあげた刀を降ろした。

「宮津城に来るべし。わしが長岡と一色の縁をとりもつ。長岡当主たる忠興に頭をさげれば、不問にいたそう」

自分の器はどこかが欠けていて、絶えず注ぎこむ野心は、満ちるまえに抜けゆくのだ、と幽斎は思った。己の感情のまえに損得を考える。それは乱世の世には狡く、稀有《けう》な才である。柴田討伐、あるいは徳川と今後羽柴が渡りあうためには丹後衆の兵力が必要で、一色を処罰しては、ふるくから根付く海の一滴、すなわち国人たちの支持を得られぬ。

背を返し刀を鞘《さや》に納めれば、五郎の金切り声が聞こえた。

「斬れ。義父上」

「斬らぬ」

これは情けではない。丹後を掠《かす》めとるための、狡い計算だとわかっている。

砂地を踏んで、家臣たちが待つ船まで戻る。たった数十歩の距離が長く感じられた。

数日ののち、果たして五郎は宮津城に乗りこんできた。連れてきた数十の兵は宮津城の外に留め置き、家老の日置主殿介《へきとのものすけ》と二人で宮津城に入る。上洛していた忠興も幽斎の急報を聞いて昼夜問わず馬を走らせて戻ってきた。

忠興は眦を吊りあげ、五郎を大喝した。

「もはや一色は弟ではない。羽柴に盾つく大逆者ぞ。父が許してもわしが許さぬ」

鉄紺《てっこん》の直垂《ひたたれ》に士烏帽子《さむらいえぼし》をかぶった五郎は、板間に手をついた。

「このたび伊也を長岡家に御戻しいたす」

対面の間の次の座敷には仕手《して》の者十人ばかりを潜ませてある。忠興の脇に座った幽斎は、静かに尋ねた。

「わしの恩情を無下にするか。長岡と縁を切れば、一色は生き延びられぬぞ」

五郎は顔をあげた。幽斎の思いとは別に、死出の道へ足を踏みだした者の顔をしていた。

ぎらつく目が、己をとおりすぎて忠興を射すくめる。

「我が役目はすでに終えた。斬れ。義兄上《あにうえ》」

忠興は刀を掴み、一挙動で抜き放つと袈裟懸けに五郎の左肩から胴を斬った。積年の恨みを一閃《いっせん》にこめたように、忠興は胴体から刀を抜くと、抜身のままの刀を携え大股で部屋を出て行った。逃げた家老の日置主殿介も斬りふせられた。

癇癪を破裂させた声が響きわたる。

「長岡当主として命ずる。弓木城を攻める。一色はすべて撫で斬りにせよ」

口から血痰《けったん》を吐き、五郎は前のめりに崩れた。手が痙攣《けいれん》し、幽斎のほうにのびた。あふれでる血が幽斎の膝前までひろがってくる。幽斎は膝を進めて、力ない手を握った。わずかに五郎は握り返してきた。

「出来の悪い息子で、ございました」

かすかな声が聞こえ、途切れた。熱が失われてゆく大きな掌《てのひら》を、長いこと幽斎は握りつづけた。

「狡い父を赦《ゆる》せよ」

幽斎は五郎の菩提寺の僧を呼び、単騎で天橋立に向かった。すでに忠興は兵を出して弓木城に向かっており、間断なく火縄銃の発射音が聞こえてきた。主君を喪《うしな》った弓木城の抵抗はまばらで、忠興の望みどおり一色家臣は撫で斬りになる。伊也は無事に帰ってくるだろう。

しかし事はそれだけでは済むまい。家譜から細川（長岡）が明智や一色と懇意にしていた痕跡を消しさらねばならない。とくに伊也の婚儀は都合が悪い、と幽斎は舌打ちした。明智が天橋立に来たのと関連づけられてはかなわない。多少の齟齬《そご》には目を瞑って輿入れの時期を変える必要もあろう。

死してなお、彼らは闇からじっと見ている。

うねる幹を海風に晒す赤松へ手をついて、山々が夕暮れに染まってゆくのを眺め、かつて聞いた発句を口の端にのぼらせる。

うふるてふ松ハ千年のさなへ哉

涙など不要だ、と歯を食いしばった。目を閉じる。

誰かが植えるだろうと光秀が願った松。千年つづく松を。

「わしに遺せというのかッ」

死者の痕跡を消そうとする、わしに。

肘まで血に浸しなお枯淡として歩めと、冷たくなりゆく秋風は死者どもの囁きのように、やさしく耳元で鳴っている。そうして風は、織田が討たれ、明智が死した羽柴の世を渡ってゆく。

（「小説現代」二〇二〇年四月号）

ウタ・ヌプリ

浮穴みみ

【作者のことば】

ゴールドラッシュといえば、カリフォルニアやクロンダイクを思い浮かべる方が多いでしょうか。

かつて北海道にも、砂金を求めて人々が押し寄せた時代がありました。山河は容赦なく踏み荒らされ、掘り尽くされました。

人間の欲は止《とど》まるところを知りません。昔も今も。

この作品は、『鳳凰《ほうおう》の船』、『楡《にれ》の墓』に続く、北海道三部作、最終章の一編です。

浮穴みみ（うきあな・みみ）　昭和四十三年　北海道生
「寿限無　幼童手跡指南・吉井数馬」にて第三十回小説推理新人賞受賞
『鳳凰の船』にて第七回歴史時代作家クラブ賞受賞
近著──『楡の墓』（双葉社）

真昼の日差しは、ただ白くまぶしいだけなのに、どうして夜明けと日暮れは、なにもかも黄金《こがね》色にかがやくのだろう。

木々も風も流れる川も、まるで空から金粉をまき散らしたようである。

「金の川みたいやな」

日の名残りの一閃《いっせん》に目を細めながら、弥太郎《やたろう》がつぶやくと、

「日が傾くべ。そのせいで、お天道《てんと》さんのしずくが、こぼれるんでないかい」

留次《とめじ》は、中年らしく訳知り顔で、太陽に見立てた茶碗《ちゃわん》酒を傾けてみせ、おっとっと、としたたる酒をすすった。

砂金掘りの一日が、今日も暮れようとしていた。

北見国《きたみのくに》、枝幸《えさし》港からウソタン砂金地へ向かう山中で、弥太郎と留次は道連れになった。

留次の本業は、枝幸の漁師だという。いわば弥太郎と同じ、にわか砂金掘りだった。

エサシといっても、「江差《えさし》の五月は江戸にもない」とかつて栄えた道南の港・江差とはまったく別の土地である。

北見枝幸は北海道の北の果て。海沿いこそ漁場でひらけたが、内陸は、明治の半ばを過

ぎても、依然として未開拓の湿地が広がっていた。

ところが明治三十一年の夏、北見枝幸の幌別川《ほろべつがわ》上流で、金田が見つかったのだ。北海道は黄金の島だ、どこを掘っても金が出る。松前《まつまえ》の殿様は、官軍に奪われるのが嫌さに、黄金仕立ての牛《べこ》を津軽《つがる》の海に沈めたらしい、そんな伝説が、にわかに現実味を帯びてきた。

枝幸の海岸や幌別川の支流でも、川を浚《さら》えば、砂金がいくらでも採れるのだという噂《うわさ》が広がると、日本全国から、一攫千金《いっかくせんきん》を夢見る有象無象が、どっと枝幸に押しかけた。

折しも不漁にあえいでいた枝幸の漁民も、海に見切りをつけ、大挙して山を目指した。留次もそんな漁民のひとりだった。

「砂金が出たおかげで助かった。枝幸の民は、みんな年が越せただよ」

「そんなに採れましたか」

「そりゃもう、はじめは、たきぎでも拾うみたく、砂金を拾って歩いただよ。掘れば掘ったで、きりがねえくらい採れた」

「留次さんは漁師やさかい、山仕事はしんどくありませんか」

「なあに、要は採って採って採りまくる、魚も砂金もおんなじだ。どっちも水ん中だ。しょっぱいか、しょっぱくないかの違いだな」

そう言って、留次は歯のない口をあけて、だらしなく笑った。

笹《ささ》で屋根をふいた、急ごしらえの草小屋の中である。屋根の隙間から、夕焼けが見えていた。弥太郎は、砂金掘りの現場で一日の仕事を終えると、いつもこうして同僚の留次と茶碗酒を酌み交わすのだった。

「だども、近ごろは、やりにくくなったわ。今年の春に、山さ入ってみたら、事務所はできる、巡査はうろうろする、まったく、やりにくくなったわ」

留次は眉をひそめた。弥太郎の父親くらいの年頃だろうか。日焼けした赤ら顔は、漁師のそれである。

「砂金も、いっときよりは減ってきたしな。こんだけみんなして、採りまくれば、底を突くのも無理ねえさ。それでも、浜で鰊《にしん》に待ちぼうけくわされるより、雇われでも、こっちのほうが、ずんと実入りはいいもな。おかげで酒も飲める」

「おらも、留次さんのおかげで助かりました」

「だっておめえ、山ん中でよ、迷子のガキみてえに、泣き出しそうなツラでぼーっと立ってたべさ。とっても見過ごせなかったも、おらも、人が好《い》いよ」

「すんません」

「相身互いよ。さ、やれ、兄ちゃん」

目尻の皺《しわ》を深くして、留次は弥太郎の茶碗になみなみと酒を注《つ》いだ。

数年にわたって、ほぼ無法地帯であった砂金地に、この春以降、鉱区が張り巡らされるようになった。役所に出願して許可を受けた鉱主が、砂金地を管理するようになった。いわば、砂金地の地主である。

それまで砂金掘りたちは、好き放題に川を浚っていたのだ。ところが、それができなくなった。監察料や入地料を納めねばならず、勝手に砂金地に入りこむと、密採者として処罰される。事情を知らずに、夢に浮かされて乗りこんできたひと旗組は、前金が払えなくて、すごすごと引きあげた。

弥太郎も似たようなものだった。山にさえ入ればなんとかなる、そう思い込んでいたが、いざとなると途方に暮れた。たまたま道連れになった留次が、世話を焼いてくれなければ、仕事にありつくことなどできなかっただろう。

おかげで今は留次とともに、ウソタン砂金地の、鉱主抱えの親方の下で働いていた。三十人くらいの砂金掘りが手分けして採金作業にいそしむ、中規模の現場である。

留次は、自分の身の上話はしたが、弥太郎の素性をただすことはしなかった。いずれわけありと見抜いたのだろう。

たしかに、おらはわけありや。

弥太郎は焼酎の酔いに身を任せ、ごろりと横になった。屋根の隙間から、薄墨色に暮れていく空が見えた。黄金の川は夢のように薄れ、宵が忍び寄ってきていた。

弥太郎は、北海道は北見国枝幸郡に位置する上幌別《かみほろべつ》原野に、父母と三人で石川県から移住した。明治三十一年、去年の春のことである。弥太郎は、十六だった。

移住地は檜垣《ひがき》農場といって、秋田県書記官などを務めた檜垣直右《なおすけ》氏によって、その前年に開設されたばかりであった。北海道拓殖計画の一助となる農場地であった。

小樽《おたる》から枝幸までは、北まわりの航路である。枝幸の町から、幌別川を川舟に乗って、倒木を切り拓《ひら》きながら遡上すること三日。それからさらに原生林を掻《か》き分けて、はるばる徒歩でたどり着いた農場は、まったくの原野だった。

北海道は涼しいと聞いていたのに、夏になるとうだるように暑くなるので、はじめ弥太郎はひどく驚いた。藪蚊《やぶか》や毒虫にも悩まされた。そのくせ冬は、沢庵《たくあん》が凍るほど冷え込むのだから、あまりの辛《つら》さに、泣くのを通り越して怒りがわいてきた。

とんだ新天地である。弥太郎は、北海道に渡ったことを心底悔やんだ。

しかも入植直後の昨秋、農場は洪水禍に見舞われた。やっと育った作物も、家も流された。何もかも始めからやり直しである。

そこに降ってわいたように、砂金景気《ゴールドラッシュ》がやってきたのである。

砂金掘りたちは、檜垣農場にも現れた。移住民たちの小屋から、しばしば食料が盗まれ、畑は踏み荒らされた。弥太郎たちが苦労して拓いた農場は、彼らにとっては都合のいい、広くてなだらかな通路でしかなかった。

移住民の中にも、浮足立つ者が出た。弥太郎もそうだった。

枝幸沖には、砂金地を目指す人々と物資を積んだ千石船《せんごくぶね》が、ひっきりなしに着くという。枝幸の町は、毎夜弦歌《げんか》と女たちの嬌声《きょうせい》が絶えず、大賑《にぎ》わいであるらしい。

これこそ、新天地の醍醐味《だいごみ》だ、これに乗らなければ、北海道に渡った意味がない。

弥太郎の胸は躍った。

農場管理者は、砂金など採ってはならぬと触れた。開墾こそが農場の使命だと、再三論されたが、移住民たちの中にも、逃げ出す者が出てきた。砂金掘りはもとより、荷担ぎですら、小作の何倍もの実入りがあるのだ。運を賭けるには、千載一遇のときだった。

弥太郎は、家でときどき砂金の話をもちだしては様子をうかがった。だが、父親の孝蔵《こうぞう》は、不貞腐《ふてくさ》れたように首を横に振るだけだった。

もともと無口な父親である。なにを考えているのか、わからない。

母親のつねは、いつでも孝蔵の言いなりである。文句も言わず、ただ黙々と開墾を続ける両親を、弥太郎は苛立《いらだ》たしく思った。

おとうだって、本当は行きたいに違いない。

つねが話したところによると、孝蔵は、若いじぶん、いっとき家を飛び出し、博打《ばくち》打ちをしていたという。それもかなりの腕で、親分と呼ばれたこともあったらしいのだ。弥太郎が生まれるずっと前のことだ。そのことを思うと、弥太郎はかすかな怖《おそ》れと共にまぶしいような気持ちを、孝蔵に対して抱くのだった。

そしてつねは、「おとうが好き勝手をやめて、やっと家に帰ってきたとき、爺《じい》ちゃんは、なんも言わんと、おとうを家に入れてくれたんや。それからは、憑《つ》き物が落ちたみたいに真面目《まじめ》になったさけ、ほんでやっと、ほっとした。おとうにはさんざ苦労をかけられたさけね」と決まって昔話を結ぶのだった。

だから、砂金景気の噂が出たとき、きっと孝蔵は人に先立って、山に行くだろうと思った。押し殺してはいても、そういう気概があるはずなのだ。孝蔵が勝負を賭けに行くなら、もちろん弥太郎も、ついていこうと考えていた。

だが孝蔵は、動かなかった。

ヤキが回ったんだ。年を取って、おとうは意気地がなくなった。腰抜けになったんだ。

山へ山へと吹く風に、孝蔵だけが無関心なのが、弥太郎は歯がゆくてならなかった。

夏が盛りになるにつれ、檜垣農場を横切る砂金掘りの数が、目に見えて増え始めた。

はじめは少しずつ、しまいには堰《せき》を切ったように、何百何千という砂金掘りたちが、金田を目指し、雲霞《うんか》のごとく農場を埋め尽くした。

関東豆を喰《く》い散らかし、背中には蝸牛《かたつむり》のような大きな荷を背負った人波が、まるで洪水のようにあとからあとから押し寄せた。そして、山から下りてくる男たちの背には、砂金がいっぱいに詰まった焼酎の四合瓶が重そうに揺れていた。

もたもたしていると、乗り遅れるぞ。

弥太郎は焦りを感じた。

金儲《かねもう》けして、なにが悪い。みんな、やっているではないか。

ある夜、とうとう弥太郎は家を出た。

真夜中なのに、外はおどろくほど明るかった。月夜だった。

月明かりは弥太郎の行く手を、まっすぐに照らしていた。砂金掘りたちが喰い散らかした関東豆の殻の道が、山へと続いていく、それが弥太郎の道しるべだった。

山は書き割りのように、夜空に黒くはりついていた。

振り返ると、農場が静寂《しじま》に暗く沈んでいた。

弥太郎は、父母の眠る掘立小屋に背を向けた。そして、まるで怖いものにでも追われているかのように、前だけを見て一心に駆けた。


砂金掘りにも技術がいる。腕のない弥太郎にできるのは、はじめは土砂運びくらいのものだった。

「一人前になるには、三年、いや五年はかかるべな。おらも、まんだ新米同然さ」

留次が、そう教えてくれた。

親分と師匠格の砂金掘りたちは、ほとんどが山形県から来たという。

「小泉《こいずみ》衆というだよ。あのひとがたは、慣れてるからさ」

月山《がっさん》の山裾、寒河江《さがえ》川の下流に位置する三泉《みいずみ》村の小泉が、彼ら砂金掘りの故郷であった。寒河江川は、古くからの砂金地だった。今となっては掘り尽くされて、ほとんど採れない。

それでも、地主から搾り取られるばかりで赤貧の小作人たちは、わずかでも暮らしの足しにしようと、血のにじむような工夫を重ねて、川床を浚い続けているという。

「したから、あのひとがたは、おらだちとは技術が違うのさ。命がけだもの」

砂金は川床に溜《た》まることが多いから、道具を使って川床を浚う。道具は主に、ネコとカッチャ、エビザルに揺り板である。

まずは石や粘土で川を一部せき止め、幅や深さを調整する。だいたい二、三寸の深さだ。流れの底に、稲藁《いなわら》の芯であるミゴで編んだ布のようなネコを敷き、その上にエビザルを置く。カッチャは、先のとがった小型の鍬《くわ》のようなものである。大小のカッチャを使い分け、川底の砂礫《されき》をすくってザルに入れ、濾《こ》す。それから、ネコに落ちた小粒の砂礫を揺り板に移す。そして揺り板を丁寧に揺り動かして、砂金だけを残すのだ。砂金掘りたちは、その作業を気の遠くなるほどえんえんと、根気よく繰り返す。

親分の寅吉《とらきち》を筆頭に、小泉衆は、それぞれ手に馴染《なじ》んだ道具をたずさえ、無駄のない動きで、次々に容器を砂金で満たした。

カッチャひとつ使うのにも熟練の技が求められ、その加減が難しい。ちょっとでも川床を深く掘り過ぎると、

「こらっ、なにやってるだ、金が流れてしまうべや」

親分の怒号が飛ぶ。

ひと月もすると、弥太郎はあらかたのこつを覚えた。兄弟子から「筋がいい」とほめられるようにもなった。いっぱしの砂金掘り気取りである。

やがて、山頂から少しずつ、錦の緞帳《どんちょう》が下りてくるように木々が色づいて、留次が枝幸に帰ることになった。秋が近づいていた。

ることにした。

弥太郎は帰るつもりはなかった。だが留次がいなくなったのを機に、今の現場を離れ

「おらはもう少し、稼いでいきます」

「弥太郎、おめえ、どうするだ」

せっかく一大決心をして、農場を出てきたのだ。一匹狼《おおかみ》として運試しをしてみたかった。腕に自信もついてきた。ここにいては、いくら採っても自分のものにはならない。ある程度は稼げたが、小作と同じである。

山奥には、まだまだ鉱主の目の届かない支流があるはずだった。誰も手をつけていない処女地を見つけ出し、ひと山あてたいと夢想した。

だが笹藪をかきわけ、親爺《ひぐま》の咆哮《ほうこう》におびえ、険しい斜面を張り付くように上り下りしてやっとたどりついた奥地にも、すでに累々と砂金掘りたちが群がっていた。

小川の両岸には、にわか作りの草小屋が鈴なりになっていた。奥地の川には一匹狼の砂金掘りが多く、それぞれが黙々と作業していた。

いくら粘っても、砂金はわずかしか採れなかった。人が多すぎるのである。

弥太郎は、さらに山奥へ分け入ることにした。

しかしどれほど山奥の細い支流にも、大抵はすでに手がつけられていた。川幅が広がり、石が積み上げられているのでわかる。誰かが見切りをつけたのだろう。小屋が残っていることもあった。そういう場所で、幾日か試し掘りをしてみたが、やはりほとんど採れなか

った。

手付かずの砂金地など、もうないのか。

見込み違いに、弥太郎はあせりを覚えた。

巡査とかち合いそうになり、弥太郎はますます山奥へひそんだ。

入地料を払っていない弥太郎は、密採人だった。しかも、農場からの逃散人《ちょうさんにん》として、見つかればきつい仕置きをまぬがれないと思った。

奥へ奥へと川筋をたどるうちに、食料が尽きてきた。仕方なく、魚や野草を採って飢えをしのいだ。

ある日の夜半、弥太郎は腹痛に襲われた。少し休めば治るだろうと思ったが、痛みは増すばかりだった。おまけに雨が降ってきて、野宿の弥太郎は濡《ぬ》れ鼠《ねずみ》になってしまった。

川べりのドロノキの下に、打ち捨てられた小屋が見えた。雨露をしのごうと、弥太郎は這《は》っていった。

ドロノキにしがみつきながら、弥太郎は激しい嘔吐《おうと》をもよおした。目を開けると、真《ま》っ赤《か》な石楠花《しやくなげ》の花が散って見えた。

もう秋なのに、どうして石楠花の花が咲いているのか。

気が遠くなってうずくまっていると、雨音に混じって下草を踏みしめる足音がした。

熊だ、おらは熊に喰われるのだ。

獣くさい体が覆いかぶさってきた。弥太郎は何もわからなくなった。

金色の日差しに目を射られ、弥太郎は目を覚ました。

草小屋の中だった。見知らぬ着物を着せられて、乾いた筵《むしろ》の上に弥太郎は寝ていた。誰かが着替えさせてくれたのだ。

しばらく横たわっていると、小屋の入り口の筵が動いて、白髪《しらが》頭の老人が入ってきた。

「起きたか」

「はい」

声がかすれた。腹のあたりがまだ痛むような気がした。

風が入ると、薬湯《やくとう》のにおいがした。枕元を見ると茶碗がある。

「おめえ、食い物にあたっただ。毒草でも食っただよ。血を吐いて、真っ赤だった」

「血を……」

石楠花の赤い花が散るのを見たと思ったのは、では自分の血だったのかと、弥太郎は腑《ふ》に落ちた。

「毒消し飲ませただよ。気分どうだ」

「はい、すんませんでした」

老人は、ん、と短く返事をした。腰が曲がって、仙人のような豊かな白ひげをたくわえている。にこりともしない。

「寝てろ。あとで粥《かゆ》でも煮てやる」

偏屈そうな見かけによらず、老人は親切だった。

老人は松吉《まつきち》といった。砂金掘りだった。

どうやら老人は、ひとりで砂金掘りをしているらしかった。

起きられるようになると、弥太郎は松吉の仕事を手伝った。始めは土砂運びを、やがて並んで川に入って、カッチャを操り、砂金を採るようになった。

「若いの、おめえ、にわか砂金掘りか。なかなか筋がいいな」

「ウソタンの現場で、修業しました」

「師匠はいたか」

「寅吉親分という……」

「ふん、泣きっ面《つら》の寅か。あれはわしが仕込んだ。十六、七、ちょうどあんたくらいの年頃でな、水が冷たいだの、おっかあが恋しいだのと、泣いてばかりだった」

寅吉親分は、他の小泉衆からも恐れられるほど気の荒い親分だったのに、松吉にかかると、まるで子ども扱いなのである。

「松吉さん……松吉親分も、最近枝幸に入ったんですか」

「ばかたれ。わしは十年も前から、北海道で大現場、二つも三つも張っとった。函館《はこだて》から利別川《としべつがわ》、日高《ひだか》は沙流川《さるがわ》、幌別川、鵡川《むかわ》、夕張《ゆうばり》、天塩《てしお》……ゴールドラッシュだのと浮かれておる、にわか砂金掘りと一緒にするでねえ」

「すんません」

「だいたい、素人《しろうと》が、砂金砂金と騒ぎ立てる前から、わしらは山奥さ入ってたさ。急に猫も杓子《しゃくし》も押しかけてきおって、いい迷惑だ」

弥太郎は、自分が責められているようで、身の置き所がなかった。

松吉も、山形からやってきた小泉衆だった。

十年以上前に、雨宮敬次郎《あめみやけいじろう》という東京の実業家が北海道の金に目を付けた。資金を出し、雨宮砂金採取団を結成させた。中心になったのが、技術と経験のある小泉衆だったのだ。採取団は数年後に解散したが、松吉のように北海道に残る道を選んだ者もいた。そして、今も小泉衆は、あちこちの砂金景気の現場を引っ張っているのである。

数日後、夕飯が済んでから、弥太郎はあらたまって松吉に頭を下げた。

「お世話になりました。いろいろすんませんでした。御礼です」

弥太郎は、前の現場で拾って隠し持っていた砂金を差し出した。松吉は珍しく、黄ばんだ歯を剝《む》きだして笑った。

「砂金掘りに砂金くれてどうするよ。そんなもん、そこらにいくらでもあらぁな。いいから、しまっとけ。それよりおめえ、この先、どうするだ。帰るのか」

「帰るところはありません」

「砂金やりてえだか」

「へえ。ひと山あてようと思って、山に入りました」

「そうか。したら、ここさおれ」

ながら、砂金を採るのだ。


「いいんですか」

「ん。おめえは、まだ一人では無理だ」

松吉は黙って弥太郎に一升瓶をすすめた。まるでそれが、かためのしるしのように、ふたりはおごそかに盃《さかずき》を干した。

それから松吉にしごかれた。厳しかったが、楽しかった。

雪が降り始めても、松吉は火を焚《た》いて作業を続けた。冷たい川でかじかんだ手足を温めながら、砂金を採るのだ。

寒かったが、きんと冷えた川床から、光のかけらがちらちらと浮き上がってくる、その瞬間がたまらなかった。時の過ぎるのも忘れて、弥太郎は光を追うのに熱中した。

あるとき、弥太郎がひとりで作業をしていて、特大の砂金を見つけた。雨のあとだった。上流のどこかから流れてきたのだ。

「こりゃ、すげえ。何やら、牛の形に似とらんか」

よく見ると、松吉の言うとおり、砂金は横向きの牛のようにも見えた。

「おめえは、運がいい。砂金掘りはな、運がよくなけりゃ駄目だ。おめえは向いとる」

やがて、さらに寒さが厳しくなった。食料も尽きてきた。

「雪が深くなる前に、買い出しに行くべ。冬ごもりの仕度だ」

松吉が言った。

じき正月だった。

買い物を終えると、松吉は、昔の仲間のところへ、顔を出してくるという。

「二、三日で、わしも戻る。おめえは先に帰ってろ」

そう言われて、枝幸の町で松吉と別れた。

川筋をたどっていけば、じき檜垣農場である。ふと心が動いたが、弥太郎は農場へは行かず、枝幸の町を歩いてみることにした。

当てがあったわけではない。だが、ふところはあたたかかった。このまま農場に帰って、孝蔵に叱られ、金を取り上げられるのでは割に合わないと思った。

少しはいい思いをしなくちゃな。

藤助《とうすけ》に出会ったのは、町に入ってすぐだった。繁華街をうろついていた弥太郎に、むこうから声をかけてきた。

「弥太郎やないか。なんしとるんや」

「藤助、おまえこそ、なんや」

藤助は、檜垣農場に一緒に移住した、かつての仲間だった。ゴールドラッシュ騒ぎの真っ最中に姿をくらまし、行方《ゆくえ》知れずになっていた。

「まあ、いろいろとあってな。そやけど、むさくるしい野良仕事しとるより、今のほうが、ずっとええで。見たとこ、あんたも砂金やっとるやろ。同類や」

藤助は、よくしゃべる。母親が西国の出らしく、言葉に訛《なま》りがあった。農場での仕事ぶりは不真面目だったが、人に取り入って立ち回るのがうまかった。

藤助は、懐かしそうに笑って顔を寄せてきた。

「どや、いっしょに来んか。ええコがぎょーさんおるで」

親しげに肩を組まれて、弥太郎は連れられていった。

藤助は、「花の家《はなや》」という、料理屋兼女郎屋に居続けていた。

すでに藤助の仲間が集まっていた。いずれも流れ者の、にわか砂金掘りのようだった。

弥太郎が加わると、芸妓《げいぎ》をよんで宴会になった。

脂粉《しふん》のにおいも、三味線《しゃみせん》のにぎやかさも、弥太郎には初めてのことばかりだった。

女たちに囲まれていると、一人前の男になったのだという気がした。弥太郎は、今までに感じたことのない、高揚に浮かされていた。

料理屋の二階には部屋が並び、女をよぶことができた。酒が回ると藤助は、馴染みらしい色白で太りじしの女を抱え込んだ。

「女将《おかみ》、この弥太に、とびきりのべっぴんを頼むで。ほな、お先に」

言い置いて、藤助はさっさと二階に上がってしまった。

「はいよ、ごゆっくり……弥太さん、あんたも上に行きますか」

女将が、落ち着いた口調で弥太郎に聞いた。四十年配の、きれいな女である。遊び女《め》たちとは違って、どこか一本筋の通っているような、それでいて古くからの知り合いのような、心やすい笑みを寄越《よこ》した。いずれどこか都会から流れてきたのだろう。垢《あか》ぬけて、それでいて嫌味はなかった。

弥太郎は、親戚の家にでも泊まるような気持ちでうなずいた。

女と寝るのは初めてだった。

菊の間という部屋で待っていると、隣り合った部屋べやから、男女の睦言《むつごと》がきこえた。

弥太郎は手酌で酒を飲んだ。中風《ちゅうふう》のように手が震えて、どうにも止められなかった。

いい加減酔って、くたびれてもいるのに、頭の芯だけが意地汚く冴《さ》えていた。まるで自分が、雌を狙う一頭の獣になったようで、恥ずかしくて逃げ出したくなった。

廊下に小刻みの足音がして、ふすまがいきなり開いた。

「お待たせいたしました。小菊《こぎく》でございます」

弥太郎は我が目を疑った。廊下に掛け軸でもあって、そこに描かれている絵なのかと思った。

それほど女は、この世のものとは思えないほどうつくしかった。

だが女は生身だった。かげろうのようにたおやかに身をくねらせて、弥太郎に寄り添った。

「小菊でございます」

もう一度、女が言った。不思議そうに弥太郎の顔をながめている。

弥太郎は答えるのも忘れて、川底できらめく黒曜石《こくようせき》のような黒い瞳に吸い寄せられていた。

小菊は徳利を持ち、酌をした。それでやっと弥太郎は、

「お、おう」

とだけ、答えることができた。からだじゅうが、かっかとほてってった。
二十二、三か、それとももっと上だろうか。小菊は落ち着いた口ぶりである。白い肌も黒髪も、水を含んだようにしっとりとなめらかだった。
乙姫様《おとひめ》とは、こんなひとのことをいうのだろう。

弥太郎は、自分が浦島太郎なのだと夢想した。このままずっと、何百年も小菊の顔を見つめていても、飽きることなどないと思った。

「若いひとなのね。いくつ」

酌をしながら小菊が聞いた。梔子《くちなし》のはなびらのような耳たぶが、弥太郎の目の前で息づいていた。

「じゅう……いや、はたちや」

虚勢を張って、弥太郎は大人ぶった。

「ふうん。あんた、砂金掘りなの」

「そうだよ。なんでや」

「なんだか、ほかのひとたちと違うかんじがしたのよ」

「違うって、なにがや」

「そうね、あんた、ちょっと砂金掘りにしちゃ、真面目そうだもの」

「ああ、おら真面目だ」

弥太郎が答えると、小菊はくすくすと笑った。

「おかしなひとだね」

花が開くように、小菊は笑った。

他の男と違う、と言われて、弥太郎は気分が浮わつくのを感じた。自分は特別だと言われたような気がした。

外は吹雪《ふぶき》が続いていた。藤助と弥太郎は居続けとしゃれこんだ。

「砂金ならいくらでもある。なくなりゃ、また掘ればいい」

藤助は無頓着だった。

小菊はやがて打ち解けた。寝物語に身の上話をするようになった。

小菊の故郷は山形県の寒河江の近くだという。砂金掘りのさかんな、松吉たちとは近在だ。

小菊はあまり故郷の話をしたがらなかった。それよりも、弥太郎のいた檜垣農場の話を聞きたがった。

あるとき、小菊がふとつぶやいた。

「うちにかえりたい」

「うちって、山形か」

「山形になんか、帰りたくない。貧乏暮らしでいいことなんか、ひとつもなかった」

吐き捨てるように小菊は言った。

「帰りたいのは、うたのぼり。歌登のうちに帰りたい」

「歌登、枝幸の南の、海ぞいにある歌登か」

「ええ。歌登にあたし、家があったの。もうなくなっちまったけど」

「へえ」

「こっちにきたころ、そこに住んでたのさ。ボロ屋だけどね、海岸にあって、海が見えたっけ。潮のにおいがして、かもめが鳴いて。川のそばに砂山があってね。砂山は昔、砦《とりで》だったそうなのよ」

「アイヌの砦か」

「さあね。もっともっと大昔の砦かもしれないね。あれを見ていると、守られているような気がして。何か安心したものよ」

「へえ」

「歌登って、砂山って意味なんだって、アイヌ語で。砂の砦。帰りたいな、あのうちに」

四日ほど居続けて、弥太郎は後ろ髪を引かれる思いで、松吉の小屋へ戻った。

「遅かったな」

松吉はそう言っただけで、深く問い詰めてはこなかった。

やがて川辺に福寿草が咲き、蕗《ふき》の薹《とう》が顔を出し始めた。

弥太郎たちは、本格的に仕事を再開した。

ところが、寝ても覚めても、小菊の面影が蘇《よみがえ》ってくる。川を浚っていても、揺り板を動かしていても、弥太郎は小菊のことばかり思った。

「なにぼうっとしとるだ」

松吉に叱られることが増えた。

小菊に会えるその日だけを楽しみに、弥太郎は精を出した。だがそのうちに、会えない間の小菊のことが気になって、たまらなくなった。他の男に春を売っているかと思うと、気が気ではない。

小菊を女房にできたら。

夢のような話だった。

ひと月ほどが過ぎ、水がぬるみ、山にもやっと花の便りが届きはじめたころ、突然、藤助が訪ねてきた。

松吉はいやな顔をした。

「弥太、おめえ、あいつにこの場所、しゃべったのか」

「しゃべってねえです、誓って」

「したら、なんで来るんだ」

砂金掘りは、自分の現場を人に知られるのを嫌う。独立でやっている場合はなおさらだ。いわばここは松吉の縄張りだった。

「あてずっぽうや。こっちのほうやろか、と思うてたら、小屋が見えてな。俺、勘はええほうなんや。すんまへん、親分さん、突然お邪魔しまして」

藤助は臆することなく、松吉に向かって人懐っこく笑った。

松吉が上流に姿を消すと、藤助が近づいてきてささやいた。

「なあ、弥太郎、俺と一緒に独立でやらんか」

山奥に、心当たりの、かなり期待のできそうな砂金場を見つけたのだという。まだ誰も手を付けていない、正真正銘の処女地である。ひとりでやりたくとも、藤助には腕がない。弥太郎の人となりと腕を見込んで、話を持ちかけたのだ。

「儲けは山分けや」

弥太郎は迷った。松吉と組んで以来、腕は格段に上がったと思うが、独立でやるには心細かった。

「弥太があかんとなると、他をあたらな。そやけど、俺、あんたとやりたいんや。俺と組めば、こんなシケた現場で、死にかけの爺さんとちんたら稼ぐより、よっぽどいい目見せたる。儲けは保証するで」

甘えるような藤助の誘いに心が動いた。

まとまった金が入れば、小菊を請けだして、女房にできるかもしれない。

弥太郎の胸の奥でくすぶっていた夢が、にわかに形を成してきた。

歌登に家を買おう。小菊の言う、砂山のそばに。海の見える家を。そこで小菊は、子供を育てながら、弥太郎が砂金地から帰るのを待つのだ。

不自由はさせない。金はいくらでもある。なくなれば、また採ればいい。

枝幸は宝の山なのだ。


久しぶりの逢瀬《おうせ》、小菊は嬉《うれ》しそうに弥太郎を迎えてくれた。

自分の決心をなかなか言い出せなかった弥太郎は、帰り際、思い切って口を開いた。

「小菊、一緒になろう。苦労はさせせん。おら、親方に筋がいいって言われとる。砂金で金持ちになれる。さけ、一緒になろうや」

「……いいよ」

弥太郎は天にも昇る心地だった。

「本当か」

「いいよ、あんたと一緒になる。ただし、頼みがあるだよ」

「なんや」

「砂金掘り、やめてちょうだい。農場に帰って、真っ当に暮らすっていうなら、あたし、あんたと一緒になってもいい」

「馬鹿な」

弥太郎はせせら笑った。

「砂金を採らんで、どう暮らしていけるんだ。小作じゃ、喰っていくのがやっとだ。それよりも……」

弥太郎はカッチャを掲げてみせた。

「これ一本で、一攫千金や。苦労はさせせん。おらと一緒になろう」

「あんた、わかってないのよ」

「なんが」

「あんた、なんもわかってないのよ」

「わかっとらんのは、小菊、おまえのほうだ。歌登に家を建てよう。砦のそばの海の見えるところに、うち建てよう」

「弥太郎さん」

「うん」

「お願いだから、砂金掘りやめて、そして、あたしと一緒になって」

「一緒になる。なるよ。だがな、小菊、砂金はやめん」

小菊は悲しそうにうつむいた。

「おらがおまえのこと、守ってやる」

「………」

「この次は、うんと金持ってくる。当てがあるんや。おまえを請けだす。一緒になろう」

小菊はしまいには笑顔を見せた。

「いいよ、わかった。きてね、きっとよ」

「どこさ行くだ」

松吉に呼び止められて、小屋から出ようとしていた弥太郎は縮み上がった。

朝焼けが東の空を焦がしていた。湿った風が吹いている。雨のにおいがした。

「旅支度だな。出ていくのか」

「親分、すんません」

「あの男に誘われたな、この間来た、西国訛りの」

藤助と現場を張りに行くとは、どうしても言い出せず、こっそり出ていこうとしたが、松吉はお見通しだった。

「あいつと現場張るのか」

「へえ。手伝ってくれと頼まれました。二人で……おらもやってみたいと思いました。親分、見逃してくれ。おらたち、ここが大勝負や。のるかそるかの……」

「やめとけ。弥太、おめえにはまだ早い」

「しかし男なら、勝負賭けんとならんときが、あるでしょう」

「おめえが一人前になって、それでも行くというなら、わしは止めねえ。だども、おめえはまだ半人前どころか、ひよっこだ。独立は無理だ」

どう言われても、弥太郎の決心は変わらなかった。

「なあ弥太、なにもかもは、手に入らねえんだぞ」

弥太郎は、鞭《むち》で打たれたように立ちすくんだ。

「わしを見ろ。砂金一筋でやってきたこの老いぼれを。この腕一本で、極楽みてえな思いもしたが、地獄も見た。だども、なんも残らんかった。かかあはずっと昔、子供連れて出ていって、それきりだ。娘はいまごろ、どうしているか、もう嫁にいったか」

松吉はさみしそうに笑った。

「砂金掘りやってると、家のことなど忘れちまう。採ったら採ったで、遊びに夢中だ。やっぱり家のことなど、忘れっちまう。川床浚うと、いくらでも金が採れるんだもの。こったら面白れぇこと、他にはないぞ。里に下りても、しばらくすると、ケツのあたりがうずうずしてくる。掘りたくて、掘りたくて、居てもたってもいられなくなる。またぞろ、山さ入るだよ。これはもう、病気だ」

松吉の老いた瞳が、いきいきとかがやいた。砂金掘り稼業に心底惚《ほ》れている、そういう目だった。

「わしはそれでいい。もう遊び尽くしたし、いい目も見た。あとはちんたら、砂金掘って食いつなぐ。そういう生き方だ。もう、なんもいらん。だが弥太、おめえにその覚悟はあるか。なんもかんも失っても、砂金やり続ける覚悟はあるか。ないだろう。そりゃそうだべ、おまえはまだ一人前でねえ。ひとりで張るのは無茶だ。砂金掘りのやるこっちゃねえ。それは、後先考えねえ、ただのごろつきのやることだ」

松吉の言うことは、わかるような気がした。

弥太郎は確かに半人前だった。しかし、この山は無限ではないか。山に入れば、誰でも金持ちになれる。願いは何でもかなう、なにもかも手に入る、宝の山ではないか。おらにできないことが、あるものか。

「すんません、親分。藤助が待っとるんです。ぐずぐずしとったら、現場も誰かに横取りされるかもしれんのです。ひと仕事したら、帰ってきます」

「そううまくはいかねえ」

「すんません」

弥太郎は深く頭《こうべ》を垂れた。

そして、後も見ずに山を下った。

山にも遅い夏が来た。

藤助と弥太郎は、新しい現場の準備を進めていた。

里で買い出しをしてきた藤助が、興奮した面持ちでまくしたてた。

「おい、弥太、さっき異人と会《お》うたで。青いめん玉ぎょろぎょろさせて、のしのし歩いとったで」

「異人がいたがか。枝幸に」

「山ン中だ。ぎょうさん道具担いで、人足《にんそく》引き連れてな、現場張っとるんちゃうか」

「異人が砂金掘りするがか」

「するやろ、異人も。あんた知らんのか、クロンダイク」

「くろだいく、ってなんや」

「クロンダイクいう町の名前や。アメリカのゴールドラッシュや」

「アメリカにもゴールドラッシュがあったがか」

「あったも何も、あちらが本家みたいなもんや。というてもな、枝幸のゴールドラッシュとちょうど同じくらいの時期やな。あらほんまけったいやな、アメリカと日本で、同時に砂金が見つかるて、おもろないか」

「ああ、そうやな」

「なんやろ、雪崩《なだれ》みたいなもんかな。あっちで雪崩れりゃ、こっちも雪崩れる、てな。アメリカと日本、つながっとるんやろか」

「空はつながっとる。お天道様はひとつや」

三年ほど前に、枝幸で日蝕《につしよく》騒ぎがあった。北海道の北のほうで日蝕が見られるというので、全国どころか、世界じゅうから観測隊が訪れて、枝幸が観測の中心地となった。あいにくの曇り空で、日蝕は見られなかったと聞くが、雲のあちらで、太陽は真っ黒に翳《かげ》ったのだという。

そのときお天道様から、しずくがたっぷりこぼれたのかもしれない。

そんなふうにも思える。

試し掘りを終えると、藤助は目に見えて興奮してきた。

「ここはええぞ、ごっつええ感じや。弥太、こいつぁ大仕事だ。覚悟せぃや」

ドロノキの根方に、とんでもない量の砂金が眠っていると踏んだのだ。

準備は万端だった。いよいよ明日から、採金に取りかかるという夜、雨が降り出した。

雨は翌日もやまなかった。それどころか、次第に雨脚が強くなり、叩《たた》きつけるような豪雨となった。

「おい、弥太郎、起きぃや」

真夜中、藤助に揺り起こされて、弥太郎は妙な音を聞いた。

「水があふれる。はよ逃げな」

妙な音は、ごうごうと水が岩に叩きつけられる音だった。大石が崩れれば、小屋も一瞬で水に呑《の》まれるだろう。弥太郎たちが川筋を変えたせいだった。

「そやけど、砂金は。せっかくの大仕事が」

「命のうなったら、元も子もあらへん。行くで」

二人は命からがら、逃げ出した。

「なあに、また掘ればええやん。枝幸の山は宝の山や」

弥太郎も異存はなかった。だが、当てにしていた現場が駄目になって、小菊を請けだしたり、歌登に家を建てたりするほどの砂金は採れていない。

藤助は気楽だった。

「精進落としや。気分変えて、ぱあっと遊んで、それから出直そうや」

仲間と合流した藤助と弥太郎は、枝幸のひと際大きな廓《くるわ》へ行った。どんちゃん騒ぎの末、気がつくと、蓄えはすっからかんになっていた。

なあに、また掘ればええやん。枝幸の山は、宝の山や。

藤助の口癖は、いつか弥太郎の口癖になっていた。

しかし、なぜかそれからぴたりと砂金が採れなくなった。

場所をいくつか移ってみても、同じことだった。

「お天道様に、見放されたんやろか」

藤助は珍しく、弱気になった。

弥太郎は、やきもきしていた。小菊を迎えに行くと約束してから、もう半年が過ぎていた。じきに山は雪になる。

ある日、弥太郎が作業から帰ると、小屋がもぬけの殻だった。

二人で溜めた砂金や、鍋釜、衣類、米、一切合切を藤助が持ち去って、行方をくらませたのだ。

無一文で、すきっ腹を抱え、弥太郎は枝幸の町へ向かった。

紅楼《こうろう》が妖しく誘い、食べ物のにおいが鼻をくすぐる。登楼どころか、当座の金にも事欠く有様だが、ひと目小菊に会って、待っていてくれと言いたかった。

なあに、ほんのしばらくの辛抱だ。また掘ればいい。枝幸の山は、宝の山だ。

ところが花の家《や》に近づくにつれ、弥太郎は異変を感じた。

店の前に篝火《かがりび》が焚かれ、人が騒がしく出入りしていた。

火事かな。

枝幸は風が強く、火事は珍しくない。しかし、火の手が上がっている様子はなかった。

茫然《ぼうぜん》と立ちすくんでいると、ちょうど女将が、あたふたと飛び出してきた。

女将は、のそりと立っている弥太郎に気づくと、

「あ、あんた、なにしてたんだよっ」

といきなり怒鳴りつけた。

「なにかあったんですか」

「あったも、なにも、ひと足遅かったよ、小菊ちゃんが……」

「小菊が、なんやて」

「遅いよ、遅かったよ、小菊ちゃん、待ってたんだよ、あんたを……」

弥太郎は弾《はじ》かれたように、階段を駆け上がった。

数人の男たちが廊下にたむろしていた。弥太郎は、男たちを遮二無二かきわけた。

「なにすんだ、こいつ」

ふすまは開け放たれていた。行灯《あんどん》がひとつ、ぼうっとともっていた。

いきなり赤い色が目に飛び込んできた。弥太郎は、山道に咲く、深紅の石楠花を思い出した。

目を凝らすと、それは血だった。血の海だった。赤い海に、小菊の白い横顔が浮かんでいた。

「こいつ、つまみ出せ！」

男たちに両腕をつかまれて、弥太郎は部屋から追い出された。その間際、小菊のそばにもうひとつ、若い男の顔が血の海に浮かんでいるのが見えた。

小菊には亭主がいたのだ。

亭主は、山形県の砂金掘りだった。ひと旗揚げようと、小泉衆の遠縁を頼って、仲間と北海道に渡ってきたのだ。

やがてひと儲けした亭主は、枝幸に小菊を呼び寄せた。砂金掘りから足を洗って、二人は歌登に家を持ち、旅館経営に乗り出したのだ。

ところが、素人商売は一年ほどで左前になった。

旅館をやめて、料理屋に商売替えをしたが、それも続かなかった。借金だけが残った。

亭主は、借金を返すためにまた砂金掘りを始めた。小菊は亭主を助けるために、料理屋で女中奉公をはじめた。

ところが亭主は、採った砂金をみんな遊びに使ってしまう。小菊がいくら言っても、亭主の遊び癖は直らなかった。借金は減るどころか、見る間にふくらんでいった。

とうとう小菊は、亭主の借金のカタに取られて、花の家で客をとるようになった。

小菊が女郎になると、亭主は時々、客として小菊に会いにきた。亭主は決まって、許してくれ、俺が悪かったと泣いて謝るのだが、それで行状が改まるでもない。

亭主と別れて一からやり直したい、小菊がそんなことを言い出したのは、今年の春のことだという。弥太郎が、一緒になろうと誘った頃だ。

「小菊ちゃん、待ってたんだよ、あんたを」

花の家の女将は、小菊から相談を受けていたという。

だが弥太郎は来なかった。

代わりに来たのは亭主だった。

いつものように泣いて謝る亭主を、小菊は隠し持っていた包丁でひと息に刺した。そして、自分も喉を突いて死んだのだ。「助けてくれ」という亭主の断末魔を、隣の部屋の女郎と客が聞いていた。

どこをどう歩いたのかわからなかった。

やがて夜が明けた。海つらが白く光っていた。

河口だった。丘のような砂山があった。

そこは歌登だった。

ウタ・ヌプリ、砂山という意味だという。かつての砦。

昔々、海から何かが押し寄せてきたのだろうか。その何かから、砦は何を守ろうとしたのだろうか。

風が強く吹いていた。波が荒く寄せてきた。

今も変わらず、海からは様々なものが押し寄せてくる。

人は皆、容易に押し流されてしまうと弥太郎は思った。

小菊は留《とど》まりたかったのだ。弥太郎という澪標《みおつくし》に必死にすがりつこうとしていたのだ。

それなのに、弥太郎は小菊を守って踏みとどまることができなかった。小菊の砦になれなかった。時流に押し流されて、浮世に踊ることを選んだ。

――弥太、なにもかもは、手に入らねえんだぞ。

松吉の言葉が蘇った。

なにもかも手に入れるどころか、弥太郎は、なにもかも失ったのだ。

――弥太、おめえにその覚悟はあるか。なんもかんも失っても、砂金やり続ける覚悟はあるか。

松吉の後ろ姿が思い出された。痩せて骨ばった膝を露《あら》わに、一心に揺り板を揺する老人の、腰の曲がった後ろ姿が。

帰ろうか。

弥太郎は唐突にそう思った。

檜垣農場は閉じたかもしれないと、枝幸の人から聞いた。

耕作地は砂金掘りに荒らされ、小作人たちは逃げ出して、今はもう誰もいないという。

それでも弥太郎は帰ることにした。

途中、砂金掘りの行列とすれ違った。関東豆を喰い散らかし、背中には蝸牛のような大きな荷を背負った人々。

まるで引かれていく囚人の列のようだと弥太郎は思った。彼らの足首に、欲望に繋《つな》がれた足枷《あしかせ》が見えるような気がした。

農場に人影はなかった。だが昔住んでいた掘立小屋に近づいていくと、そこに、たったひとり、鍬を振るうひとがいた。

孝蔵だった。

「おとう」

弥太郎は駆け出していた。

孝蔵は、まぶしそうに弥太郎を見返した。

日に焼けた、皺深い顔だった。若いころ博打に溺れ、家を飛び出した男の顔だった。極楽も地獄も見尽くして、今はこうして土の上に立っている。波に抗《あらが》う砦のように。

「おとう、おら、帰った」

「ん」

短く答えて、孝蔵は深くうなずいた。そして、家のほうへと歩き出した。

農場に朝日が降り注いでいた。

黄金《おうごん》の雨のようだった。

ここはきっと豊かな土地になるだろう、孝蔵のあとを追いながら、弥太郎は思った。

（「小説推理」二〇二〇年十月号）

忘れ亡者

矢野 隆

【作者のことば】

地の文無し。台詞《せりふ》のみで作品を作れないだろうか。そんな思いつきで生まれたのが本作です。誰かの独白で短編一本を構成する。読者はどんな人のことを知りたいだろうか？どんな人に話させたら面白いだろうか？　そうして選んだのが幽霊です。幽霊の独白。私自身も聞いてみたい！　執筆中は、自分で書きながら幽霊にインタビューしているような奇妙な心地になりました。

矢野　隆（やの・たかし）　昭和五十一年　福岡県生
『蛇衆』にて第二十一回小説すばる新人賞受賞
近著――『戦百景　長篠の戦い』（講談社）

奴吾《やつがれ》もね、幽霊ってな御天道様《おてんとさま》の光を嫌うもんだと思ってたんだ。だから朝日が射《さ》す刻限になるとすうっと消えちまって、昼の間は居ねぇもんだと思ってたんだよ。

でもね。

居るんだ。

御天道様の光が強いもんだから、透けちまって見えなくなっちゃいるが、ちゃんと居るんだよ。そちこちに立ってらぁ。生きてる人にゃ見えねぇが、こっちはちゃんと見てるんだ。奴吾だって、こんな身の上になってはじめて気づいたんだから、まぁ普通は解《わか》らねぇよな。

もう長い間こうしてっから、なんで語りかけてんのか、誰に話してんのか解らなくなっちまってんだけどね。まぁ、こうしてずっと一人で同じところに突っ立ってると、人恋しくなっちまうもんだから誰にともなく語りかけてんだ。もしかしたら手前《てめ》ぇのなかのもうひとりの奴吾に話してんのかも知れねぇけど、そんなことはどうだっていいや。とにかくこうやって話しているほうが、気が楽だってだけの話さね。

いいや。

居る気がするんだ。奴吾がここに立ちはじめてからずっと。そこに居るんだろ。答えちゃくれねぇが、なんとなく解ってんだ。奴吾はあんたにむかって語りかけてるんだな。多分。

もう何度も話したけど聞いてくれよ。奴吾がどうしてこんなことになっちまったのかをさ。

辻斬《つじぎ》りにやられちまった。

若い侍だ。生《なま》っ白《ちろ》い顔して、へらへら笑ってやがった。寝間着みてぇな真っ白い単衣《ひとえ》の着流しでよぉ。あ、なんだこいつ、腰の刀に手ぇかけやがったぞ。と、思った時にゃ。

奴吾は宙に浮いてた。倒れてたんじゃねぇ。浮いてたのさ。

あぁ、こりゃ躰《からだ》から離れちまったと、すぐに気付いたね。え、奴吾は一度、魂が躰から抜けちまったことがあるのさ。

四つの時よ。まだ満足に喋《しゃべ》れねぇ餓鬼だったくせに、そん時のことははっきりと覚えてる。家の裏に大きな松の木があって、十も離れた兄貴がそれをいつもすいすい登るんだ。心底羨ましくてねぇ。でも兄貴やおふくろがいる時は、登らせちゃくれなかった。

そん時は、なぜかおふくろたちがいなくて、一人で縁側に座らされてたんだ。この時とばかりに裸足《はだし》のまんま庭に降りて、松の木に手をかけた。ごつごつとした硬い皮が赤かったのを今でもはっきりと覚えてる。ありゃ赤松だったんだな。どこまで登ったのかはっきり覚えちゃいねぇ。ただ無我夢中でしがみついてた。気付いたら一人じゃ降りられねぇところまで登っちまってた。子猫と一緒さね。でも猫みてぇにみぃみぃ泣いて助けを求めやしなかった。おふくろにばれたら叱られると思ってたからな。それで、一人で降りようと、なんとか届きそうな瘤《こぶ》に足を伸ばしたんだ。その途端、躰が軽くなった。で、気付いたら寝てる自分を遠くから見てたのよ。松の木の下にうつ伏せで動かねぇ自分の姿を覚えてる。不思議と怖くはなかったね。なんであんなところに寝てんだろってな感じで、ひとごとみてぇに眺めてた。

奴吾ぁ浮いてんだ。ふわふわと。浮いたまま、兄貴のお古の着物で作った前掛けしか着けてねぇ自分を眺めてんだ。生っ白い尻が微動だにしねぇのよ。今なら死んじまったんじゃねぇのかと不安になったりもするんだろうが、そん時は思わなかったね。本当にぼんやりと、ただ眺めてた。

そしたらね。いきなりむくりと起きたんだ。奴吾が。起きたかと思ったら、ふらついた足取りで家の方に歩いてくんだ。短《みじけ》ぇ指が生えた小さな足でぺたぺたとよ。そして登るようにして縁に這《は》い上がると、板間に上がって大の字に寝ころんだ。

その時よ。

頭が割れるように痛くなって、目を閉じちまった。で、起きたら板間に寝転がってたのよ。もう浮いちゃいなかった。戻ったんだ。手前ぇの躰に。

いや、そんなことがあったから、今度も同じだって思ったのよ。もし同じだったら下の方に手前ぇの躰があるはずだって。

あったよ。

死んでた。

肩から臍《へそ》のあたりまでばっさりと斬られて、どっからどう見てもくたばってた。

それでも奴吾ぁ、手前ぇの躰に入ろうとしたのさ。浮いてるっていっても手や頭は動くからね。水を掻《か》くようにして必死に腕を動かしてさ、潜るようにして手前ぇの躰に入ろうともがいたんだ。

まぁ無駄だったんだけどな。だからここにいるんだけどよ。

そうそう、奴吾が浮いてるこの辺りに、倒れてたのよ。奴吾が。いやぁ、人が斬られてるところなんざ初めてみるもんだから。驚いちまったね。骨ってな、あんなに綺麗《きれい》に斬れるもんなんだね。肩口から斬りつけられてんだぜ。何本も肋《あばら》があるってのに、ばっさりといかれちまってんだもん。斬った侍の腕が良《い》いのか、刀が良いのか、そもそも人なんざ、刀で斬りつけりゃ簡単に斬れちまうものなのか。良く解んねぇけど、手前ぇの骸《むくろ》を眺めながら感心しちまったもんね。

そのうちに朝が来て、ここいらの人だろうねぇ。爺《じじ》ぃが奴吾に気付いて大騒ぎよ。役人やらなにやらが大勢来て、戸板に乗せられて連れていかれちまった。

それ以来、奴吾は奴吾に会っちゃいねぇ。そりゃあ、手前ぇがどうなったのか気にはなるさ。でも、こっから動けねぇんだからどうにもならねぇもんよ。女房子は奴吾が死んだことに気付いてんのかねぇ。ちゃんと弔いを済ませたのか。涙のひとつもこぼしてくれたのか。知りてぇよ。でも、解らねぇもん。だって動けねぇんだから。どんだけ頑張っても、足が地に縫い付けられちまったみてぇに動かねぇ。と言っても足、ねぇんだけどね。いやぁ、本当に足無くなるんだなぁ。腰のあたりからぼやけてんの。足先のあたりは綺麗さっぱり消えちまって、夜の闇でも浮かび上がらねぇんだから。幽霊の絵描いた奴は大したもんだ。見えてたんだよ。奴吾のような者《もん》の姿が。

女房子かい。

来なかったよ。一度も。手前ぇの旦那がどこで死んだのかなんざ、どうでも良いんだろうよ。子供はまだ小せぇから、おっ母《かあ》が行くと言わなきゃ、手前ぇだけで来られやしねぇよ。兎《と》に角《かく》、女房も餓鬼も、あれ以来一度も見ちゃいねぇよ。

寂しかねぇ……。

こともねぇけどよ。

だからといって、どうしようもねぇじゃねぇか。動けねぇんだから。会いに行こうにも行けねぇし、あっちだって来ちゃくれねぇんだから、どうやっても会えねぇんだ。女房や餓鬼が死んだとしたってよ、奴吾は現世《うつしよ》に縛られちまってんだから、奴等《やつら》が幽世《かくりよ》に行ってもやっぱり会えねぇのよ。

八方塞がりって奴さ。

生きてる時に聞いた怪談話とかでよ、死んだ者が枕元に立つとかあったんだが、あれってどうすりゃできるんだろうね。話によっちゃ、いろんなところにほいほい出てくる奴もいんだろ。幽霊。ありゃ羨ましいぜ。だって、動けるんだもん。動けるってんなら、女房子に会えなくたって良い。動けるだけで有難《ありがて》ぇ。ひとつ所に縛られてるってな、こりゃきついぜぇ。頭おかしくなっちまう。

こうやって一人で話すのも仕方ねぇだろ。だって、ずっと一人なんだから。誰だって奴吾みてぇな目に遭わされたら、おかしくなっちまうって。

なんでこんなところを夜中に歩いてたのかって。知らなかったのよ、辻斬りが出るなんて。だって奴吾ぁ、このあたりの者じゃねぇんだから。行商よ。そう、棹《さお》担いで歩いてなんぼの商いさね。奴吾ぁ、ばた屋よ。屑《くず》ぅお祓《はら》いぃなんつって歩いて、屑買って歩くのさ。なんでも買うよ。使い古しの紙屑や、古釘《ふるくぎ》に底の抜けた茶碗《ちゃわん》なんてのまで。ばた屋が集めた屑は、仕切場が引き取ってくれんのよ。大体、屑屋が屑買うための銭だって、仕切場が出してくれんだから。

ばた屋にゃばた屋の決まりがあってね、見知らぬところで商いしちゃいけねぇのよ。ちゃんと縄張りってのがあるんだ。長屋の大家に話付けてねぇと、えれぇ目に遭う。一度、なんも知らねぇ奴が奴吾の縄張りで勝手に屑買ってやがったから、仲間と一緒にとっちめてやった。どんな物にも決まりがあらぁな。そいつぁ守らなきゃなんねぇ。

幽霊にも縄張りがあんのかね。ここが奴吾の縄張りだから動いちゃいけねぇってのかい。奴吾ぁばた屋なんだ。縄張り以外で商いはしねぇ。なのになんで、夜中にこんなとこを歩いてたのかってことだよな。

呼ばれたんだよ。昔世話になった御人《おひと》によ。

いや、話すと長くなるんだけどよ。奴吾は、ばた屋んなる前《め》ぇは中 間奉公《ちゅうげんぼうこう》を長《なげ》ぇことしてたのさ。御武家様に仕えるあれよ。年季雇いでいろんな家を転々としてたね。そん時ぁ、まだ女房子がいなかったから、気楽なもんだったぜ。下屋敷で仲間と一緒に夜な夜な博打《ばくち》さ。近くから客を呼んで大層繁盛してた時もある。あん時ぁ楽しかったなぁ。気楽で。

その頃に世話になった口入《くちいれ》の親父《おやじ》がいてよ。その人が、見てもらいてぇ品物があるってんで、わざわざ出向いて行ったのよ。さる大名家で使われていた由緒正しい南部《なんぶ》の鉄瓶だって言って見せてくれたんだけどよ。奴吾にゃあ大した物には見えなかった。大体、そんな代物をばた屋の奴吾に買い取らせようなんて普通は思わねぇだろ。小銭が欲しかったんだろよ。訳は聞かなかったけど。なんとか言いくるめて誤魔化して、買わずに店を出たんだ。ちぃとばかり遅くなっちまったから、近道しようと裏に入ったばっかりに、この有り様よ。

欲出すもんじゃねぇよなぁ。掘り出し物だからって縄張りの外で仕入れてひと儲《もう》けなんて考えるもんだから、こんな目に遭っちまう。罰ってのは当たるもんだな。悪いことはできねぇもんだ。

い、いや、うぅん……。このあたりに足を伸ばした理由はそれだけじゃねぇ気もすんだよなぁ。でも、思い出せねぇんだよ、そこら辺のところが。

なんか忘れてんのか奴吾は。

頭が痛くなってきた。こんな姿になっちまっても、痛むものは痛むんだねぇ。こんな身になるまで知らなかったぜ。なんか大事なことを考えると、頭の芯のあたりがきゅうっと痛くなっちまう。痛《いて》ぇ痛ぇと思ってるうちに、なにを考えてたのか忘れちまうのよ。

で、奴吾ぁなにを考えてたんだっけ。

まぁいいや。

兎に角、ここで斬られちまったのよ奴吾は。それからずっとここにいる。朝も夜も関係ねぇ。晴れようが雨だろうが、お構いなしだ。こうして喋ってねぇ時は、ぼんやりと前見て突っ立ってる。突っ立ってるって言っても足がねぇから、浮かんでるんだがな。

そう、笑えねぇのよ。どんだけおかしいこと言っても、笑えねぇ。腹に力が入らねぇんだ。喉や舌はまだ濃いから良いが、腹の辺りはずいぶん透けちまってるからなぁ。笑うには、腹の力がいるだろ。喋るだけなら喉と舌がありゃなんとかなる。でも笑うのはそうは行かねぇ。腹の力使わなきゃ笑えねぇのよ。

唇は動く。だから口の端を吊《つ》り上げることはできる。目も同じだから、笑った顔はできるのよ。でも、それじゃあ笑ったってことにゃあなんねぇだろ。やってみりゃ解るよ。顔だけ笑ってみろよ。声がなけりゃ、おかしいって思う気持ちを吐き出した気になんねぇだろ。虚《むな》しいだけだぜ。

おっ。

ありゃ、奴吾に気付いてんな。じっとこっちを見てやがる。

昼だぜ。雲ひとつねぇ嫌んなるくらい真《ま》っ青《さお》な空だ。手前ぇで手前ぇの躰が見えてんのにびっくりするくれぇなんだ。人に見える訳がねぇ。

でもありゃ確かに見えてんな。眉を吊り上げて肩震わしてやがる。まだ餓鬼じゃねぇか。紅も差しちゃいねぇ。

試してやるか。

ほら、やっぱり見えてやがる。奴吾が近寄ってくるんじゃねぇかと思って、仰《の》け反《ぞ》りやがった。

行ける訳がねぇじゃねぇか。動けねぇんだからよ。

おっ、連れが餓鬼が立ち止ってるのに気付きやがった。ありゃあ父親《ておや》か。ずいぶん若《わけ》ぇな。一丁前に二本差しやがって、偉そうに歩いてんじゃねぇってんだ。お前ぇの娘はこっち見たまま固まってんぞ。

おうおう指さしてやがる。やっぱり見えてんな。親父の方はどこ見てんだ。娘が指さしてんだろ。ここだよ、ここ。

そんなに叫ぶなよ。親父が驚いてんだろ。ちょっと笑った顔してみただけじゃねぇか。大袈裟《おおげさ》なんだよ。

あぁあ、もう抱けるような歳《とし》じゃねぇだろ。そんな持ち方して変に思われるぞ。人攫《ひとさら》いに間違われちまうって。

行くなよ。

おい、待てよ。

もう少し楽しませてくれよ。

けっ。

そう。見える奴には見えるんだ。昼間だってね。まぁ、どっちかって言うと夜の方が多いんだけどな。夜の方が濃くなるから。うん、奴吾の姿が。さっきも言ったけど昼間は透けちまうから、居るのか居ねぇのか解んなくなっちまう。いまの娘はよく見える性質《たち》だったんだろな。餓鬼に多いな。しかも男より女だ。

見えるからって話ができるわけじゃねぇんだなこれが。奴吾はこうやって話しちゃいるんだが、あっちにゃ聞こえねぇらしい。どんだけ声を張り上げて叫んでみても、化け物でも見たような顔でこっちを見つめて、最後は逃げちまう。まぁ、化け物見てんだから仕方ねぇんだけどな。

ほら、笑えねぇ。これが地味にこたえるのよ。人ってな笑えてなんぼだぜ本当によ。だいたいこっちは怖がらせてぇなんてひとつも思ってねぇのにな。生きてる時は、お化けなんてもんは、人を怖がらせたくて出てくるもんだとばかり思ってたんだ。

違うよ。

怖がらせたいなんてこれっぽっちも思っちゃいねぇ。少なくとも奴吾はね。ただただ突っ立ってるだけ。なのに、あっちの方で勝手に怖がっちまう。そりゃ、無理も無《ね》ぇとは思うよ。だって、肩から腹までばっさりと斬られて血塗《ちまみ》れの傷口晒《さら》した奴が、真っ青な顔して突っ立って自分のこと見てんだから。怖くねぇってほうがおかしいや。

でも考えてみてくれってんだ。別にこちとら、お前ぇのためにわざわざ出て来た訳じゃねぇんだよ。ずっと居んの。ここに。うろつけねぇの。たまたまお前ぇが、奴吾の姿が見えちまってるってだけでよ、こっちはこれっぽっちも恨んでなんかいねぇし、なにかを訴えてぇとも思ってねぇもんよ。

怖がりたくねぇんなら、こっち見んじゃねぇっての。

居るのよ。毎日のようにここを通っていく奴のなかに。お前ぇ絶対《ぜつて》え奴吾が見えてるよな、って奴が。見えてるくせに、わざと見えねぇふりしてるんだよ。

男だ。

三十がらみの、どっかの奉公人だよ。この先に贔屓《ひいき》の客か取引してる店でもあるんだろうさ。二日にいっぺんは必ず奴吾の前を通るんだ。ここは一本道だろ。奴吾の裏手は鎮守の森で鬱蒼《うつそう》としてるし、目の前はどこぞの御武家様の屋敷の白壁が続いてる。奴吾の前を通り過ぎるしかねぇんだ。

そいつ、顔を強張《こわば》らせたまんま肩を思いっきりいからせて地べた睨《にら》んで歩いてくんだ。そのくせ奴吾の前を行き過ぎる時だけ、たまにちらと横目でこっちを見るのさ。そして見た時は決まって足が速くなる。一度、そいつが横目でこっちを見た時に、わざと口をぱくぱくさせてみたのよ。そしたら躰が跳ねて、両足が浮いたかと思った途端に悲鳴をあげて走り出しやがった。

笑えねぇの。

おかしかったけど。

そんなことがあっても、そいつは今もここを通ってる。主人から命じられてんのか、どうしてもここを通らなけりゃならねぇんだろね。かわいそうに。

別に怖がらせたかねぇよ。そいつだけだって。あんまりにも見て見ぬふりするもんだから、ちょっと悪戯《いたずら》してみたくなっただけさ。

怖がらせるの仕事じゃねぇもの。

仕事だってんなら、奴吾も頑張るよ。千人怖がらせたら、動けるようにしてやるって仏さんが言うんなら、どんだけでもやってやる。つっても声は出せねぇし、動けねぇし、見える奴は限られてるから、頑張りようなんてねぇんだけどよ。

見える奴んなかにも、色々なのがいるよ。

妙な女がいたなぁ。

見付けたっ。って感じでよぉ、鼻息荒くして奴吾を睨んでんのよ。他には誰もいねぇよ。一人さ。

どっかで奴吾のことが噂《うわさ》にでもなってるのかね。あきらかにその女は奴吾を見に来たって感じだったな。夜だよ。丑三時《うしみつどき》さ。女が一人で出歩くような刻限じゃねぇよ。提灯《ちょうちん》ひとつぶら下げて、こんな人気《ひとけ》のねぇところを歩くなんざ、正気の沙汰とは思えねぇ。奴吾だけじゃねぇよ。辻斬りだって出るんだから。もしも奴に出くわそうもんなら、斬られて仕舞《しめ》ぇよ。

なに考えてんだと、そん時も思ったね。

その女、提灯の明かりを奴吾の顔んところまで持って来て、しげしげと眺めてんだ。それで、あぁ本当にいる。なんてつぶやいてんだ。奴吾はどうしていいもんか解らなくなっちまって、ただぼんやりと女の顔を眺めてた。十人並だったね。そんなもんだ。

その女、ひとしきり奴吾の顔を提灯の火で照らしたかと思ったら、なにも言わずに帰っちまいやがった。

そっからが大変よ。

次の日の夕方んなって、その女が大勢引き連れてやってきた。十人以上はいたぜ。町人だけじゃなくて、侍も二人ほど交じってた。そのなかに偉そうな坊主がいてよぉ。爺ぃなんだ。伸びた眉毛が真っ白でよ。歯の無ぇ口動かして女にむかって、にゃむにゃむ言ってんだ。かと思ったら、そいつが皆の前に躍り出て女が横に立って、その後ろに他の奴等がずらりと並ぶんだ。奴吾ぁなにが始まるのかとそわそわしてた。

目が合ったのは女だけ。

坊主は、居ますなぁ、なんぞと偉そうにほざきながら、あらぬところを見てたっけ。女よりもどうやら坊主のほうが偉《えれ》ぇみたいで、爺ぃが、居ると言った途端に、馬鹿な奴等がそろって唸《うな》るんだ。

皆が並んだかと思ったら、いっせいに手を合わせて拝みだした。それを確かめた坊主が、数珠を手に経を唱えはじめたのよ。

解らねぇよ。

生きてるころから、解んねぇよ。だってあれって、あれだろ。天竺《てんじく》かどっかの言葉を、無理やり唐《から》の言葉に直して、それをこっちに持ってきて唱えてんだろ。解るわけねぇじゃねぇか。死んだからって、なんも変わらねぇよ。解んねぇもんは解んねぇ。あんなもんで成仏できんのは、餓鬼んころからまじめに学んだ坊主が死んで奴吾みてぇになった時だけじゃねぇか。その坊主にゃ意味が解るから、なるほどって感じで仏さんのところに行けるだろうよ。

奴吾は無理。どんだけ坊主が神妙な顔して経を唱えてみたところで、右の耳から左の耳にするりするりと抜けちまう。

ずいぶん長いこと坊主は唱えてたね。やっと終わったと思った時は、空に星が瞬《またた》いてやがった。いつしか連れの何人かが提灯を用意して火を入れてた。皺《しわ》くちゃの坊主が下から照らされて、ずいぶん不気味だったぜ。

唱え終えた坊主が訳の解らねぇとこ見ながら、神妙な面持ちで何度もうなずいてんだ。そして、成仏いたしましたな、なんぞと偉そうに言いやがる。多分、奴吾が成仏したって意味だったんだろうね。

してねぇよ。

だってまだここ居るもん。

でも爺ぃの言葉を聞いて、連れの奴等は一様に安心してたね。今にして思えば、あん時坊主の後ろに並んでたのは、白壁のむこうの奴等だったんじゃねぇのかな。それとも、この鎮守の森の奥にある社の氏子かなにかか。とにかくこの通りに奴吾がいるって噂に困ってる連中だろうと思うね。でも悪い噂は、奴吾だけじゃねぇはずだろ。辻斬りもいるじゃねぇか。そっちはどうなるんだ。兎に角、どうにかなるほうだけ片付けようって腹なのか。冗談じゃねぇ。まだ奴吾はここに居るぜ。

安心して笑ってる奴等が、爺ぃに礼なんか言ってたりすんのよ。そんなかで女だけが、まだずっと奴吾のほうを見つめてた。で、それに気付いた男が、声をかけたんだけどよ、女は別になにもないってな感じで首を横に振ってこたえると、二度と奴吾を見なかった。

それ以来、あの女も坊主も見てねぇな。

銭、貰《もら》ったのかも。だとしたら奴吾を利用して儲けたんだ。礼のひとつでもしに来いってんだよなぁ。

あぁ、一度なんか夜鷹《よたか》に見られた。

こんなところで稼ぐなんざ、まともなとこで商売できねぇ女だったんだろうね。客引くためにここいらをうろうろしてる時、目が合ったのよ。

いや良い女だったよ。月明かりに浮かぶ青白い顔がなんともいえなかったね。紅を引いた唇がぽってりとして、生きてたら買っちまってたな。

悪い噂が絶えねぇ通りさ。夜んなると人はいねぇ。そんなところで女を買う奴なんざ、いやしねぇよ。

って、奴吾は思ってたんだ。

いたのよ。

化け物みてぇにでかい野郎だったね。蒸し暑い日だったたから袖を肩までまくり上げてた。襟を大きく開いて腹まで見えてたんだが、あらわになってるところにゃ、強《こわ》い毛がもじゃもじゃ生えてんのよ。髭《ひげ》も生やし放題で、どこぞの山賊かと思ったたくれぇだ。端っこだとはいえ、江戸の朱引《しゅび》きの裡《うち》だぜ。こんな野卑な奴が往来を歩いてるたぁ思わねぇや。夜鷹も奴吾と同じようなこと思ったのかも知れねぇ。一度声をかけるのを戸惑い、大股で歩く男に背をむけた。が、どうしても銭がいるんだろうな。意を決して声かけた。男は笠《かさ》の下にある女の顔をしげしげとうかがってから、首を縦に振ったのさ。

奴吾が立ってるところはさすがに嫌だったんだろうね。夜鷹は男を遠くまで導いて、森んなかに消えた。

こういう時ぁ、動けねぇのを呪うね。

死んでんだから、いまさら女とどうこうなろうなんざ思っちゃいねぇよ。でもよぉ、なぜかそういう興味はあるんだよなぁ。手前ぇでも不思議なんだけどよぉ。だって肩からばっさりいかれてんだぜ。腹から下は透けてんだ。どうしろってんだよな。なのに、見てぇと思うんだ。あの女がどんな顔して、あのむさくるしい男に抱かれてんのか知りたくて仕方ねぇんだ。

女が消えたあたりの森をずっと見てた。するとそのうち、男と女が出てきた。事を済ませた男は、足早に去っていった。

女はまた客を探しはじめたよ。

奴吾を避けながら。丸めた茣蓙《ござ》を抱いて、来し方と行く末を交互に見やる女の顔が、奴吾が立っているあたりには向かねぇんだ。白壁に背をつけてしゃがんで暇を潰してる時も、奴吾から顔を背けてる。こっちはもう一遍、御尊顔を拝し奉りてぇと思ってんのに、目を合わせちゃくれねぇ。だったらなんで、こんなところで客待ってんだと怒鳴ってやりたかったけど。

喋れねぇもん奴吾。

なんかあん時ばかりは本当に、手前ぇのことが虚しくなったね。

その夜鷹がどうなったかって。

斬られたよ。

辻斬りに。

そうそう奴吾を斬ったのと同じ奴さ。白い着流しの若い侍だよ。二人目の客を取ることなく、女は斬られて死んだのさ。次の日には戸板に乗せられてどっかに運ばれて行っちまった。

それ以来見てねぇよ。

奴吾みてぇにならなかったようだしな。だって女が死んだのは、そこんところだもん。ほら、なんも立ってねぇだろ。

成仏したのかねぇ。

奴吾と違って、身内にちゃんと弔ってもらったのかも知れねぇな。だからあの女はここに居ねぇのかも。

でもよぉ、そう考えるとおかしいよな。

だって奴吾は、戸板に乗せられて運ばれる自分をここから見てたんだぜ。ということは死んだ時にはもう、ここにこうやって立ってたんだ。あの女は斬られてから一度として、躰から離れた姿を見てねぇ。弔われたからどうこうって訳じゃねぇんだろうな。

どうなったらこうなるのか。そんなこと考えても仕方ねぇんだけど、やっぱ考えたくなるよなぁ。兎に角、奴吾はここに立ってる。そんだけのことなんだけどな。

辻斬りのことかい。

奴吾を斬った後も、ここで何人か殺《や》ってるよ。あの夜鷹以外に二人斬ってる。奴吾はここに立って見てるよ。ぜったいに夜だ。あの侍は夜にしか現れねぇ。

手前ぇを殺した奴なんだ。なにがあっても顔は忘れねぇ。にやけたむかつく顔した野郎だよ。奴は昼日中にここを通るこたねぇ。侍が通るときは目を凝らして見てっから、胸張って言えるよ。

それと奴には奴吾は見えてねぇ。

奴が現れる時はかならず夜中だ。奴吾の姿が一番濃い時さね。でも奴は奴吾の前を通り過ぎる時もいっさいこっちを見ねぇ。見えてねぇのさ。

だから幽霊が恨みを晴らすために出て来るなんてな大嘘《おおうそ》なんだ。恨みを晴らすためってんなら、奴吾のことが真っ先に見えなきゃなんねぇのは、あの侍じゃねぇか。奴には見えねぇってんだから、恨みを晴らそうにも晴らせねぇじゃねぇか。あぁ、腹が立つ。

他の斬られた二人か。

どっちも居ねぇよ。戸板に乗せられ運ばれてそれきりだ。

一人は丁稚《でっち》みてぇな若ぇ男。もう一人は四十がらみの大工って感じの男だったな。みんな肩口からひと太刀《たち》よ。あの侍が同じ相手に二度振ったところは見たこたねぇ。手練《てだ》れなんだな、多分。

現れる時は必ず一人だ。提灯なんか持っちゃいねぇ。どんな闇夜だって、昼間みてぇにしっかりとした足取りで歩きやがる。

そういや。

あいつが現れる時は必ず、通りに人がいる時だ。どっかで見てんのかも知れねぇな。じゃなけりゃ、そんなに都合良く人に出くわす訳《わき》ゃねぇもんな。

何者なんだろあいつ。

気になるけど、こっから動けねぇから調べることもできねぇし、あいつに見えねぇから復讐《ふくしゅう》することもできねぇんだよな。

なんなんだろな奴吾って。だいたいなんで、奴吾だけ死んだ後もこうやって立ってなきゃなんねぇんだ。みんな死んだらそれっきりだっただろ。奴吾だけだよ。ここに居るの。

頭がおかしくなっちまう。

なんか生きてる間にやっちまったのかな。だから成仏できずに、この世に留《とど》まってるってのか。

だったら動けるようにしてくれってんだ。

無念を晴らすにしても、動けねぇんじゃどうにもならねぇだろ。奴吾は生きてる時にどんな奴だったんだよ。そんなことさえ、ちゃんと思い出せねぇんだ。餓鬼のころ魂が抜けたことや、幽霊が見える奴のような下らねぇことは覚えてんのによ。

嫁がいた。息子もいた。それは覚えてる。嫁とはあんまり仲が良くなかったように思う。だって家のことを思うと嫌な心持ちになるから。その時に頭んなかを掠《かす》めるのが、嗅《かか》ぁらしき女の怒りを露《あら》わにした背中なんだ。だから多分、奴吾ぁ嗅ぁと上手《うま》くいってなかったんだろうな。

商いはばた屋だ。屑買って売って銭を得てた。

貧乏だった……。

よな。

なんだ、なんかしっくり来ねぇぞ。

銭は無かったはずだ。だって、ばた屋なんだから。金持ちのする商いじゃねぇや。借りた銭で屑を買って、銭借りた相手に売りつける。その差が稼ぎってわけだ。儲かる生業《なりわい》じゃねぇ。女房子食わすだけで精一杯だ。思い出す家は、家なんて呼ぶのも烏滸《おこ》がましいような便所際の古長屋だ。長雨でも降った日にゃ、長屋連中の糞尿《ふんにょう》の臭いが湿気に乗って流れ込んでくるようなぼろ小屋に、女房と餓鬼と三人で住んでたはずだ。

生きてたって、今とあんまり変わらねぇ暮らしだった。同じところ回って屑買って、ちっとばかしの銭を貰ってぼろ小屋に帰る。その繰り返しだ。ここにじいっと立ってる方が、通りを行く人が毎日変わるだけ目新しくて良いかも知れねぇや。

貧乏だったさ。絶対に。なのになんで、こんなに落ち着かねぇんだ。銭がなくて心底苦しんでたはずなんだよ奴吾は。銭が欲しくて欲しくてたまらなかったんだ。

そうだよな。

あぁ、また頭が痛くなってきた。いったいなんなんだ。痛くなって目が回って。

奴吾はなにを考えてたんだっけか。

またただ。

忘れちまった。頭の痛みが消えた途端に、なんかどうでも良くなっちまう。幽霊ってなそういう物なのかね。生きている時に苦しんでたことから救われるために、こうして突っ立ってんのかね。そりゃそうだよな。生きてた時の苦しさなんて、今の奴吾にゃあ関係ねぇもん。腹が空《す》かねぇから食わねぇし、こんなにざっくり肩が裂けてんのに痛くも苦しくもねぇし、眠くもねぇし、雨が降っても透けてっから濡《ぬ》れもしねぇ。ねぇねぇ尽くしだ。

こんなに気楽なこたねぇや。生きてるころに面倒だった一切から放たれて、清々《せいせい》してらぁ。ひとつだけ面倒なことは、ここから動けねぇってこったな。これさえなけりゃ、ずっとこうして幽霊してても構わねぇんだけどね。

「痛いんだろ、あ、た、ま」

なんだっ。

今、なんか言ったか。

はっきりと聞こえたぞ。どっからだ。どっから聞こえたんだ。畜生、解らねぇ。おい、どこかで奴吾の話を聞いてんのか。聞いてんなら答えろ。

女……。

の声だったよな。

痛いんだろ頭って言いやがった。なんだよ。こんなにはっきりと誰かの声を聞いたのは死んでから初めてだぞ。こっちの声が生きてる奴に聞こえねぇように、あっちの声も聞こえねぇんだ。ずっと一人じゃねぇか。こうやって話してんのも、誰かにじゃねぇ。

居る。

どっかに居るんだ。近くに感じはする。でも見たこたねぇ。だからいつも、そいつにむかって話しているつもりではいるんだ。でも、本当にそいつが居るかどうか。奴吾にはよく解らねぇ。

見たことねぇもん。

だって。

頭は動かせるけど、躰は回らねぇんだ。足が無ぇだろ。腹の下はうっすらとぼやけてしまって、見えねぇ芯みてぇな物で地に縫い付けられちまってるんだ。

だから奴吾は。

真後ろは見えねぇんだ。

居るとしたら、そこしかねぇ。そこしかねぇけど、躰が回らねぇ。

なんだよ。

居るんだろそこに。

今の声はお前ぇか。お前ぇが喋ったのか。奴吾ぁ、いつもお前ぇに話しかけてんだよ。居るかどうかも解らねぇお前ぇさんによ。なぁ、喋れんのならなんとか言ってくれよ。

痛いんだろ頭、か。

そうだよ、お前ぇの言う通りだよ。ざっくりと肩切り裂かれて痛くねぇってのに、どうして頭が痛くなるんだよ。生きてたころと同じ苦しみは、頭の痛さだけだ。なんか大事なことなのか。頭が痛くなることと、奴吾のこの様《ざま》になんか繋《つな》がりがあるってのかよ。

答えろよ。なぁ、どっかに居るんだろ。聞こえたぞ、お前ぇの声。たしかに言う通りだ。面倒なこと考えると、頭が痛くなる。そしてすぐに忘れてどうでも良くなっちまうんだ。なんか大事なことがあんのか。考えちゃいけねぇことでもあんのかよ。

だいたい奴吾ぁ喋ってんのか。自分の声を耳で聞いてるつもりじゃいるが、本当に喋ってんのか解んなくなってきた。奴吾が見える奴にも、奴吾の声は聞こえねぇ。往来を行く奴等の声も、鳥や虫の声も奴吾にゃ聞こえねぇ。だったら声なんて意味がねぇじゃねぇか。

喋ってると思ってんのは奴吾だけで、本当は声なんか出ちゃいねぇんじゃねぇのか。頭んなかで言葉を紡いで、喋った気になってんのかも知れねぇ。

だったらさっきの声はなんだ。

あれだけは、はっきり聞こえたぞ。

「思い出しなさいな」

またださっ。また聞こえた。女だ。若ぇ。若い女だぞ。あれ。この声、聞いたことがあるぞ。

どこだ。どこに居る。見えねぇよ。どこにも居ねぇよ。なんなんだよ。お前ぇは何者なんだよ。

頼む。出て来てくれ。奴吾ぁ、お前ぇの声に聞き覚えがある。

そうだ。

奴吾はやっぱりなにかを忘れちまってる。

お前ぇは嗅ぁじゃねぇ。あの女の声は忘れちまったが、お前ぇの声じゃねぇことだけは確かだ。

でも。

たまに思い出す女の背中。あれは、お前ぇだ。怒ってるお前ぇだ。あれ。じゃあ、嗅ぁはどんな形《なり》してたっけ。

思い出せねぇ。

なんだ、なにがどうなってんだ。

奴吾ぁ、しがねぇばた屋で、貧乏長屋に女房子と暮らしてたんだろ。たまたま商いで遠出して、この道を通って辻斬りに斬られて死んだんだ。

そんだけだろ。

「本当にそうかい」

違うのかよ。

奴吾ぁ、別の用があってここを通ったってのかよ。

なにを忘れてんだ。

「もう少しだよ」

あぁ、こんなことばっか考えてると、頭が痛くなりそうだ。なんだってんだよ今日は。

いつもはこんなじゃねぇだろ。どんなに考え事してたって、頭が痛くなって忘れちまったら終わりだったろ。もうなにもかもどうでも良くなって、ぼんやりと往来を眺めてたじゃねぇか。

毎日毎日。

昼も夜もずっと。

幽霊は昼間も居るんだぜ。御天道様の光で透けちまってるだけなんだ。奴吾はずっとここに居る。

ずっと、って何時《いつ》からだ。

殺されてから幾日経《た》ったんだよ。何年ここに立ってんだ。何度夜が来たんだよ。何回朝日を拝んだんだ。

解らない。数えてなかったからか。いや、死んでるからだ。腹も空かねぇし、眠くもならねぇ。朝も夜も関係ねぇ。だから手前ぇが死んで何日経ったかなんて考えもしなかった。

女房子も来なかったしな。

餓鬼が何度も来れば、大きくなってくから年月を感じることもできるだろうが、通り過ぎるのは見知らぬ奴ばかりだ。知らねぇ奴が毎日のように通っても、いつもいつも同じように面白くもなさそうな面《つら》してやがるだけで、時の流れなんかに思いが至る訳もねぇ。

いってぇ、どんだけの間ここに立ってるんだ。この先、あとどんくらいここに立ってなきゃなんねぇんだ。

奴吾ぁ、いつまで耐えなきゃなんねぇんだ。

あれ。

耐えてんのか奴吾は。

ここに立ってることに耐えてんのか。

「もう少し」

そうかい。

もう少しか。って、なにが。なにがもう少しなんだってんだ。奴吾がここに立たされてんのももう少しで終わるって意味か。それとももう少し考えろってことか。だとしたら、なにを考えろってんだ。

だからもうこんな目に遭ってんのはうんざりなんだよ。

耐えられねぇんだ。

そんなこと昔も言ったような覚えがあるぞ。奴吾が言ったのか。それとも聞いたのか。聞いたとすれば、そいつはなにに耐えられなかったんだ。

あぁ、また頭が痛くなってきやがった。考えちゃいけねぇこと考えてんのか。

もう良いよ。さっさと頭が痛くなってくれよ。これ以上考えてっと、どうにかなりそうだ。良いんだよ奴吾ぁ。死んじまってんだから。手前ぇがどうなったかとか、どうしてここにいるんだとか、難しいこと考えなくて。ずっとここに立ってんの。そしてたまに見える奴が奴吾を見付けてびっくりするんだ。噂んなったりして、前みてぇに坊主に経読まれたりして、そのうち奴吾を成仏させることができる奴も出てくるんじゃねぇのか。そん時に、おさらばできりゃそれで万々歳だ。

「駄目」

んだよ放っといてくれよ。奴吾ぁ、このままで良いんだから。

「そんなこた許さないよ」

ずっとだんまり決め込んでやがったくせに、今日はやけに喋るじゃねぇか。知ってたんだぜ奴吾ぁ。ずっと見てただろ。居ることは解ってたんだ。

奴吾は何度も何度も呼びかけたよな。居るんだろって。なんとか言えって。なのに、お前ぇはずっとだんまりだったじゃねぇか。それがなんだ。今になってべらべら喋るじゃねぇか。

なんだ、宗旨替えでもしたか。喋っても良いって新しい神様に言われたか。

なんだよ。なにを許さねぇってんだ。答えろよ。だいたいお前ぇはどこに居るんだ。見えねぇんだよちっとも。

あぁ、すっかり夜も更けちまった。もう誰も通らねぇ。お前ぇと奴吾の二人きりだ。出て来いよ。姿を見せやがれってんだ。

「良いよ」

本当か。

さぁ、出て来い。

「もう居るよ」

どこだ。

見えねぇぞ。

「肩」

え。

ひゃっ。

手っ。

冷てぇ。冷てぇじゃねぇか。お、お前ぇ、ずっとそこに居たのか。

触られたのなんか久方振りだ。冷てぇなんて心地もしばらく感じてなかったぜ。で、でも人の腕ってなこんなに冷てぇもんだったっけ。

怖かねぇ。怖かねぇよ。全然怖かねぇんだよ。今まで誰も相手にしてくれなかったから、嬉《うれ》しいくれぇだ。

なんでぇ、ずっと後ろに隠れてたのかよ。見えねぇところから、奴吾を見て楽しんでたのか。

腕だけじゃなくて顔も見せろよ。

いや、だから腕じゃなくて顔を見せろって言ったろ。両手を首に回すんじゃねぇ。だからってそこは触るんじゃねぇ。血塗れんなっちまうぞ。そりゃ肋だ。そこあんまり引っ張るんじゃねぇ。裂けちまうじゃねぇかよ。止《や》めろって。

「痛そうだねぇ」

斬られたんだよ。

もう痛かねぇよ。

ずっと後ろに居たんだろ。見てたんじゃねぇのかよ。

「見つけたんだよ」

なにを。

「あんたをさ」

どういうこった。奴吾を探してたってのか。

またたんまりか。

だから止めろって言ってんだろ。傷に触るんじゃねぇ。っていうか、なんで触れてんだよ。奴吾は死んでんだよ。触れるわけがねぇじゃねぇか。

いや待て。お前ぇ、もしかして。

「当たり前じゃないか」

やっぱり。

死んでんのか。

幽霊は幽霊に触れんのかよ。なんなんだよいってぇ。訳が解らねぇよ。いきなり現れて、喋りかけてきやがって。奴吾のこと探してたなんて言って、人の傷口ぐちゃぐちゃにしやがって。何者なんだよ、ったく。

「思い出したかい」

なにをだよ。なにを思い出しゃ良いんだよ。お前ぇのことかい。お前ぇのことだって言うんなら、顔見せやがれっ。腕だけで思い出せる訳ねぇだろっ。

「駄目」

なんでだよ。

「見ても解らないよ」

顔見知りだってんなら、顔見りゃ解んだろ。

「駄目」

見せろよ。

「駄目」

だったら無理やりにでも見せてもらうぜ。

なっ、なんで、お前ぇに触れねぇんだよ。

「さてね」

止めろ。開くな。それ以上すると本当に。

あ。

だから止めろって言ったじゃねぇか。落ちちまった。腹に力が入らねぇからしゃがめねぇんだぞ。拾えねぇじゃねぇか。拾ったところで引っ付くのか、それ。

なんで動いてんだよ。躰から離れてんだろ。なんでのたうち回ってんだ。首斬られた蛇みてぇじゃねぇか。気持ち悪《わり》い。

「あんたの腕だよ」

お前ぇの所為《せい》で千切れちまったじゃねぇか。もう奴吾の腕じゃねぇ。いや、奴吾の腕には変わりねぇが、千切れちまってんだから動くはずがねぇだろ。

「あんたはここに居るじゃないか」

そりゃあ、幽霊だから。

「死んでもこの世に留まってられるんだから、千切れた腕も動かせるんじゃないのかい」

そんなもんは屁理屈《へりくつ》だろ。

「死んじまったら理屈も屁理屈もないだろ」

うるせぇなぁ、だいたいお前ぇはなんなんだ。生きてんのか死んでんのか、どっちなんだ。何者なんだ。奴吾をどうしてぇんだ。

「思い出してもらいたいのさ」

だからなにをだよ。

「私」

だったら顔を見せろつってんだろ。

「落ちた腕が動くなんて不思議だねぇ」

話逸《そ》らすな。

「でもね」

「口が無くても喋れるんだから、千切れた腕も動くさねぇ」

「見たいのかい」

「私の顔が」

「そんなに見たいんなら見せてやってても私ぁ構わないよ」

「でも見せてやるんだから、ちゃんと思い出しておくれよ」

ちょっと待て。

「良いかい」

だから待ってくれ。

「どうしたんだい、なんとかお言いよ」

「黙ってちゃ解らないだろ」

「これが私の顔だよ」

か、か、か。

「なにさ」

か、顔って。無ぇじゃねぇか。

「あるじゃないか」

つ、潰れちまってんじゃねぇか。は、鼻から下が、目玉がぶら下がって。こっち見て。

「ねぇ」

「こうやって、あんたの首に手を回して見つめ合ってると、昔を思い出しちまうよ」

な、なんのこった。

「忘れたのかい」

ど、どうして喋って。

「この顔」

「あんたがこんな風にしたんじゃないか」

「邪魔になったんだろ私のことが」

「散々、助けてやったってのに」

「誰のおかげで美味《うま》い物が食べられてたと思ってんだい。良い思いができてたと思ってんだい」

「それなのに」

「なんの取り柄もない女を選びやがって」

お、お前ぇ。

「やっと思い出してくれたかい」

お甲《こう》。

「ふふふふ。やぁっと思い出した」

お、お前ぇか。お前ぇがずっと見てたのか。

「なんのことだい」

「私はずぅっとあんたを探してたのさ」

「だって」

「あんたは私の良い人なんだから」

お前ぇは、お前ぇは。

「そうだよ」

「死んじまったさ。あんた小心者だろ。あんなに硬い鉄の塊で何度も何度も殴りやがって。

おかげでこんな有り様だよ」

そ、そうだ。や、奴吾ぁ、商いの帰りにお前ぇさんの家に寄って、それで、それで。

「まさか、あんたまで死んでるたぁ思わなかったよ」

止めろ。止めろ。止めろ。ひぃっ。手、手、手、手。いやぁっ、頭、頭、頭、頭。目が、目が、何個も。いや、なんで。何人いるんだお前ぇ。

「悪いことはできないもんだね」

「あんたの女房、新しい男と住んでるよ。子供も一緒さ。どうやら、あんたが生きてたころから繋がってたみたいだよ」

お甲、お甲、お甲、お甲。

「うれしいねぇ。そんなに何度も名前呼ばれたのなんて、何年ぶりだろうねぇ」

な、なんで、お前ぇが嗅ぁのこと知ってんだよ。だ、だってお前ぇは奴吾が。

「そうだよ。あんたが殺したのさ。どこで仕入れて来たのか知らない小汚い鉄瓶でさ」

鉄瓶だと。そりゃ買わずに。

「持ってたさ。私ぁ殴られたんだから間違いやしないよ」

お、お前ぇ奴吾の家に行ったのか。

「行ったさ。この躰でね。誰も私のことなんか見えちゃいなかったけどね。新しい男と仲良くやってたよ、あの女。ねぇ、私を選んでた方が良かっただろ」

なんでお前ぇは動けて、奴吾は。

「そんなこた知らないよ。私は動けて、あんたはここに縛られてる。あんたは私を触れないけど、私はあんたに触れられる。それだけのことだろ」

す、す、済まねぇ、奴吾が悪かった。

「ここにずっと立っているの、嫌なんだろ」

「頭がおかしくなりそうなんだろ」

嫌、嫌、嫌。

「だったら一緒に行こうよ」

冷てぇ。

「汚い面した鬼どもが待ってる」

許してくれ。奴吾が悪かった。許してくれ。頼む、お願《ねげ》えだ。

「許さない」


（「小説宝石」二〇二〇年十一月号）

完璧なり

今村翔吾

【作者のことば】

「歴史街道」で「戦国武将×四十七都道府県」という連載をしている。その名の通り各都道府県の武将を一人取り上げ、掌編を書くというものである。この企画を聞いた他社の編集、同業作家からは、無謀だと言われたものである。だが私はある程度の負荷、制限があったほうが、より良い作品を生み出せる傾向がある。本作もそうした中で生まれた一作である。竹中半兵衛《たけなかはんべえ》という男は、何を人生の主題においていたのか。そこに迫ってみたかった。

今村翔吾（いまむら・しょうご）　昭和五十九年　京都府生
「狐の城」にて第二十三回九州さが大衆文学賞大賞・笹沢左保賞受賞
『火喰鳥　羽州ぼろ鳶組』にて第七回歴史時代作家クラブ賞・文庫書き下ろし新人賞受賞
「童神」にて第十回角川春樹小説賞受賞
『八本目の槍』にて第四十一回吉川英治文学新人賞、第八回野村胡堂文学賞受賞
『じんかん』にて第十一回山田風太郎賞受賞
「羽州ぼろ鳶組」シリーズにて第六回吉川英治文庫賞受賞
近著――『立つ鳥の舞　くらまし屋稼業』（角川春樹事務所）

一

――随分と遠くまで来たものだ。

竹中半兵衛《たけなかはんべえ》は故郷のある東の空を眺めた。幼い頃は美濃《みの》に生き、美濃で死にゆくものと疑わなかった。それが畿内《きない》を飛び越え、播磨《はりま》の地にまで来ているのだ。だが、まだ己の望みは一度も叶《かな》っていない。

天文《てんぶん》十三年（一五四四）、美濃国大野《おおの》郡大御堂《おおみどう》城主、竹中重元《しげもと》の子として生まれた。物心付いた時から、何でもそつなくこなす子であった。剣を取っても同年代の者より遥《はる》かに強かったし、馬にものの三月《みつき》せぬうちに乗れるようになる。だが人並み以上になると、すぐに修練を止《や》めてしまう。半兵衛はそのような癖を持っていた。

――なるほどこのようなものか。

己が体現出来るかどうかは別にして、仕組みが解《わか》ってしまえば、急激に興味を失ってしまうのだ。

「器用貧乏にならねばよいが……」

父はそのように心配していたが、半兵衛にも唯一の例外があった。それが兵法《へいほう》である。

例えば剣術の完璧といえば、詰まるところ己が無傷で相手を斬るということ。それで極めたといっても過言ではない。

だが兵法の完璧といえば、こちらの兵を一人も死なせずに、敵の軍勢を壊滅させることである。これが果てしなく難しい。たった一人の足軽《あしがる》でさえ死なせてしまえば、それは完璧とはいえないのである。

「兵書が欲しいのです」

幼い半兵衛は父にねだった。これが初めてのことであったので、父はこれには興味を持ったかと、大喜びで上方《かみがた》から多くの兵書を取り寄せてくれた。半兵衛はそれを来る日も来る日も貪り読み、過去の戦《いくさ》を脳裏に描いて身を投じ続けた。

当時の美濃の国主は斎藤《さいとう》家である。隠居した先代の道三《どうさん》と、その息子で当主である義龍《よしたつ》の間で戦が勃発した。半兵衛の初陣《ういじん》はこの争乱でのことであった。

父は道三に味方し、兵を率いて両者がぶつかる本戦に出た。半兵衛は僅か百の手勢とともに、大御堂城の留守居《るすい》をした。そこに義龍方の兵、五百余が攻め寄せたのである。

結果は竹中軍の大勝利。いくら籠城戦とはいえ、五倍以上の敵を撥《は》ねのけるのは容易ではないから、

「若様は名将の器なり!」

などと、家臣たちは半兵衛の用兵を褒めちぎって歓喜した。

が、当の半兵衛は不満であった。味方に七人の死人、十八人の怪我人《けがにん》を出してしまって

いる。これは半兵衛の思う完璧とは程遠く、やや抽象的な言い方をすれば、

——美しくない。

のである。

活躍した竹中家であったが、道三が討ち死にしたことに加え、義龍から味方になるように要請があったことで、その傘下に入った。

やがて、父が死んで半兵衛が当主となった。その頃、義龍の跡を継いだ龍興《たつおき》が酒色に溺れ、譜代《ふだい》の家臣を軽んじるようになる。そんな時に舅《しゅうと》である安藤守就《あんどうもりなり》が、

「稲葉山《いなばやま》城でも落とされれば、殿も目を覚まされるだろう」

と、酔いに任せていったのを聞いた半兵衛は、ぽんと手を叩《たた》き、

「やってみますか」

そう軽く答えたものだから、安藤は婿も軽口を叩くのかと苦笑した。

だが半兵衛はしてのけた。竹中、安藤の小勢《こぜい》で稲葉山城を陥落させたのである。

「このまま美濃を獲《と》れるかもしれぬぞ」

当初は諫《いさ》めるためといっていたものの、安藤は欲が出たようで興奮気味に語った。

「はあ」

だが半兵衛は、気のない返事をするのみである。確かに鮮やかな手際の部類に入ろうが、それでもこちらに二人の死人が出た。

——幾ら少なくとも一緒だ。

半兵衛の頭にはそれしかなかった。稲葉山城にはとっくに興味が失《う》せている。安藤は占拠を続けるというが、別にどうでも良かった。

世の多くの者が持つ「欲」というものが、半兵衛にはごっそりと抜けている。敢《あ》えて言うならば、生きているうちに究極の戦をすることだけが望みである。

二月《ふたつき》ほど占拠したが、斎藤家の逆襲があって稲葉山城は放棄した。

半兵衛は近江《おうみ》に逃れて隠遁《いんとん》生活を送るようになる。兵書を読み、新たな一手を編み出すことだけを求める日々を過ごした。

二

斎藤家は、尾張《おわり》の織田《おだ》家に敗れて滅んだ。半兵衛のもとに織田家から仕官の誘いが来た。

どうも織田家はまだまだ勢力を伸ばすつもりらしい。そこには戦がつきもので、つまり己がより多くの挑戦機会を得るということ。半兵衛は即座に織田家に仕官した。

その中でも出頭人《しゆっとうにん》である羽柴秀吉《はしばひでよし》の与力《よりき》になるように命じられた。

「よく来てくれた！　儂《わし》が上様《うえさま》に貴殿を付けて欲しいと頼んだのだ」

半兵衛が赴くと、秀吉は諸手《もろて》を上げて歓喜した。はてと首を捻《ひね》る半兵衛に対し、秀吉は近くまで来ると囁《ささや》くように続けた。

「別に領地や金が欲しい訳ではないのだろう？」

そのようなことは口に出していない。だが秀吉は、己の振る舞いからそれを見抜いたらしい。

「いかさま」

「よき戦をしたいか」

それも看破しているのかと、半兵衛は眼前の小男を見直した。

「ご明察。しかし、少しだけ違います」

「ほう。それは?」

「よき戦ではなく、完璧な戦でございます」

「面白い」

秀吉はきゃっと猿のような声を上げて手を打った。

「何故《なにゆえ》、羽柴様は私を?」

「簡単だて。力はあるのに欲はない。これほど値打ちのあるものがあろうか」

手柄を立てれば恩賞を与えねばならない。優秀な人材ほどそうである。その理《ことわり》に当てはまらない己は、言い換えれば確かにそうかもしれない。

こうして半兵衛は秀吉の麾下《きか》につき、数々の戦で陣立てをするだけでなく、意見を求められれば身の処し方にも口を出した。それが逐一当たった。

さらに半兵衛は色白で優男《やさおとこ》であったことから、女子《おなご》のような相貌だったといわれる漢《かん》の名臣、張良子房《ちょうりょうしぼう》のようだと言われ、次第に秀吉の軍師の如《ごと》き立場へとなっていった。

三

秀吉は後に中国攻略を命じられた。故にこうして播磨にまで来ているのだ。半兵衛は齢《よわい》三十六を数えるようになっている。

現在、羽柴軍は織田家に反旗を翻した別所《べっしょ》家が籠る三木《みき》城を包囲している。半兵衛は偵察のため、三木城を見下ろす丘に独りで登った。

「間に合わぬか」

半兵衛は呟《つぶや》いた。誰に向けて話しかけたという訳ではない。敢えてそれを求めるならば、穏やかに吹く春の風であろうか。

半兵衛は胸の病に冒されていた。激しく咳《せ》き込み、一昨年ほど前からは喀血《かっけつ》するようにもなっている。こうなれば助からぬ不治の病である。

こうして独り歩きするのも、体調が少しばかり良い時だけ。家臣たちにも大層心配されている。

己は間もなく死ぬると思っている。だが未《いま》だ一度とて、己が満足する「完璧」な戦は出来ていない。

「あれは……」

戦場を見渡した半兵衛の脳裏に閃《ひらめ》くものがあった。急いで陣に戻るため駆けたのが悪かったか、咳《せき》が止まらぬようになって、家臣らによって横臥《おうが》させられる。

半兵衛が倒れたと聞きつけ、秀吉自らが駆け付けた。

「半兵衛！」

「心配無用。まだ今少しは死にません」

寝たままでよいという秀吉に対し、半兵衛はゆっくりと身を起こした。

「今少しだと……いつまでも儂のそばで助けてくれ」

「残念ながら、あと二月もすれば死ぬでしょう」

半兵衛が平然と言い放ったものだから、秀吉は苦悶《くもん》の表情を浮かべた。半兵衛は細く息を吐くと、

「丁度、報《しら》せようと思っていました。三木城から敵が打って出る気配があります」

「解った。すぐに備えさせ——」

「すでに備えている者が」

「何……」

「黒田殿《くろだ》です」

三木城より尾根で続いている尾崎《おざき》という山がある。秀吉の本陣はその尾崎の向かいに布《し》かれ、三木城との距離はかなり近い。

別所家はこれまで幾度となく尾崎を奪取しようとし、羽柴軍と小競り合いを起こしていた。

その尾崎の山陰《やまかげ》に、兵を伏せている味方の軍がある。播磨で羽柴軍に加わった、黒田官《かん》兵衛《べえ》孝高《よしたか》の部隊である。

——黒田殿は相当に見込みがあります。

半兵衛は、官兵衛の力を評価しており、出逢《であ》ってまもなく秀吉にそう言った。

「何故、報せぬ。まさか敵方《てきがた》に内通し……」

「いえ、一つには報せる時がないのでしょう」

別所軍がこれまで通り尾崎を狙ってきたところを、伏兵で崩さんと備えている。だがいつ突出してきてもおかしくない状況で、報せに走って察知されれば策は霧散する。

「二つには彼《か》の者には、きちんと欲がございます」

半兵衛は付け加えて頰を緩めた。

これもかつて秀吉にいったことがある。官兵衛には出世の野心がある。だがそれは決して悪いことではなく、むしろそこを刺激してよく働かせるべきだと進言していた。上手《うま》くいけば単独で別所軍を破れる。故に独断で動いているのだ。

「なるほど」

「しかし、別所に痛手を与えるには、やや甘い」

半兵衛が立ち上がろうとするので、秀吉や家臣たちが押しとどめようとする。だが半兵衛は首を鷹揚《おうよう》に横に振った。

「羽柴様……恐らくこれが私の望みを叶える、最後の機となります」

「半兵衛……」

「人の一生は何と短いことか。たった一つのことを極めるのも容易ではありません」

半兵衛は穏やかな口調で続けた。

「私は扱い辛《づら》かったことでしょう」

「ああ、誤算であった」

秀吉は苦笑した。実力を有しながら欲がない。そのような己を指して秀吉は「値打ち」と称した。

だが実際は違う。官兵衛のように欲があるほうが余程御《ぎょ》しやすく、己のような人生に一点のみの主題を掲げた者は、なんとも扱いにくいものだ。

「やらせて下さい」

「ああ、頼む」

秀吉は口を結んで深く頷《うなず》いた。半兵衛はゆっくりとした足取りで自陣を出つつ、秀吉に向けてつらつらと話し始めた。

「三木城から敵が出れば、尾崎の前に陣を布く神子田半左衛門《みこだはんざえもん》には適当に戦わせ、早々にわざと退《ひ》かせるべきです。そうすれば黒田殿の伏兵は、より効を発揮します」

「なるほど。神子田に伝令を」

秀吉の命で、伝令が神子田の陣に向けて急ぎ立った。

「黒田殿の策は必ず成功します。しかしながら、逃げる敵に大打撃を与えるまでには至りません。敵はこの本陣の前を通って逃げるはず。故に本陣も兵を出すのです」

「解った」

「しかし早すぎれば敵は引き返して、血路を求めて黒田軍へ突貫します。また、遅すぎては逃すことになる」

「では……」

半兵衛がふと脇を見れば、小笹《こざさ》が風に揺れている。その枝を切りながら言った。

「馬を」

曳《ひ》かれて来た馬に跨《またが》り、尾崎と本陣の間まで進んだ。

あと一刻《とき》、いや半刻もすればここは戦場になる。だが今はまだ鶯《うぐいす》の声が聞こえるほど長閑《のどか》であった。

半兵衛は目を細めて周囲を見渡し、ある地点に小笹の枝を刺して本陣へ戻った。

「見えますでしょうか。敵があの笹の印を越えてきた時、横槍《よこやり》を入れて下さい」

半兵衛が静かに言うと、秀吉は喉を鳴らした。

一刻後、果たして三木城から別所軍が打って出た。神子田隊は矢戦《やいくさ》を行ったが、やがて打ち合わせ通りに退却を始める。

「黒田殿、来ましたよ」

半兵衛が本陣で囁いた時、追撃した別所軍に黒田の伏兵が襲い掛かった。別所軍は退路を塞がれたことで、本陣の前を通過して逃げる動きを見せる。

別所軍先頭が笹の印を越えたその時。本陣が一斉に別所軍に向けて突撃を開始した。敵は一瞬も支えることが出来ず、あっというまに壊滅して、羽柴軍はその大半を討ち取ることが出来た。

「半兵衛……やったぞ！」

飛び上がって歓喜する秀吉だが、半兵衛がまだ喜んでいないことに気付いたようである。

「まだです」

「そうだな……今暫《いましば》しだ」

半刻後、伝令が本陣に味方の被害を報告に現れた。

「どうです」

普段は冷静な半兵衛であるが、この時ばかりは前のめりに訊《き》いた。

「神子田隊死者無し。黒田隊死者無し。本陣……」

伝令はそこで一拍おき、吠《ほ》えるが如く続けた。

「死者無し！　御味方の完璧な勝利です‼」

本陣から歓声が上がる中、半兵衛は蒼天《そうてん》を見上げて細く息を吐いた。

——ようやくか。

人とは不思議なものである。たったそれだけと思えることに一生を賭《と》すことが出来る。他人から見れば、それがどれほど下らないと思えることでもである。

ただ己が求めたものは、この戦乱の中でしか探しえなかった。反面、戦乱だからこそ求められぬものもあるだろう。いや、そちらのほうが百倍、千倍多いはずだ。

「羽柴様、早く天下を鎮めて下さい」

喜色を浮かべ、家臣と肩を叩きあう秀吉に向けて言った。秀吉は眉間に皺《しわ》を寄せる。

「ふむ……だがそれは上様のお役目だ。儂はそれを支えるのみよ」

「どうでしょうか」

半兵衛は薄い唇を綻ばせたが、秀吉は要領を得ぬようで首をひょいと捻った。

それから間もなく半兵衛の病は悪化し、床《とこ》に伏したきりとなった。そしてその二月後、天正《てんしょう》七年（一五七九）六月二十二日、陣中にて息を引き取った。

胸の病は苦しいというが、半兵衛の死に顔は穏やかなもので、まるで眠るようであったという。


――此《この》戦孝高の智謀《ちぼう》を以《もっ》て伏兵を置給《おきたま》ひし故、勝利を得しなり。又竹中半兵衛彼《かの》山の出《で》崎《さき》の陰にひかへたる兵を、敵に非《あら》ず孝高の伏勢《ふくぜい》ならんといひ……（『黒田家譜』）

（「歴史街道」二〇二〇年十二月号）

絃《いと》の便り

奥山景布子

【作者のことば】

『葵《あおい》の残葉』に登場した、徳川慶勝《とくがわよしかつ》公の弟君、松平定敬《まつだいらさだあき》公。いつかこの方を「主役で」と考えていたのが実現し、『流転の中将』の題で刊行の運びとなりました。

「絃の便り」はその定敬公の恋の相手、おひさを主役にした短編です。胡弓《こきゅう》と箏《こと》の音《ね》が織りなす心の交流と、幕末維新に翻弄された恋の行方は……。

取材のために長野県を訪れ、草に埋もれた竹佐《たけさ》陣屋跡を懸命に探し出したのが、良い思い出です。

奥山景布子（おくやま・きょうこ） 昭和四十一年 愛知県生

「平家蟹異聞」（『源平六花撰』所収）にて第八十七回オール讀物新人賞受賞

『葵の残葉』にて第三十七回新田次郎文学賞受賞

近著——『流転の中将』（ＰＨＰ研究所）

一

明治元（一八六八）年十一月——。

「母上。雪が」

四方を囲む山々のくぼみから、しきりに水煙が湧き、雲となって空に立ちこめる。この地で三度目となる、冬の訪れだ。

「あら、本当。風邪《かぜ》を引くといけません、中へお入り」

「でも、ほらきれい。ひらひらと」

四歳の亀吉《かめきち》には、空から白いかけらが舞ってくるのが楽しいらしい。おひさは今縫い上がったばかりの新しい小さな綿入れをすっぽりと着せかけてやった。

「冷たい……」

亀吉の小さな掌《てのひら》に雪がひとひら乗り、瞬く間に解けた。

「さ。中へ入りましょう」

山あいの冬は日暮れが早い。おひさは、明るいうちにと、自分の綿入れの継ぎ当てを急いだ。針の目が次第にぼんやりとし、胸中に忘れ得ぬ面影が浮かぶ。

――鍥之助《けいのすけ》さま。

いかがなさっておいでなのだろう。

おひさが京からここ、信州下伊那《しんしゅうしもいな》の地へ連れてこられて、二年半が過ぎた。その間に江戸は東京と名を変え、鍥之助と縁浅からぬ慶応《けいおう》という元号も、明治と改められたという。

――いつまた、お目にかかれるのか。

以前は月に一通ほど、京から届いていた便りだったが、今年に入ってからは三通だけだ。春に江戸から二通、そして、五月に入って越後《えちご》から一通届いたのを最後に、消息は途絶えてしまっている。

「母上。今日はお琴、弾かないの」

亀吉がそう言って、おひさの顔をのぞき込んだ時、庭先でかさかさと枯れ草の踏みしだかれる気配があった。

「申し。こちらに、おひさの方さまがお住まいだと聞いて参りました。申し。開けてはくださいませぬか」

男の声である。聞き覚えはない。

――誰かしら。

声の様子では武士だろう。言葉つきから察するに、何か鍥之助のことを知っている者に違いない。

おひさが戸を開けると、長旅をしてきたらしい旅装の武士が立っていた。肩に雪がひらひらと舞っている。

「おひさの方さまでいらっしゃいますか」

「そうですが……」

〝方さま〟は余計ですと、いつも言ってやりたくなる。

おひさの方さま、お方さま。いつまで経《た》っても、こう呼ばれるのは苦手だった。

「それで、あなたさまは……。高須《たかす》のご家中の方ですか」

「いきなりお訪ねして申し訳ございませぬ。某《それがし》、長谷市之進《はせいちのしん》と申しまして、お察しの通り、高須の家中の者でございます。本日はお方さまに、どうしても聞いていただきたいことがございまして」

若い侍だった。鍥之助と同年代だろうか。

「どうやら、立ち話ではすまぬことのようでございますね。粗末な庵《いおり》でございますが、中へどうぞ」

高須藩は三万石《ごく》の小藩である。本拠は美濃国石津郡《みののくにいしづぐん》——おひさの生まれ故郷である——にあるが、石高のおよそ半分にあたる一万五千石分の所領は飛び地で、信濃国《しなののくに》伊那郡にあった。

今おひさがすまっている竹佐《たけさ》には、高須藩の陣屋があり、代官が支配していた。

「あちらが、若さまでいらっしゃいますか」

いつの間にか、亀吉が柱にもたれてうとうとしていた。雪のちらつく戸外から、囲炉裏の温《ぬく》もりのある室内へ入って、眠気を催したのだろう。

「今、寝かしつけますから、少しお待ちください。坊、風邪を引きますよ」

奥の小間に床を取り、亀吉を抱き上げて連れて行く。布団をかけてやると、そのままますやすやと寝息を立て始めた。

「それで、お話とは何でございましょう」

「はい。実は、お方さまに、殿あてのお文《ふみ》を書いていただきたいのです」

市之進はおひさが差し出した円座《わろうだ》を固辞し、板の間に額をこすりつけている。

「どういうことでしょう。ご事情をうかがいませんと」

殿が鍥之助を指すのは間違いないようだが、そもそも、今どこにどうしているのか、おひさは知らない。

それに、鍥之助——おひさはずっとそう呼んできたがこれは幼名で、元服後は、松平《まつだいら》定敬《さだあき》と名乗っている——は桑名《くわな》藩の当主だ。それをなぜ、高須藩士だという市之進がかような頼み事をしてくるのだろう。

「今からご事情を申し上げます。いささか込み入っておりますが、なにとぞ、お聞き入れを願いたく。……まず、今、殿は蝦夷地《えぞち》においでになります」

「えぞち……?」

あまりに思いがけない名が出て来たので、おひさはとっさにそれが地名であることが分からないほどだった。

最後の手紙には、越後にいる、これから会津《あいづ》へ行くつもりだと書いてあったのに。

桑名藩主松平定敬は、幕府から京都所司代を拝命していた。京およびその近隣諸国の治安を守ることを主な職掌とする官職である。

元治《げんじ》元（一八六四）年に十九歳の若さでこの任に就いた定敬は、京都守護職――所司代の上に新しく置かれた機関である――で会津藩主の松平容保《かたもり》、禁裏御守衛総督《きんりごしゅえいそうとく》の一橋慶喜《ひとつばしよしのぶ》らとともに、朝廷と幕府との間に立つような形で、次々に起きる難題に対処していた。

先の帝《みかど》――亡くなられた孝明《こうめい》天皇の信頼も篤《あつ》かったという三者の働きは、それぞれの家の名を取って「一会桑《いちかいそう》」と呼ばれていた。

おひさが亀吉を授かったのはこの頃だ。

「一会桑」の関係は、慶喜が「一橋」でなくなり、第十五代将軍となってからも続いた。

ところが、薩摩《さつま》や長州《ちょうしゅう》といった外様《とざま》が公家《くげ》に取り入り、朝廷で大きな力を持つようになると、徳川《とくがわ》幕府を倒してしまえという気運が高まってくる。「一会桑」はそうした勢力の第一の標的とされ、やがてすべての役職を解かれ、京から撤退し、大坂城へ退いた。

「大坂城できっと籠城なさるのだろうと、みな思っていたのですがね」

「そう……らしいですね」

いくさの火蓋が最初に切られたのは鳥羽《とば》、伏見《ふしみ》だったと聞いている。そこで味方の劣勢を判断した慶喜は、一度大坂城に引き上げた。いざ籠城、さらに決戦と、敵味方誰もが覚悟したその折も折、慶喜はひそかに大坂城を抜け出して幕府の軍艦に乗り、江戸城へ帰ってしまった。慶喜の命に従い、容保と定敬もその逃避行に随従したのである。

この折、薩長の軍に官軍を示す錦《にしき》の御旗《みはた》が翻り、「一会桑」全員が「朝敵」と名指しされたと知って、おひさは定敬の無念を思い、幾晩も眠れぬ夜を過ごした。

「殿はさぞ、お悔しかったことでしょう」

「ええ……」

二月におひさのもとに届いた文には、軍艦乗船は決して自分の本意ではなかったと、すみずみにまで悔しさが満ちあふれていた。

江戸で態勢を整えて出陣するのかと思いきや、慶喜は早々と恭順の態度を示した。慶喜が上野《うえの》の寛永寺《かんえいじ》に籠もって謹慎する一方で、容保と定敬にはまず江戸城への登城禁止、さらには江戸からの追放が言い渡されてしまう。

容保は家中を引き連れて国許《くにもと》の会津へ去ったが、定敬の国許の桑名は、一月の末、一切戦うことなく降伏恭順を決めてしまった。定敬を「隠居」と届けると、前藩主の遺児で現在は世嗣《せいし》である万之助《まんのすけ》の身柄を「新政府」に差し出し、城も明け渡してしまったのだ。

居場所を失った定敬に、幕府からは「越後の柏崎《かしわざき》へ行け」との指図があったという。

「柏崎は、桑名の飛び地でございますね」

この伊那の地が高須の領地であるのと同様に、越後の柏崎は桑名の領地だと、定敬から聞いたことがある。

これから越後へ行く――三月の末に届いた文には、そう書いてあった。

「我らとしては、殿は柏崎で恭順、謹慎なさるものと思っていたのです。ところが」

市之進は眉間に皺《しわ》を寄せた。若いのに、ずいぶん深い皺を刻む男だとおひさは思った。

――隠していらしたのでしょう。

あのときの歌には「時を待つ鷹《たか》」とあった。恭順を決めていたら、あのような歌句は選ばぬであろう。

「むしろ殿は、新政府と戦うと決心なさり、会津へ向かわれたようです。しかし、会津は九月に落城してしまいました。会津公は、東京へ護送され、ただいま処分をお待ちです」

落城。めまいがするようだ。現世でさような言葉を聞こうとは。

絃《いと》に乗せて語られる、遥《はる》か昔の世のことだと思っていたのに。

市之進がさらに語ったところによると、定敬は落城前に会津を離れ、そこから奥州《おうしゅう》を転々としたのち、行方《ゆくえ》知れずになっているという。

――そんな。

それではまるで源《みなもとのよしつね》義経ではないか。

「ただ、最近摑《つか》んだ有力な知らせによれば、塩釜《しおがま》港で幕府の残党が率いる軍艦に身を寄せられ、蝦夷地へ向かわれたというのです」

何もかもが、現世のこととは思われない。

「それで今、桑名の家中がたいへん苦労しています。ご世嗣も城も差し出して恭順を願い、せめて家名の存続だけでも認めてほしいと交渉しているらしいのですが、殿がお姿を見せて恭順の姿勢を示さぬうちはどうしてもそれは聞き入れぬと、新政府が」

「それで、私にどうせよと」

「はい。殿に、ぜひ早く東京へ戻るように、説得する文をお書きいただきたいのです。このままでは桑名の者たちがみな、路頭に迷うことになります」

おひさは市之進の顔をじっと見つめた。

——何を言っているのだろう。

さような手紙をもしおひさが書いたとして、どうやって蝦夷まで届けようというのか。だいたい、なぜそんなことをわざわざ、高須藩士の市之進が骨折ろうというのだろう。

——これまでの話、本当だろうか。

何か、おひさを、いや、亀吉を、別の企《たくら》みにでも巻き込もうというのではないか。

「ご不審はごもっともです。実はその」

市之進はいくらかためらった後、ふたたび口を開いた。

「某はもともと、桑名の者なのです。縁あって高須の今の家に養子に参りました。某の兄はこれから、ご重役のお供をして、殿を追って蝦夷地まで参ることになっております」

市之進の兄は生駒伝之丞《いこまでんのじょう》といい、重役である酒井孫八郎《さかいまごはちろう》に従って、定敬を探索、連れ戻す任に就いているという。

「今、桑名の家中の方々はどこへ行くにも新政府の許しがないと動けません。領内は城をはじめとしてすべて、尾張《おわり》藩の支配を受けております。兄と酒井さまは、尾張藩の特別な肝煎《きもい》りで〝護送〟の身として江戸へ赴きました。何もかも、殿にお戻りいただくためです」

なんということだろう。

会津藩主の容保と定敬、それに現在、尾張藩で藩政を握る慶勝《よしかつ》の三人は皆、高須松平家の生まれ、父を同じうする兄弟である。三人とも、現当主である義勇《よしたけ》の兄なのだ。

尾張は、徳川御三家筆頭でありながら、早々に幕府を見捨てて新政府に加わった。一方、会津と桑名は、最後まで徳川幕府の名のもと、新政府と対立する側に立った。

「仮に兄が、蝦夷地で殿と対面が叶《かな》ったとしても、どうしても東京へ行くことはできぬと仰せられてしまえば、もはや為《な》す術《すべ》はありませぬ。桑名は取り潰されてしまいます。なんとか、家中、領民のために、お戻りいただきたいのです。お方さまのお言葉になら、殿もきっとお心を動かされると存じまして」

必死に言いつのる市之進の顔を見ながら、おひさの気持ちは冴《さ》え冴《ざ》えと冷え始めていた。

「それで長谷さまは、そう頼めば、私がすぐに一筆書くとお思いになってここへいらしたのですか。降伏して戻ってきてほしいなどという文を」

囲炉裏の炭がぱちりと一つ跳ねて音を立てた。言葉の尻が震え、隙間風に乗って消えていく。

市之進は押し黙ったまま答えない。

降伏して戻ってきた定敬に、どんな行く末が待っているか。

死罪か、それとも永蟄居《えいちっきょ》か。

いずれにせよ、卑劣な手ばかり使う薩長が牛耳るという新政府とやらに、寛恕《かんじょ》や慈悲の心があるとは、おひさには到底思えない。

加えて、おひさが今なぜ、高須でもなく、京でもなく、ここに住まわされているのかを、市之進はどう思っているのだろう。亀吉と二人、まるで世を捨てた尼のように、ひっそりとこの飛び地にいるのは、なんのためか。

様々な思いが吹き荒れる。千々に乱れる――歌句によく用いられる言葉だが、それはまさにこういうことを言うのだろう。

「お帰りください」

「お方さま」

「私は、殿のお情けはいただいておりますが、桑名のご家中とはなんのかかわりもございませぬ。いいえ、かかわってはならぬというので、ここへ住まわされているのです」

答えるうちに、己の身のうちが激して、火を噴きそうになるのが分かる。

自分が文を書くことで、鍥之助の命が助かり、ふたたび会うことができるというなら、何通でもしたためよう、何首でも歌を詠もう。

されど、こうして引き裂かれた果てに、愛《いと》しいお方が捕らえられ、命まで奪われるかもしれぬというのに、なにゆえ、筆が尽くせようか。

いずれにせよもう会えぬというなら、せめて、思いのままに生き延びてほしい。大名家の柵《しがらみ》など踏み越えて、自分の思うままの道を。

「お帰りください。これ以上お話しすることはありませぬ」

「お待ちください。どうしても書いてくださらぬと仰せならば、某はお方さまのことも、若さまのことも斬らねばなりませぬ」

「今なんと言われました」

「斬ると。もちろん、某も責めを負います」

おひさと亀吉母子を斬って、自分も切腹するというのか。

「すぐにとは申しません。二日、いや、三日の後にもう一度訪ねて参ります。それまでに、どうか」

市之進はもう一度丁寧に、板の間に額をこすりつけてから辞去していった。

「母上」

奥から亀吉が走り出てきた。

「怖いおじさん、もう帰った？」

幼い手がすがりついてくる。どうやら起きてしばらく、様子を窺《うかが》っていたらしい。

「だいじょうぶよ。怖くないから」

斬るというのは、きっとただの脅しだ。切腹するというのも。

「母上、お琴弾いて」

「そうね。そうしましょう。何が良いかしら。坊の好きなのを弾きましょう」

亀吉が少し首を傾《かし》げてから〈小督《こごう》〉と言ったので、おひさはつい苦笑いしてしまった。

――意味など分からぬのだろうけど。

四歳の子には、調べの美しさのみが伝わっているにちがいない。

高倉《たかくら》天皇の情けをいただいたことで平清盛《たいらのきよもり》の怒りを買い、宮中を追い出されて嵯峨野《さがの》に身を隠してしまう宮廷女房、小督。「平家物語」の一節に題材を採った曲である。

小督に我が身を準《なぞら》えるほど図々《ずうずう》しくはないつもりだが、それでもどこかで、来し方と響き合うところがあると思ってしまう。

本当は一人で弾く曲ではないが、ここへ住まうようになってから、手をいくつも省いて、口ずさみながら弾くようになっていた。かようにでたらめな改曲を京の師匠に聞かれたら、さぞかしお叱りを受けるだろう。

〽牡鹿《おじか》鳴く　この山里と詠じけん

秋風を誘うような琴の音に、おひさは昔を思い出していた。

二

安政《あんせい》五（一八五八）年三月。

十歳のおひさは、はじめて見る江戸の景色に目を見張っていた。

途絶えなく行き交う人々、物売りの声々、様々の品をあまた並べる店々……。

――町中がずっとお祭りみたい。

生まれ育った高須とはあまりにも違う光景だった。これまで通ってきたいくつもの宿場町も賑《にぎ》やかだと思ったが、やはり江戸は別格らしい。

「いいね。くれぐれも、粗相のないように」

「はい」

そう言っている師匠の方がよほど、手も足もかちかちにこわばらせているように見えて、おひさは思わずくすりと笑った。

「これ。そなたは本当に、物怖《ものお》じせぬ子じゃ。今日がいかなる日か、分かっておるか」

師匠の声がますますぴりぴりとしてくるようだったが、おひさはまるで意に介していなかった。

「まあまあ。こういう時は、お子の方が案外肝が据わっているものですよ。そなたも見習ったら良い」

そう言ってくれたのは、いっしょに来てくれた師匠の母だった。おひさにとっては優しいおばあさまのような存在である。

おひさの父は、高須の城下――といっても三万石の高須に城はなく、あるのは陣屋だが――で琴や三味線《しゃみせん》を商っている。

物心ついた時から、そうした音の出る器物に囲まれていたおひさは、当たり前のようにそれらを弾きこなすようになった。あまり独学でもいけないというので、父は箏曲《そうきょく》の師匠である鷹村竹一《たかむらたけいち》のもとに通わせてくれた。

鷹村は尾張の出で、名人として名高い吉沢検校《よしざわけんぎょう》の一門に列《つら》なる人である。高須では最も名の知られた箏曲の師であった。

天賦の才もあったのか、師匠のもとで数年習ううち、まだ幼い手をいっぱいに伸ばして箏を弾く姿のいじらしさと、それとは裏腹に大人びた音色が大人たちの耳目を驚かせ、それがいつしか、陣屋の女中たちの耳に入った。

「そなたの娘は、まだ幼いのになかなかの腕だというではないか。一度陣屋へ連れて参れ」

おひさの父は、陣屋の女たちが所有する箏の修繕などを任されてもいたため、そんなご下命をいただいて、おひさは城の奥向きで箏を披露することになった。

高須松平家は代々、定府が通例なので、国許の陣屋に仕える女中はさほど多くはない。また、先代の当主で、今は隠居の身となった義建《よしたつ》が、たまさかの国入りの際には、随行してきた側室たちを同時に何人も引き連れて、みなで野掛けをして松茸《まつたけ》狩りなどに出かけたりもするような、さばけたところのある人物でもあったおかげか、奥向きは長閑《のどか》で穏やかな場所だった。

師匠に連れられておひさが箏を披露すると、奥女中たちは喜び、その後も何度かお召しがあったが、どうやらそのことが、江戸にいる義建の耳にまで届いたというのだ。

「さように才のある女子《おなご》なら一度江戸へ参らせよ」――これを聞いて、おひさの両親は慌てふためき、なんとか断ろうとしたようだったが、結局おひさはこうして江戸へ来ることになった。高須の陣屋の女中たちや師匠がぜひにと両親を説得したおかげでもあるが、一番には、おひさ本人が強く江戸行きを望んだためでもあった。

四谷《よつや》というところにある上屋敷へまず赴いて、江戸へ着いたことを届け出ると、「御前《ごぜん》のおいでになる、角筈《つのはず》の下屋敷へ行くよう」と指図があり、案内に侍が一人ついてきた。

西へ向かって小半時ほど歩くと、これまでとは少し景色が変わってきた。大きく広々とした屋敷が増え、土塀や板塀ではなく緑の生け垣が長く続くのが目立ち、人の往来はさっきより少なくなっている。

――こんなお江戸もあるのだわ。

ついきょろきょろしていると、案内の侍から「こちらです」と告げられた。

「今日はこちらでお休みを。御前での披露は明日以降になりますので、それまでどうぞごゆるりと」

通された部屋からは、広々とどこまで続くのか、まるで果ての分からぬ庭が見える。

旅の疲れで寝坊した翌朝、庭の遠くから煙が立ち上っているのが見えた。

「あれはなんの煙ですか」

朝餉《あさげ》の膳を運んできてくれた女中に尋ねると、「お庭焼の窯の煙です」という。

「御前は、御自ら陶器をお作りになります。その窯ですよ」

女中はにっこりと笑って立ち去った。

——お大名って。

お庭に陶器を焼く窯があるなんて。

高須にいた時には、ここまでとは思っていなかった領主の豊かな暮らしぶりに、おひさは魅了された。

お召しがあったのは、その日の午後のことだった。

師匠と二人、青々と畳の続く広座敷へ通され、かねて言いつけられたとおり、小さな両の手の親指と人差し指で三角を作るようにして、その青い畳の上についてお辞儀をしていると、「しーっ」とことさらに擦《こす》れた息を吐き出すような音がして、やがて一段高いところの簾《すだれ》が上がった。

「箏曲師鷹村竹一、ならびにその弟子ひさ、参上仕《つかまつ》りました」

お殿さまは、どんなお顔をされているのだろう。興味があったが、勝手に顔を上げるわけにはいかない。

「遠路はるばる、よう参った。構わぬ、面《おもて》を上げよ」

——頭を上げて良いのかしら。

横にいる師匠の気配を探ろうとしていると、袖がかすかに引っ張られ、「顔をあげよ」と囁《ささや》かれた。

そっと前を見ると、白髪《しらが》頭で鼻筋の通った端整な顔の年寄りが座っている。

——あれが、御前さま。

目は厳《いか》めしいが、おひさは怖いとは思わなかった。まわりにずらりと並ぶ女性たちも、その人を恐れてはいないように見えた。

「うむ。ひさは幼いながらなかなかの腕と聞いている。ぜひ一曲聞かせよ」

おひさはまず、一人で〈六段《ろくだん》〉を弾いた。歌のない、箏だけで演奏できる曲なので、万が一、手を誤るようなことがあっても、止めずに弾き続けることができる。

「ほう。これは見事な。もう少し聞かせぬか」

おひさは師匠の気配を窺った。国許のお女中たちの前で弾くのと違って、「できるだけ品の良いのだけを」と、こたび、師匠は選曲にとても気を遣っていた。「お武家にはやかましいお方もあるから」というのだ。

「では、〈春の曲〉を」

これには歌がつく。すべて、「古今《こきん》和歌集」の春の巻から採られている。

御前をはじめ、大勢が見ている前で調子を変えなければならないので、少し額に汗が滲《にじ》んだが、やがておひさははじめの一手をかき鳴らした。

手数の細かい曲ではないので、おひさはできるだけ丁寧に、師匠の歌をよく聞きながら、きちんと弾くよう心がけた。

途中、女性たちの中から、歌に唱和する声が聞こえてきて、おひさはうれしくなった。

〳〵ふたたびとだに来べき春かは

無事に最後の一音を響かせると、おひさはほうっと息を吐いた。

「この歳《とし》でここまで弾きこなすとは。鷹村、良い弟子を持ったな」

師匠はただただ恐れ入って、頭を何度も下げている。

脇に居並んでいた女性のうちの一人が衣擦《きぬず》れの音をさらりとさせて立ち上がると、御前の近くへそっと寄って、何やら耳打ちをした。御前は驚いたようだったが、顔が明らかに輝いている。

「ところで、おひさ。そなた〈千鳥《ちどり》〉は弾けるか」

心づもりしていなかった曲だったが、幸い〈千鳥〉は〈春の曲〉と調子が同じである上、高須の陣屋では何度か披露している。

「はい、どうにか」

そう返答すると、御前は「うむ」と深くうなずき先ほどの女性の方に「参れ」と顎をしゃくった。

女性の後ろから、元服前の少年が一人、姿を見せた。俯《うつむ》きがちで顔はよく見えないが、足の運びは仕舞《しまい》のようにしなやかで、この上なく洗練されている。

——どなたかしら。

少年がおひさの斜め前に陣取り、こちらに横顔を見せるように座ると、先ほどの女性が何か抱えてきて、少年に手渡した。

——胡弓《こきゅう》。

「おひさ。この者が合奏をしたいそうじゃ。つきおうてやってくれるか」

はいと返答しながら、おひさは御前の声がかすかに震えているのを感じた。

――いかがなさったのだろう。

伸びのある胡弓の低音が聞こえてきた。少年は調弦を要求しているらしい。それぞれの絃の響きが、少しずつ合っていく。師匠が何度か軽く咳払《せきばら》いをした。

〽塩の山　差出《さしで》の磯《いそ》に住む千鳥……

爪で絃をすくったり、手ですぐに押さえてわざと響きを消したりといった技法で、浜辺で遊ぶ千鳥の風情を表していく。少年の胡弓は落ち着いた音で箏にぴたりと寄り添ってくれた。

――まあ、なんて心地よいこと。

今までにない、まわりに誰がいるかも忘れてしまいそうな合奏だった。

〽幾夜寝覚めぬ須磨《すま》の関守
最後の一音の響きがすべて風に消えていくと、御前がはっしと大きな扇子を開き、「見事！」と叫んだ。その目には、うっすらと涙がにじんでいるように見える。

「おひさ。そなた、大手柄じゃ。褒美に、何なりと望みを言うてみよ。この隠居のできることなら、何でも叶えてやろう」

一座がどよめいた。視線が一斉に、おひさの顔に集まる。

――望み？

箏を弾いている時よりもずっと、胸の鼓動が速くなる。なんと答えたら良いだろう。

「あの、本当に何でも良いのでしょうか」

「構わぬ。遠慮せぬで良い」

「では、尾張へ行きとう存じます」

「尾張？　それはまた。何のために」

おひさはちらりと師匠を見やった。

——お叱りをいただいてしまうかも。

されど、この機会を逃せば、きっと一生、この望みは叶うまい。

「尾張で、ぜひ吉沢検校さまの手ほどきを受けたいのです」

脇から師匠が「これ、なんととんでもないことを」と袖を引いた。

吉沢検校は、師匠鷹村の師の、さらに師である。尾張の音曲師《おんぎよくし》ご支配の職もつとめ、代々の尾張藩主を供養する法会《ほうえ》で平曲《へいきよく》を奉納することもあるという吉沢検校から、ぜひ直々に教えを受けたいというのは、かねてのおひさの望みであった。

ただ、こうしたことは弟子の方から申し出ることは許されない。鷹村の方から許らってくれるのを待つしかないのだが、吉沢検校の教えを受けたい者は数多く、どうやらよほどの機会に恵まれぬ限りは難しいらしいと聞いていた。

御前が「物怖じせぬ女子じゃのう」と快活そうに笑い声を上げた。

「分かった。その望み、叶えてつかわそう。鷹村、良いな。追って、沙汰を待つが良い」

「ありがとう存じます」

お辞儀をしたおひさは、少年にもお礼を言わなければと、斜め前を見やった。

――あら。

少年も胡弓も、すでにその場からかき消えていた。

――どなただったのだろう。

足音どころか、気配さえも消すようにいなくなってしまった少年の名をぜひ知りたいと思ったが、御前がすでに座からお立ちになり、一座はみな平伏している。

またお目にかかれることがあるだろうか。

実は人ではなくて、古《いにしえ》の物語に出てくる楽の天人だったのでは――そんなことを思い描きながら、おひさはその場から下がっていった。

三

元治元（一八六四）年五月――。

十六歳の夏を、おひさは京で迎えていた。

江戸から高須へ戻ったのち、義建の特別な計らいで吉沢検校の内弟子となったのが十一歳の春だった。以来、名古屋《なごや》で暮らしていたのだが、吉沢検校が一昨年、京へ移り住むことを決めたので、そのままつき従ってきた。

師匠が尾張での地位を棄《す》てて京へ上ったのは、あまりの人気を妬まれて他の一門から激しい嫌がらせを受け、音曲に専念するのが難しくなったからであった。

内弟子として側近《そば》くにいるのは、やはり目の不自由な男性がほとんどだったから、おひさのように目の見える女子は師匠からも、その妻である吟《ぎん》からも何かと重宝され、かわいがられていた。

「おひさ、おやめなさい。聞き苦しい」

師匠の前で、近頃通ってくるようになったさる大店《おおだな》の娘と二人、〈七小町《ななこまち》〉を稽古していたおひさに、いつになく厳しい声が飛んだ。

娘はまだ初心に毛の生えた程度で、腕前の違いは歴然、自分の稽古というよりは娘のためにに相手をつとめていたはずだったのだが、この日、叱責を受けたのはおひさの方だった。

「まず雑念を払いなさい。稽古はそれから」

「はい」

すぐに自分の箏を抱えて、稽古場から下がる。大店の娘の稽古相手は、別の弟子に替えられた。

——やはり、お師匠さまは。

その鋭い勘は、見えない目の代わりになるどころか、見えぬものもすべて見通してしまうらしい。

自分の部屋として与えられている小間に下がってきて、おひさは師匠の前では決して吐くことのない、深いため息を吐いた。

おひさのもとには近頃、高須の両親から頻繁に手紙が届く。

――そろそろ、帰って来い、か。

両親の言い分はもっともだ。

検校とは、当道座《とうどうざ》という男性の盲人による集団での最高位である。

当道座は、古くは琵琶《びわ》に乗せて「平家物語」を語る平曲に始まり、今ではそれに留《とど》まらず、箏や胡弓、三味線などで奏する新曲も作るなど、幅広く音曲の道を志す仲間が本筋だが、一方で鍼灸《しんきゆう》や按摩《あんま》、また金貸しを生業《なりわい》とする者も多い。

芝居や人形操りとともに人気を得てきた浄瑠璃や、あるいは長唄ならば、師匠から名前をいただき、指南所の看板を掲げる女はいくらもある。

されど、当道座によって成り立つ、純粋の音曲である箏曲の道では、どれほど精進しても、目が見える女子であるおひさが、この道で生計の途を立てることはできない。

女子の箏曲は、あくまでたしなみとして習うものでしかない。例外があるとすれば、箏曲の腕を取り柄として、大名家など大身の武家の奥向きに奉公に上がるくらいだった。

はじめ両親はおひさに、高須へ戻り、どこかに縁付くよう言ってきた。おひさが何かと理由をつけて先延ばしにしていると、どうやらそれを、嫁に行くのを嫌がっていると受け取ったようで、近頃では、嫁に行くのがいやなら、陣屋で奥づとめをしてはどうかという文面に変わり始めている。

そもそも師匠が京へ移る時から、「これを潮にもうお暇をいただいては」としきりに言っていた両親だから、それは無理もなかった。

——もう少し。あと少しでいいの。

高須の地や、両親が嫌いなわけでは決してない。嫁に行くのがどうしても嫌だというのでもない。

ただ、師のそばで毎日、音曲にとどまらず、和漢の詩歌や日の本の歴史などについても深く学ぶことのできる今の暮らしに、まだどうしても未練があって、両親の手紙に良い返事ができずにいた。

いや、それだけではなかった。

——まだ、何か、私は。

出会うべき何かに、出会っていないのではないか。

口に出せば誰からも鼻で笑われそうな、漠とした思い。何かもっとも大切なものを、まだ自分は得ていないのではないか——そんな思いが、おひさをとらえて放さない。

「申し。どなたか、おいでになりませぬか」

玄関先で聞き慣れない声がした。

「はい。今参ります」

かような折、まず取り次ぐのはおひさの役目である。

「どちらさまでしょうか」

強い日差しの下、立っていたのは編笠《あみがさ》を手にした若い侍と、やはり若い、がっしりとした僧体の男だった。

「雁山《がんざん》が来たと、お師匠さまにお取り次ぎを」

「はい。ただ、今稽古中でございますので、いくらかお待ちいただくかもしれませぬ」

僧体の男は少し心外そうな顔をして何か言いかけたが、若侍の方が「良い。こちらが押しかけているのだから」と制した。

稽古場へ行き、きりの良さそうな呼吸を見計らって師匠の背後に回る。

「おひさか。どなたか客人かな」

すでに気配をご存じだったらしい。

「雁山さまという方が、どなたか若いお武家さまとごいっしょに」

「おお。それは……。おひさ、すぐに離れへご案内して、お茶のご用意を」

師匠の顔色が変わった。

「今日の稽古はこれまでとする」

控えの間には、まだ順番を待っている弟子が幾人かいたが、師匠は「また明日」と告げて帰らせてしまった。よほど大切な客人らしい。

離れには炉も切ってあるが、夏のことなのでそちらは使わず、別室で点《た》てた薄茶を、干菓子を添えて出すことにした。

袱紗《ふくさ》に茶碗《ちゃわん》を載せて廊下を進むと、ずいぶん話が弾んでいるのが聞こえてくる。

「ご多忙の折、よくおいでくだされました」

「たまにはかような別世界に参って、息抜きもしませんと。もっと早く伺いたかったのですが、思いもかけぬことになりまして」

「上さまのご信頼の篤き故です。お兄上もさぞお心強いでしょう」

話の邪魔をしないように見計らって「一服差し上げます」と声を掛ける。

若侍が軽く会釈した。玄関では強すぎる光のせいではっきりと見えなかった顔がよく見えた。

――あら、惜しい。お気の毒に。

すっきりと通った鼻筋に切れ長の目。端整で涼しげな顔立ちだが、そこには点々と痘瘡《とうそう》の痕がある。

目が合ってしまい、自分の非礼極まりない心のうちを知られたのではと気が咎《とが》め、慌てて立ち上がろうとした。

「検校どの。こちらのお女中もお弟子のおひとりですか」

「さようです。いささか、縁がありましてな。ああ、そういえば」

師匠は口元に笑みを浮かべた。

「いかがでしょう。ご一緒に、〈秋風《あきかぜ》の曲〉など」

「私もですか。近頃あまり弾いておりませんから、お邪魔になりそうですが……」

「よろしいではありませんか。お気晴らし、ほんの手慰みに」

話の様子では、侍も楽の心得があるようだ。

指図されるままに、箏を用意する。

「こちらをどうぞ」

僧体の男が侍に差し出したのは胡弓だった。

——もしかして。でも、まさか。

さようなことがあるだろうか。

〽求むれど得がたきは　色になん……

「長恨歌《ちょうごんか》」——玄宗《げんそう》皇帝と楊貴妃《ようきひ》の悲恋に材を採ったこの曲は、決して派手ではなく、むしろ淡々とした音の運びが、かえってしみじみと哀愁に満ちた興趣をそそる。

弾き始めると、先ほど〈七小町〉を稽古していた時とは比べものにならぬほど、無我夢中で曲の中へ入っていくことができた。侍の弾く胡弓は、細かい技巧をあまり凝らさず、まっすぐな音色を堂々と響かせる。

「これはお見事。縁というものは面白いものです」

師匠がにこやかに二人を見た。

「まさか、あの時の」

どちらが先にそう言ったのか。

「この女子は、若の御父上の特別なお計らいを以《もつ》て、私の教えを受けることになった者でございます」

高須の御前の八番目の若君、松平定敬との、六年ぶりの再会だった。

「あの時の……。そうであったか」

定敬は感慨深げに言うと、おひさの顔を改めてしげしげと眺めたので、今更ながら目を伏せた。

「これは良き縁を得た。絃が緩まぬうちに、ぜひまた参る」

絃が緩まぬうちに——箏の絃は箏柱《ことじ》の微妙な位置の変化ですぐに緩む。古の物語に出来そうな言い回しを、おひさは麗しく聞いた。

そうして辞去していった定敬が、他でもない、この四月から新たに京都所司代の任に就いた人であることを、あとから師匠に聞かされた。

「鍥之助さまも、お若いのにたいへんなお仕事に就かれたことだ。ああはおっしゃってくださったが、次またいつおいでくださることか。今の京は……」

検校が心配したとおり、鍥之助——おひさも師匠にならってそう呼ばせていただくようになった。ここへ来る時はお忍びだから、誰かに聞かれても容易に素性が分からぬようにとの配慮らしい——はやはり忙しいのか、なかなか姿を見せなかった。

芸道に関わる者にとって、七夕《たなばた》は大切な行事である。

師匠は伝えられる乞巧奠《きっこうでん》の故事を重んじた飾り付けをするよう、おひさに言いつけると、どこかのお屋敷へ稽古に出かけていった。以前はおひさもお供をすることが多かったのだが、近頃は物騒だから女子は日が暮れたら出歩かぬ方が良いというので、少しでも遅くなりそうな時は、留守を言いつけられることが増えている。

「朱色の糸、朱色の糸……」

鮮やかな朱色の糸は日ごろはあまり使わないが、今日はこれが大切な役目をする。この糸を通した針を五本用意し、それを箏柱に結びつけ、塗りの盆の上に立てて、五色の短冊とともに並べるのだ。

縁にそれを置き、夜には篝火《かがりび》を焚《た》く。

二本目の糸を針に通した時、玄関先で声がした。

「まあ雁山さま」

隣で、鍥之助が「ようやくここへ来られた」と呟《つぶや》くのが聞こえた。

「お師匠さまはまだ戻りませんが、どうぞこちらでお待ちを」

離れへ案内しようとしたが、鍥之助はまだ途中の飾りに目を留めて、縁に座り込んでしまった。

「雅《みやび》ですね。やはりここは、別の風が吹いているようだ」

前に会った時より日焼けした顔には、どこか疲れた様子も見える。

——聞いてはいけないのよね。

お役目のことをこちらが問うのは非礼だから黙っていたが、噂《うわさ》はいろいろ聞こえてきていた。

先月のはじめ、三条木屋町《さんじょうきやまち》の池田屋《いけだや》という旅籠《はたご》に集まっていた不穏な浪士たちを、新撰組《しんせんぐみ》が襲撃したという。

新撰組は京都守護職の配下だ。新撰組の動きを受けて守護職と所司代——会津藩と桑名藩も当然、浪士たちと斬り合いになる一幕もあったといい、検校もおひさも心配していたのだった。

鍥之助が箏柱を掌に載せた。おひさはあえて黙ったまま針に糸を通し続けた。

五本目の糸が通ったときだった。

「家中の者を二人も、死なせてしまったのですよ」

低く、うめくような呟き。なんと言葉を掛けて良いか分からない。

傾きかけた日ざしが、縁に長く、葉影を落としていく。

「これに結ぶのですね」

やがて鍥之助は、さっき言ったことにはまるで触れず、おひさの飾りを手伝い始めた。

「そういえば、あの時、なぜ父上がおひさどののことを大手柄と言ったか、ご存じですか」

改めて問われて、確かにと思う。あの場では、「望みは」と問われて頭がいっぱいだったのが、あとから思えば、単に箏の腕を誉《ほ》められたのではないような気はしていた。

「あの一年ほど前でしたか、私は疱瘡に罹《かか》って。幸い命は取り留めたのですが、顔にこうして痕が残ってしまった。子どもながらに気に病んで、人に会ったり、人前に出たりするのを嫌がっていたのです。それが、あの時おひさどのの箏の音色を聞いて、気付いたら、ぜひ合奏したいと申し出ていた」

箏柱に、朱色の糸がしっかり結ばれた。

「それまで父から〝男子たるもの、さように外見を気に病むとは、なんと意気地のない〟とずいぶん叱責されておりました。今思えば、心配されていたのでしょう。あれ以来、もう痘瘡の痕など気にするまいと心に決めることができました」

おひさが盆に敷いた料紙《りょうし》に、鍥之助が箏柱を立てる。

「桑名への養子が決まったのは、あの翌年です。父が存命のうちに、行く先が決まったのはありがたいことでした」

御前こと松平義建は、一昨年の八月に亡くなったと聞いている。

「検校どの、遅いですな。雁山もいなくなってしまったし。いかがでしょう、待たせていただく間、合奏など」

おひさは喜んで楽器の用意をした。

「何をお相手いたしましょう」

鍥之助の所望はあのときと同じ〈千鳥〉だった。

楽の音が響き渡り、少しずつ日ざしが赤味を帯びていく。風の鳴らす葉ずれの音が、幽《かそけ》きゆらめきをもたらしながら、箏と胡弓、それぞれの音をぴたりと寄り添わせていった。

「あまりに良き風情だから、邪魔をしないようにそっとお入りを」――玄関で待っていた吟にそう言われたのだよ――合奏が終わってから入ってきた検校は、そう言ってにこやかに笑った。

以後、鍥之助は、所司代の激務の合間を縫って、時折おひさのもとを訪れるようになった。

他愛ないお話や合奏のお相手から、お情けを賜る間柄になるのはごくごく自然のなりゆきだった。はじめて結ばれた折、「そなたを不幸にしてしまうかもしれぬ、すまぬ」と謝られたが、事の大きさを測るには、その時のおひさはまだ、若すぎた。

その年の暮れ、検校は高須にいるおひさの両親にあてて「娘御は桑名さまの奥づとめ同様の御身上になられたゆえ、何卒《なにとぞ》お許し願いたい」と手紙をしたためてくれた。

四

慶応元（一八六五）年十二月二十五日早朝――。

「元気な男の子でいらっしゃいます。お産が軽くてよろしうございました」

果てしない波のように続いた痛みからようやく解放され、身体《からだ》は綿のごとく、頭はふらふらする。おひさは、産婆の言葉に「これでも軽い方なのかしら」と思った。

赤子はしっかりした泣き声を上げている。産婆はおひさの半身を高く積み上げた布団にもたれさせ、胸元を軽く開くと、赤子の小さな頰を寄せた。

赤子の身体を支えると、小さな口が乳首を探り当てた。乳を吸う力は存外なほどに強く、思いがけぬ痛みに驚いたものの、この子がついさっきまで我が身のうちにいたのだと思うと、不思議さと愛おしさで胸が一杯になる。

「良かったわね。お父上にはお遣いを出しておいたわ。早くご対面が叶うと良いけれど」

おひさの額の汗を拭きながら、吟がそう言った。

――お忙しいだろうから。

今年の四月に、元号が元治から慶応へと替わった。前年に騒乱や災厄が相次いだからということだった。蛤御門《はまぐりごもん》の変の折は市中が火に包まれ、検校の住まいの周辺もずいぶん景色が変わってしまった。吟の指図を受けて、火の粉の舞う中、多くの盲人たちを案内して火を避《よ》けさせるなど、おひさも怖い思いをした。

幸い焼けずに済んだ住まいで、おひさはこうして産み月を迎えることができたが、鍥之助の方はさらに多忙な毎日を送っているらしい。

元号が替わる折には、まず朝廷から幕府に向けて、いくつかの案が伝えられ、幕府の方でその中からどれかを選ぶのが慣習だという。鍥之助は朝廷からその案を受け取り、幕府に伝達する使者をつとめた。

さらに、閏《うるう》五月――おひさが鍥之助に身ごもったと告げたのはこの頃だったのだが――になると、将軍家茂《いえもち》が上洛《じようらく》してきた。将軍が京へ来るというだけでも、長らく例のないことであったのに、家茂の上洛はこれで三度目になる。

――同い年だとおっしゃっていた。

上さまからは頼りにされているのだと、誇らしげだった顔が思い浮かぶ。

いくら「物怖じしない」おひさでも、自分が大名の正室になれるはずがないことくらいは分かっている。ご迷惑にならないように、この子を大事に育てていければ――今はそう思うばかりであった。

乳を吸いやめた赤子は、すやすやと寝息を立てている。

「少しおやすみなさい。見ていてあげますから」

吟がそう言ってくれるのに甘えて、束の間《つかま》、うとうととした。

うたた寝と授乳を繰り返して、どれほど経ったろうか。既に辺りは薄暗くなっていた。

――やはり、おいでは難しいようね。

並のお方ではないのだ。頭ではそう分かっていても、赤子の顔を見に来てほしいという情がまさる。

――まさか、我が子と認めぬなどと。

鍥之助に限ってさような心変わりはあるまいと思うものの、身分の隔たりを思うとふと心細くなる。

古の物語の例を思いかえしても、貴公子と賤女《しずのめ》との縁ははかなきものだ。お情けをいただいて以来ずっと、覚悟してきたつもりだったのに、赤子の顔を見ていると、これまでになく心細さが身に染みる。

傍らでは、吟が脇息《きょうそく》にもたれて座ったまま、うとうとしている。本当の娘か妹のようにおひさを心配して、ずっとついていてくれたから、疲れたのだろう。

お風邪を召されるといけない、お起こししよう、そう思って身を起こすと、聞き覚えのある足音がする。

武芸も仕舞も心得のある軽い足取り。すぐに聞き分けることができる。

「母子ともに無事とな。重畳《ちょうじょう》じゃ」

鍥之助は、師匠の妻の様子を見ると、にこやかに微笑《ほほえ》んでおひさに囁いた。

「まずはこれを」

何か長いものの入っているらしい布包みが差し出された。

「機会を改めて、明るいうちに来る。ともあれ、うれしいな」

鍥之助は細くしなやかな指で赤子の頬にそっと触り、もう一度「うれしいな」と呟いた。

やがて滑り出て行く後ろ姿が、薄闇に滲んで消えていった。

渡された包みには、〝亀吉〟と書かれた料紙と守り刀が入っていた。料紙の文字は墨痕《ぼっこん》たくましく、また刀は、蠟色《ろいろ》塗《ぬ》りの艶やかな鞘《さや》に、柄《つか》には小さくだが松山梅鉢《まつやまうめばち》の紋があり、鍥之助の情けの深さに胸が熱くなった。

亀吉とともに、忙しい合間を縫って鍥之助が姿を見せるのを待つ――そんな幸せな日々はしかし、長くは続かなかった。

　慶応二年五月——。

「……ですから、このまま京においでになるのは危険だと申し上げているのです」

「そんな。ではせめて高須の家に戻らせてください」

「お気持ちは分かりますが、高須ではとても警護できませぬ。どうか」

　高須藩士を名乗る武士が二人、信濃にある高須領、伊那谷《いなだに》の地へ移るよう、おひさを説得に来ていた。

「このことは、殿もご承知なのでしょうか」

「今お話ししています。まだ納得はされていませんが……。しかし、お方さまと若君のお命に関わることです。きっとご承引なさるでしょう」

　一昨年に行われた、朝敵、長州への処分が軽すぎる、もう一度幕府軍を侵攻させるべきだ——昨年から続いているこの議論は今年に入ってさらに大きく動いているらしい。

「所司代さまのご寵愛《ちょうあい》を受けるお方とそのお子だと分かれば、誰からどのように狙われるか分かりません。殿に難儀がかかっても良いのですか」

　京での存在感を増す「一会桑」。長州だけでなく、幕府内にも三者を敵視する動きがあるという。

「それだけではありません。ご家中でも、お二人のことはどう受け止められるか」

　鍥之助は婿養子である。と言っても、まだ正式な婚儀には至っていない。理由は、正室となる初姫《はつ》が、まだ十歳と幼いためだ。

しかも、初姫には母の違う弟がおり、形の上では鍥之助の養子として、いずれ跡継ぎにというのが、家中での心づもりだという。

鍥之助が初姫以外の女との間に男子をもうけたと知れれば、御家騒動の種になりかねない、桑名藩ではなく、高須藩が二人を保護しようと言っているのはそういうことだ――そう聞かされて、おひさは思わず言い放った。

「私はこの子を、亀吉を大名の子として育てようとは思っておりませぬ。そんなつもりで生んだのでは」

鍥之助に認められただけでじゅうぶんだ。

「お方さまがそう思っても、まわりはいかがでしょう。やはりしばらくは、身を隠していただくのが良いと思いますが」

そなたを不幸にしてしまうかも――こういうことだったのかと、今更になって思い知る。

薩長からも、桑名からも、自分と亀吉の身は狙われるかもしれぬというのか。

恨むことができたら、どんなに良いだろう。

「おひさ、済まなかった。もとはと言えば私がいけないのだ」

話をじっと聞いていた検校が、見えぬ目から涙を溢《あふ》れさせた。

「二人が似合いだと思い、考えもなしに。よく考えれば、こうなることは分かったはずなのに」

「いいえ、お師匠さま。決してお師匠さまのせいでは」

高須藩士の二人は、気の毒そうにしながらも、「三日後の朝、お迎えに上がります。お支度を」と言い置いて去って行った。

せめてもう一度だけお目にかかりたい——願いもむなしく、鍥之助は一度も姿を見せぬまま、おひさと亀吉は、高須藩の用意した駕籠《かご》に乗せられた。検校も吟も涙に暮れながら見送ってくれる。

銃を持った高須藩士に前後を守られながら、駕籠は京の市中を東へと向かった。

——おや？

そのまま街道へ入るのかと思ったのだが、簾越しに見える景色はどうもそうではない。

——もしや……。

飛び地へというのが嘘《うそ》だとしたら。おひさはぞっとして、思わず亀吉をひしと抱きしめた。こちらの不安が伝わるのか、赤子は声を上げて泣き始めた。

駕籠が小さな寺の門前で停《と》まった。

「お降りください。しばし、ご休息いただきます」

「ここは、どこですか」

「黒谷《くろだに》ですよ。ご心配なく」

まださして時も経っていないのにと不審だったが、降りぬというわけにも行かず、亀吉をしっかりと抱いたまま、おひさは寺の中へと入った。

　案内された座敷へ足を踏み入れると、端座している人影があった。

「鍥之助さま！」

「おひさ、すまぬ」

　言葉も出ず、息も止まる思いで、ただただ向かい合う。案内してきた侍はぴたりと襖《ふすま》を閉めて出て行った。

「先日から、検校の住まいへの行き帰りに、誰かにあとを付けられている気配があったのだ。慎重にしていたつもりだったのだが」

　黒谷の金戒光明寺《こんかいこうみょうじ》には会津の本陣が置かれている。今二人がいる寺はその宿坊のひとつで、鍥之助が兄に頼んで、おひさとの対面のために使わせてもらえるようにしたのだという。

「すまぬ。そなたをこのような目に」

「いいえ。いいえ。もうそれ以上は」

　鍥之助との縁は、自分が望んだことだ。きっと、十歳のあの日から。

「しかるべき時が来たら、必ず迎えに行く。信じて、待っていて欲しい」

　できるのは、ただうなずくことだけだった。

五

――しかるべき時。

朝敵と名指しされ、蝦夷地にいるという鍥之助。

なぜあの方が朝敵なのか。あんなに自分のつとめに誇りを持ち、帝と将軍に誠を尽くしておいでだった方が。

降伏して戻って来いなどという文を、書けようはずもない。

「母上？」

つい途中で止まってしまった手に、亀吉が隣で首を傾げた。

「ごめんなさい、続きを弾きましょうね」

〽小督の局《つぼね》　世を忍ぶ住処《すみか》も……

兄である松平容保が東京へ護送されたことを、鍥之助は知っているのだろうか。

鍥之助は、兄たちとはいずれも歳が離れているが、中では最も歳の近い容保のことを一番慕うと同時に、どこかでいつも己と比べて引け目を感じるところもあったらしい。

大名家の若君なのに、鼓でも笛でもなく、胡弓を弾くようになったのは、「鼓は兄が得意としていて、どうやっても敵《かな》うはずがないと思ったから」と話してくれたことがある。

外見をつい気にしてしまうのも、容保が「参内《さんだい》すると宮廷中の女たちがざわめく」と言われるほどの整った容姿なので、つい我が身を省みてしまうとも言っていた。

〽昔に返る百敷《ももしき》や
　千代を契りの松の言の葉
「申し。申し。開けてくださいませんか」

最後の絃の響きが消えると、聞き覚えのある声がした。

「雁山さま」

今年に入って鍥之助から届いた文は、すべて雁山の手で届けられていた。僧体だが盲人ではない雁山も、検校の一門に列なる者で、鍥之助にとっては数少ない、高須の頃からの側近だという。

もしかして鍥之助からの便りを、と思ったのは、やはりはかない望みでしかなく、雁山は、市之進のあとを追ってきたのだとおひさに告げた。

文の代わりというわけではないが、雁山は土産《みやげ》にと子ども用の小さな弓矢と的を差し出すと、亀吉の遊び相手をし始めた。

亀吉は大喜びし、雁山に教えられるままに、何度も何度も弓を引く。その姿につい鍥之助の面影を見て、おひさはこっそりと目頭を押さえ、囲炉裏から鉄瓶を下ろし、土間へ降りた。

湯飲みを載せた盆を持って座敷に戻ると、亀吉は雁山の背中ですやすや、寝息を立てている。

「若にますます似てこられましたな」

うれしくもあり、切なくもある。おひさは子どもの身体をそっと受け取り、布団へと横たえた。

「お方さま、先ほど〈小督〉を弾いていらっしゃいましたね。さすが、昔と変わらぬ見事な音色でいらっしゃる」

「聞いていらしたのですか。お人が悪い」

「はい。さしずめ私は、仲国《なかくに》といったところでしょうか」

源仲国は高倉天皇の側近で、清盛に宮中から追放されてしまった小督を、天皇の密命によって嵯峨野へ探索にくる人物だ。

「小督局に御身を重ねてしまうお気持ちはよく分かります。されど」

雁山は「差し出がましいことを申しますが、お許しください」と頭を下げた。

「お方さまは小督局とはちがいます。そうではありませんか」

天皇に再会した小督だったが、清盛にそれが知れて、尼にされてしまう。この話を初めて知った子どもの頃は、清盛の暴君ぶりもさることながら、なぜ小督がされるがままで、己で何かしようとせぬのかと、もどかしく思ったものである。

しかし、我が身がこうした境遇に置かれてみれば、女一人に何ができよう。

「今、お方さまには、お方さまにしかできぬことがあります」

「私にしかできぬこと……」

「さようです。殿がいかなるお方であったか。それをどうか、思い出していただきたい」

雁山は強い調子でおひさに迫った。

――殿がいかなるお方であったか。

雄々しくありたいと常に切望なさっているお方だと、おひさは感じていた。

「私は兄ほど家中の者たちとの信頼関係を築けていないと感じることが多いのだ。若いせいかもしれないが。加えて、国許のことはずっと家老たちに任せきりだ。養子に行く時、あれだけ父から〝領民を大切にせよ〟と言われたのに、何もできていない。歯がゆいばかりだ」

かようにこぼされたのは、確か亀吉が生まれてすぐの頃だったか。

兄に憧れ、父の教えを守り、己を高めようと懸命なお方。父になったことで、その思いはいっそう強くなったのかもしれぬ。

ただそれが、優しすぎる心根と表裏一体の志であるとは、自分にしか分からぬことであろうと、お情けをいただく身としての自惚《うぬぼ》れを、おひさは密《ひそ》かに抱いてもいる。

おひさが知るのは、情細やかで何より楽の音を愛する、ようやく二十歳《はたち》を少し越えたばかりの若殿の顔である。

「殿は、逃げ続けることをお望みになるでしょうか」

市之進は、鍥之助にはごく少数の供回りがついているだけらしいと言っていた。側にいる桑名家中の者たちや、箱館《はこだて》まで同行した幕臣らを思えば、恭順のために帰るとは言いづらかろう。

検校から「平家物語の美しさは〝滅び〟の美しさだ」と教わってきた。されど、おひさが小督ではないように、鍥之助も物語の貴公子ではない。鍥之助もおひさも、まだ命があり、まだできることがあるならば、なしてみるべきなのかもしれぬ。

我が身がこうして縁もゆかりもない伊那谷の地に押し込められているのは心から恨めしい。鍥之助を早々と〝切り捨てた〟桑名の家中のことなど、おひさには何のかかわりもないと、言い棄ててしまいたくもなる。

――されど、鍥之助さまは。

どの道を選ぶにせよ、私憤で動かれるようなお方ではない。おひさは改めてそれに思い至った。

朝敵と名指しされた無念は、推し量るに余りある。だからといって、捨て鉢や身勝手は、鍥之助には決して似合わない。

「雁山さま。やはり、降伏して戻ってきてくださいという文を書くことはできませぬ」

雁山が一瞬、困ったものだという顔をした。

「ですが、殿のことを心から案じ、信じている者がいることを、思い出していただくための文なら、書きましょう。それで良いかどうか、長谷さまにお尋ねくださいますか」

戦い続けるにせよ、恭順して戻るにせよ、鍥之助の選ぶ道を信じたい。言われなき不名誉も、死への恐れも、雄々しく乗り越えて、己の信ずる道を選び取るはずのお方である。

おひさの思うのはそれだけだ。

「承知しました。長谷さまにお伝えして参りましょう」

雁山が出ていくと、おひさは文机《ふづくえ》に向かった。

――なんと書けば。

どこでどう扱われるのか分からぬ文だ。文章で細々と書くのは憚《はばか》られる。

　糸結ぶ　箏柱は世々にかわるとも
　はるかに待たむ　君の真実《まこと》を

伝えよう。

世がどう変わろうと、来世になろうと、待っていると。

六

明治二年八月――。

「……では殿は、東京へ」

市之進がふたたび、おひさのもとを訪れていた。鍥之助は五月の末に東京へ戻ったという。

「今は、市ヶ谷《いちがや》の尾張藩邸で謹慎、処分をお待ちです」

「処分……」

「会津さまが永預《えいあずけ》ですから、桑名さまもおそらく……。少しでも寛大なご処分になるよう、一橋さまが新政府と交渉なさっています」

一橋さまというのは、やはり鍥之助の兄で義建の五男、茂栄《もちはる》のことだ。慶喜が将軍になったあとに一橋家へ養子に入り、家督を継いだ人である。

「本当は、人と会うのはもちろん、書状のやりとりも禁じられているのですが、一橋さまの特別なお計らいで、こちらをお預かりしてきました」

市之進は油紙に包まれた書状をおひさの膝の前に丁寧に置くと、「また参ります」と去って行った。

さだめおきし　星合いの空の標《しるし》とて
世を越えゆきて　結ぶ糸かな

（「オール讀物」二〇二〇年十二月号）

わらわ鬼

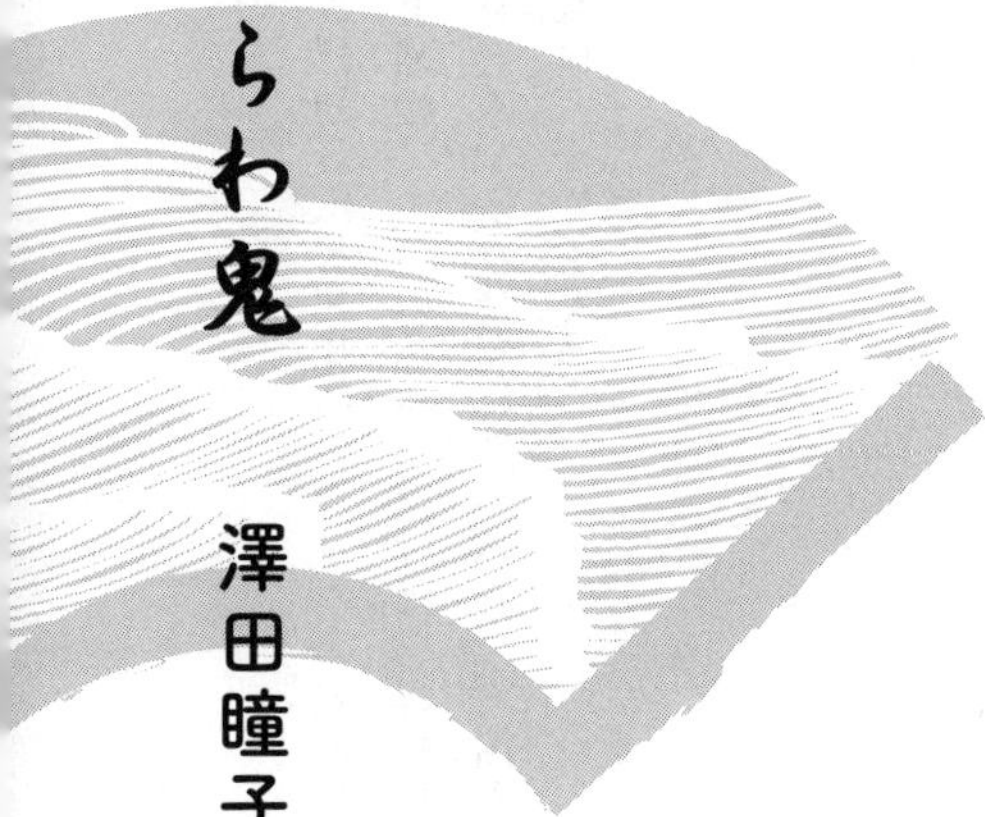

澤田瞳子

【作者のことば】

長崎という街は、知れば知るほど興味深い。日本の窓としての歴史、その独自の役割の中で醸成された文化と知性。一つの物語を書けば、また新たに描きたい物語が遠くにちらつき、ついふらふらと華やかな迷路に迷い込む。異国の風が吹き込む長崎のざわめきを楽しんでいただければ、幸いである。

澤田瞳子（さわだ・とうこ）　昭和五十二年　京都府生
『孤鷹《こよう》の天』にて第十七回中山義秀文学賞受賞
『満つる月の如し　仏師・定朝』にて第二回本屋が選ぶ時代小説大賞、
第三十二回新田次郎文学賞受賞
『若冲』にて第九回親鸞賞受賞
『駆け入りの寺』にて第十四回舟橋聖一文学賞受賞
近著――『星落ちて、なお』（文藝春秋）

一

赤みを帯び始めた陽光が、瓦屋根の果てに広がる海を錆色《さびいろ》に光らせている。夕凪《ゆうなぎ》まではずいぶん間があるはずだが、福済寺《ふくさいじ》の広い境内に植えられた蘇鉄《そてつ》の葉はそよとも動かない。初秋とは思えぬ蒸し暑さがすり鉢の底に似た長崎の町にわだかまり、古箒《ふるぼうき》を懸命に動かす快鳳《かいほう》の額に大粒の汗をにじませていた。

「おおい、棄吉《すてきち》。いつまで庭掃きをしている。今日は、ご住持《じゅうじ》が湯を使われるそうだ。急いで、大湯屋の掃除をしろ」

「のんびりしていると、日が落ちてしまうぞ。ご住持は宵のうちにお休みになられるのだから、さっさとしないか」

団扇《うちわ》を使いながら庫裏《くり》から出てきた二人の寺男が、薄笑いを浮かべながら、だみ声を張り上げる。ただ、番小屋に引っ込む彼らに、「はい、ただいま」と喚《わめ》き返したものの、境内の掃除を中途に他の仕事に取りかかったりすれば、次の怒声が待っていたとばかり飛んでくるのは明らかだ。まだ半ばも掃除を終えていない境内を、快鳳は焦燥とともに見回した。

十一歳の快鳳は、この福済寺でもっとも年若な下男。孤児でありながら、寺での寝起きを許されている事実を思えば、年嵩《としかさ》の朋輩《ほうばい》からどんな目に遭わされようとも文句は言えない。たとえそれが、罵声と嘲りを常に伴っているとしても。

「まったく、棄吉は要領が悪くていかん。三唐寺《とうでら》はもちろん、長崎のどの宗旨の寺でも、あんなに出来の悪い奴《やつ》はおるまいに」

「まあまあ、そう言ってやるな。盗人と股を開くしか能のない売女《ばいた》の混血児《あいのこ》にしては、あれでも上等だろうて」

聞こえぬふりをすることには慣れている。番小屋から洩《も》れてきた嘲笑に、快鳳は痩せた箒を強く握りしめた。額先に流れた汗の粒が、微《かす》かな音とともにその爪先を叩《たた》いた。


福済寺は俗称を泉州寺《せんしゆうじ》ともいい、今から二十六年前の寛永《かんえい》五年（一六二八）、明国《みんこく》僧・覚海《かくかい》が福州《ふくしゆう》出身明人の寄進を受け、長崎市中を見晴るかす高台に建てた庵《いおり》が濫觴《らんしよう》である。

波の静かな入江と風塞ぎの山を擁する長崎は、百年以上昔から多くの外国商船を受け入れてきた天然の良港。そのため南京《なんきん》や泉州、はたまた福州といった大陸諸港から来航した商人の中には、この地で日本の女を娶《めと》り、居を構えた者も多い。

十九年前、江戸の幕府は長崎を日ノ本唯一の外国交易の場と定めるとともに、すべての日本居住者の海外渡航を禁じた。そのため長崎に暮らす住宅唐人《じゆうたくとうじん》（在日明国人）は現在、あるいは唐通事《とうつうじ》として、あるいは地役人として長崎奉行所に出仕しており、市中には彼らの喜捨《きしゃ》を受け、明国から招いた僧を住持とする唐寺が、福済寺を含めて三カ寺、建てられている。

街の南、風頭山《かざかしらやま》の麓に真《ま》っ赤《か》な伽藍《がらん》をそびえさせる興福寺《こうふくじ》は、南京出身の人々が寄進した寺院であるし、その一里半ほど南に第一峰門《だいいっぽうもん》と石段を覗《のぞ》かせる崇福寺《そうふくじ》は、福州出身者が創建した寺。まるで双子の如《ごと》く甍《いらか》を連ねる二寺に比べれば、福済寺は一寺だけ離れて長崎の北の岬である北瀬崎《きたせざき》近くに堂宇《どうう》を構え、境内には行き来する船のための常夜灯が据えられている。

五年前、泉州安平県《あんぺいけん》から来日した福済寺住持の蘊謙《うんけん》は、すでに不惑を越えた物静かな人物。従僧にも寺男にも声を荒げたことのない彼が、日が傾き始めてから、急に湯に入ると言い出すわけがない。

快鳳は横目で、番小屋をうかがった。そうしながらも手だけは忙しく落ち葉をかき集めてしまうのは、幼い頃から彼らに怒鳴られ、時に足蹴にされてきたがゆえの習い性だ。集めた枯れ葉を叺《かます》にすくい入れ、口を縄で結わえる。乱れた白砂を這《は》いつくばって均《なら》しながら、右手の指をふとその中に差し入れた。

――快鳳

指先で砂に書いた名はよじれ、己の眼《め》にも読みづらい。だが寺内の誰もが自分をこの名で呼ばずとも、この二文字だけが、快鳳にとっては唯一、確かなもの。

日ノ本で生まれ、日ノ本の語しかしゃべれぬゆえに、本当はどう発音するべきかすら分からない。しかしそれでもこれは、自分のものだ。

「棄吉、なにをぼんやり座り込んでいる。まったく、これだから淫売の餓鬼は。——おっと」

戸を開け放ったままの番小屋からの叱責が、強風に吹き流されたに似て低くなる。二つの文字をかき消して立ち上がれば、分厚い半纏《はんてん》を羽織った色白の少年が、境内に続く石段を駆け上がって来るところであった。

境内をまっすぐ横切った少年は、常夜灯の脇でようやく足を止め、大きく膨らんだ半纏の背に両手を当てた。その途端、弱々しい赤子の泣き声が辺りに響く。「おいおい。勘弁してくれよ、菊千世《きくちよ》」と顔をしかめ、快鳳は彼らに歩み寄った。

「見ての通り、こっちは忙しいんだ。お前たち兄妹《きょうだい》の相手なんぞしてやれねえよ。帰りな」

ぶっきらぼうを装った声が途中ですぼんだのは、快鳳を仰いだ菊千世の双眸《そうぼう》が真っ赤に濡《ぬ》れていたためであった。

「忙しいって、何が」

その癖、問いただす口調は怒っているかのように硬く、一歳年下とは思えない。快鳳はわざと大きなため息をついた。

「境内の掃除とか、湯屋の水汲《く》みとか。そうでなくとも、秋の陽《ひ》は短いからな」

「掃除はほとんど終わっているじゃないか。水汲みは、あとでわたしも手伝うよ」

「よしてくれ。書物改《しょもつあらため》さまのご子息の手なぞ借りたら、こっちが怒られちまう」

言いながらちらりと眼をやった番小屋は、先ほどまでが嘘《うそ》の如く静まり返っている。菊千世が一緒であれば、寺男たちが知らぬ顔を決め込むことは、これまでの例で分かっている。快鳳は藁《わら》しべで一つに結わえた髪を、がしがしと掻《か》いた。

「ああ、畜生。甘ったれめが。それにしても、半纏はまだ暑くねえか。お佐世《さよ》坊の顔が真っ赤だぜ」

快鳳が掌《てのひら》を閃《ひらめ》かせて風を送ると、菊千世の背の赤子はようやく泣き止《や》んだ。菊千世は首だけをひねってそんな快鳳を見つめていたが、「しかたがないんだ」と不意に肩を落とした。

「だって父さまが、お佐世には絶対、風を当てるなと仰《おつしや》るから。その癖、こいつがぐずるとすぐに怒鳴られるんで、しかたなくここに来たんだ」

「ああ、なるほど。四半刻《しはんとき》ほど前に素柏《そはく》先生の怒鳴り声が聞こえた気がしたのは、それか」

菊千世の父は向井《むかい》素柏と言い、福済寺前の坂を下った後《うしろ》興善町《こうぜんまち》で学塾と医館を営んでいる。その医術の腕は近隣諸藩から招聘《しょうへい》の声が絶えぬほどだが、当人は頑《かたく》なに誘いを拒み、儒医として市中を飛び回るかたわら、商船が舶載した漢籍を検閲する書物改として、長崎奉行所にも出入りしている。一方で来日した阿蘭陀《オランダ》医師から聞き取った医術を阿蘭陀通詞と和解《わげ》（邦訳）したり、舶来の自然科学書を倭字《やまとじ》に改めたりと、漢籍洋籍に通じた学者として知られていた。

菊千世は月に一、二度、こうして弟や妹とともに福済寺に現われては、半刻ほど声を殺して泣きながら、海を眺める。その前後、決まって後興善町の方角から甲高い罵声が轟《とどろ》くことから推すに、癇性《かんしょう》な父親にたまりかねて難を避けているのは、明らかであった。

「それにしても、素柏先生がお佐世坊にまで当たるのは珍しいな。もしかして、お前、また、勉学を怠けたのか」

経蔵《きょうぞう》に数え切れぬほどの経典が唸《うな》る寺で暮らしながらも、快鳳は自分の名以外は読み書きできない。それに比べて菊千世は四歳の春から素柏の手ほどきを受け、もはや読めぬ書物はないと聞く。

快鳳は小さく膝を揺すった。

「違うよ。船が——数日のうちに、港に船が入るんだって。先月の二十一日に、厦門《アモイ》を発《た》った船らしい」

「厦門からとなると、泉州の商船か。ちぇっ、また媽祖堂《まそどう》の掃除をしなきゃな」

大陸と長崎を往還する唐船はみな、航海安全を司《つかさど》る女神・媽祖の神像を船中に祀《まつ》っている。入港した唐船の船子は、奉行所の船荷改めよりも先にこの媽祖像を唐寺に運び、出航時には再び船に乗せて出航するならわしであった。

泉州からの船となれば、媽祖像を預かるのは泉州出身者の信心を集める福済寺の務め。常は人気のない媽祖堂の埃《ほこり》を払い、床に水を打って洗い清めねばと考えるだけで、うんざりしてくる。

だが菊千世はそんな快鳳に、「違うんだ」と首を横に振った。

「やって来るのは、商船じゃないんだ。荷物の代わりに、明国の著名なお坊さまが乗っていらっしゃるらしい。おかげで古川町界隈《ふるかわまちかいわい》の唐人衆は、今からご一行を迎える支度で大騒ぎ。父さまはそれに腹を立て、昨日から事あるごとにわたしたちにお怒りになるんだ」

主だった住宅唐人の家の門口には幕が張り巡らされ、港にはいち早く船を見付けようとする人々が押し寄せている——と市中のにぎわいを語りながらも、菊千世の表情は怯《おび》えた犬を思わせるほど暗い。快鳳にはそれだけで、向井家の家内の暗鬱さがありありと察せられた。

素柏は儒医の癖に異国嫌いで、往来で住宅唐人と行き合うと遠回りをしてでも道を避ける。明国人と日本人の混血であり、父方の血を濃く受け継いで丸顔の快鳳なぞ、小汚い鼠《ねずみ》同様とでも映るのだろう。いつぞや快鳳が彼の学塾の前を通った時なぞ、「塩だ。塩を持ってこいッ」との怒声が轟き、本当に背中に塩を浴びせかけられた。

そんな素柏が外国船が港に入るたびに不機嫌になるのは、今に始まったことではない。

快鳳はやれやれと溜息《ためいき》をついた。

「あのな。長崎に明国からお坊さまが来るのは、珍しくないだろう。おめえもいい加減、素柏さまの不機嫌ぐらい、慣れたらどうだ」

「うん……ただ、お祖父《じい》さまとお祖母《ばあ》さまの具合が、ここのところまた悪くってさ。そんな最中に新しいお坊さまが来ると聞き、父さまはなおさら機嫌が悪くていらっしゃるんだ」

風が出てきたのだろう。眼下の海にわずかに波頭が立つ。それと同時に何かが割れる音が西の方角で響き、一瞬遅れて、雷鳴を思わせる怒号が続いた。

言葉までは聞き取れないが、金物を叩くに似た声を聞き間違うはずがない。菊千世は睫《まつ》毛《げ》の濃い目を見開き、ぶるっと身体《からだ》を震わせた。

長男の菊千世がここにいるとなれば、あの怒声の矛先は妻のお貞《さだ》かまだ四歳の次男坊か。普段から苦虫をかみつぶしたような顔付きの彼が、近隣に轟く大声を上げ、時には硯《すずり》や文《ふ》机《づくえ》を庭に放り出すとあっては、家族はたまったものではなかろう。その高名の割に素柏に門人が少ないのも、おおかたその辺りに理由があるのかもしれない。

とはいえもし向井家が円満で、父母ともにわが子に甘ければ、快鳳は菊千世と親しくなりはしなかった。涙を堪《こら》え、時に打たれた頬を腫れ上がらせて福済寺に逃げてくる菊千世だからこそ、快鳳は多少の屈託を覚えつつも、こうして言葉を交わせるのだ。

怒声はますますひどくなり、焼き物が割れるような音まで響き出した。菊千世は苦しげに眉間に皺《しわ》を寄せ、畜生ッと叫んだ。

「どれほどお偉い坊さまか知らないけど、なんでこんな時に長崎に来るんだよ。おかげで母さまもわたしもどれだけ迷惑を被っていることか」

「仕方ねえさ。その坊さまはおめえの家の事情なんぞ、分からないんだから」

（それに――）

勝手にやってくるのは、菊千世だって同じではないか。そう言い放ちたい衝動を、快鳳はかろうじて苦笑に紛らわした。

どれだけ家内が冷ややかであろうが、菊千世は長崎きっての儒医兼書物改の御曹司《おんぞうし》。快鳳のように顔も知らぬ父母ゆえに嘲られることもなければ、寺男たちに飯を取り上げられ、ひもじい腹を抱えて筵《むしろ》を夜着に寝ることもない。

そう考えると、怒声に身をすくめるこの少年が憎らしくも腹立たしくも思えてくる。とはいえそんな屈託をあらわにするには、快鳳は世間に揉《も》まれ過ぎていた。

きっと自分は今後も福済寺に飼われ、生涯、箒を握りしめて過ごすのだろう。一方で菊千世はいずれ素柏の後を継ぎ、やがては長崎奉行所に出仕を果すはず。ならば今、彼と親しくしておくことは、決して将来の邪魔にはなるまい。

「勘弁してやれって。そのお坊さまだって、好きで日ノ本くんだりまで来るわけじゃなかろうし」

菊千世は薄い肩が上下するほど大きな息をついた。色白の細い顔に朱の色が差し、男児にしては睫毛の濃い目の際が、ひくひくと蠢《うごめ》いた。

「でも――でも、やっぱり、そんなお坊さまなんか、来なけりゃいいんだ。そうしたら父さまだって、あんなに声を荒げはしないのに」

と、熨斗目《のしめ》が丁寧に当てられた小倉袴《こくらばかま》の裾を乱して、快鳳を振り返った。

「ねえ、快鳳。泉州からの船ってことは、そのお坊さまはきっと、福済寺に入るんだろう？　だったらその方に長崎を嫌いになっていただけば、さっさと明国に帰ってゆくんじゃないかな」

「馬鹿を言え。嫌いになっていただくって、どうやるつもりだ」

「たとえば開堂の説法の時、椅子に馬糞《ばふん》を塗りつけておくとか、僧堂でお休みになられているところに犬をけしかけるとか」

「餓鬼同士の喧嘩《けんか》じゃないんだぞ。それしきで、お偉いお坊さまが音《ね》を上げるものか。だいたいそんな真似《まね》をしたら、真っ先に疑われるのはおいらじゃないか」

「じゃあ、わたしはどうすればいいんだよッ」

菊千世はいきなり顔を真っ赤にして、地団駄を踏んだ。さすがは癇癪《かんしやく》持ちの素柏の息子ということか、小柄な体軀《たいく》には似つかわしからぬ大音声《だいおんじよう》に、快鳳は思わずひと足後じさった。

「快鳳には分からないんだ。わたしや弟妹が、父さまの前でどれだけ息を殺して暮らしているか。母さまがお祖父さまやお祖母さまの看病しながら、どんなに必死に父さまにお仕えしているか。わたしと快鳳の仲なんだから、少しは力を貸してくれたっていいじゃないかッ」

「勝手をぬかせ。おいらとおめえは違うんだ。下手《へた》をすれば、こっちは寺を叩き出されかねないんだぞ」

だが怒りに身体をわななかせる菊千世の耳には、快鳳の応《いら》えなぞ皆目届いていないらしい。眉を吊《つ》り上げたその形相は毛を逆立てた猫そっくりで、快鳳はこの少年と関わり合ったことを初めて後悔した。

菊千世は意外と頑固だ。ここで無理にはねつけても、一人でその渡来僧に嫌がらせを働くだろう。それが成功すれば幸いだが、失敗して捕らえられれば、手引きを疑われるのは快鳳である。ならばいっそ自分も手を貸し、途中でわざと失敗して、その無謀を思い知らせた方がましだ。

快鳳は垢《あか》じみた襟元を掻きむしった。まだ怒声の轟く坂下を睨《にら》みつけ、「分かったよ、こん畜生」と毒づいた。

「こうなりゃ、手を貸してやらあ。その代わり、うまく行かなくても恨むんじゃないぞ。それで、お越しになるそのお坊さまはいったい何てお名前なんだ」

快鳳を見上げる菊千世の眼差《まなざ》しは、本当かと疑うかのように堅い。まったく、普段は境内の隅でめそめそ泣いている癖に、なんて顔をしやがる。

「素柏先生から、それぐらい聞いているだろう。いいから言えよ」

「――隠元《いんげん》さま。隠元隆琦《りゅうき》さまと仰るらしいよ。年は六十三。万福寺《まんぷくじ》とかいう福州の古刹で住職を務めていらした、お偉い御坊だって」

「六十三歳だって。ふうん、そりゃまた随分なじじいだな」

未遂に終わらせるつもりとはいえ、そんな老人への嫌がらせを企てるとは気が重い。快鳳はこみ上げる溜息を飲み下し、暮れ始めた空を仰いだ。

風の乏しい空にぷかりと浮いた白雲が、忌々しいほど長閑《のどか》だった。

二

続けざまに打ち鳴らされる銅鑼《どら》の音が、緑の色濃き山々にこだましている。

北に立山《たてやま》、東に風頭山、海をはさんだ西方に稲佐山《いなさやま》がそびえる長崎の町は平地が少なく、山間《やまあい》から海へと流れる大川《おおかわ》の左右の低地に、八十余りの町々が貼りついている。

そのため港に唐船が入り、街のそこここで銅鑼が鳴ると、その響きはほうぼうの山に跳ね返ってなかなか消えない。街じゅうがうわんと残響に包まれた頃、錦《にしき》の衣《ころも》を着せられた媽祖像が手輿《たごし》に乗せられ、ゆっくりと福済寺の石段を上って来るのが、泉州船入港時のお決まりの光景であった。

だが朝早くから沖合に唐船が浮かび、艀《はしけ》の往還とともに銅鑼が止むことなく打たれているにもかかわらず、今朝《けさ》は待てど暮らせどなかなか媽祖行列が姿を見せない。

山門の門掃きをしながら見下ろせば、市中のあちこちには唐船入港の際に掲げられる幟《のぼり》がひらめき、人々が落ち着かぬ様子で往来を行き来している。もしかしたら媽祖像は今日は、隠元なる高僧たちとともに寺にやって来るのだろうか。

ひとっ走り様子を見に行きたいものの、他の寺男はすでにそろって隠元一行の見物に出かけてしまった。おかげで寺の雑事は今日もすべて快鳳の肩に担わされ、その暇がない。

（年を食っているとはいえ、たかが坊主なんだろ。そんなに騒ぐことはなかろうになあ）

またも銅鑼が連打され、そこここの山にこだまが鳴る。この時、それに背を押されたかのように、菊千世が「た、大変だよ。快鳳」と叫びながら、石段を駆け上がってきた。どこかで草履《ぞうり》を落としたと見え、左の足袋《たび》が泥まみれになっていた。

「隠元さまご一行がいま、長崎奉行所を出たんだ。これから、興福寺に向かうらしい」

「なんだって。話が違うじゃないか。じゃあ興福寺に立ち寄られた後、こっちにお越しになるのかよ」

隠元来日を菊千世から聞かされてから、二日。その間に快鳳は、仕事の合間を縫って、遠来の客が滞在する客館の広縁の釘《くぎ》を、三カ所抜いておいた。迂闊《うかつ》に踏むと板が覆《くつがえ》って軒下に転落する仕掛けを施し、隠元がいざ客館に入ったら、嫌がらせをしかけるふりをして、自分が縁先から落ちるつもりであった。

快鳳が腰でも打って、痛みに呻《うめ》けば、菊千世も少しは頭を冷やすだろう。騒ぎに気づいた隠元たちが姿を現しでもすれば、二度と馬鹿な企《たくら》みなぞ抱かぬはずだ。

そう考えていただけに、快鳳は箒を投げ捨て、石段を忙しく駆け下りた。そんな快鳳の腕にしがみついた菊千世の頬は、完全に血の気が引いていた。

「それもよく分からないんだ。確かに船は泉州から来たんだよ。だって、この寺に向かう媽祖揚げの行列を、わたしはいま追い越してきたんだもの。――ああ、ほら。来た」

菊千世に促されて目を転じれば、なるほど幞頭《ぼくとう》で髪をまとめた明国人が四人、小ぶりな媽祖像を乗せた手輿を担いでやって来る。ただ常であれば行列の前後には旗が立てられ、見物人が垣根を成して従っているはずだが、今日の往来は静まり返り、野次馬は一人もいない。金箔《きんぱく》を全身に施された媽祖像のきらびやかさが、そのうら寂しさをかえって際立たせていた。

呆気《あっけ》に取られる二人を尻目に、明国人たちは福済寺の石段を登り、そのまま媽祖堂に向かった。

柱の朱色も鮮やかな媽祖堂はすでに快鳳の手で塵《ちり》一つなく磨き上げられ、大人の背丈ほどもある鬼神像が二体、基壇の左右で金泥の眸《ひとみ》をぎょろりと剝《む》いている。

緑衣をまとい、大きな耳に左手を当てた鬼が、順風耳《じゅんぷうじ》。額に手をかざした三つ目の赤鬼が、千里眼《せんりがん》。ともに媽祖に仕え、航海の難事をいち早く察知すると称される二鬼神である。

二柱の神像に拝礼すると、明国人たちは金色の媽祖像を恭しく輿《こし》から下ろした。基壇中央の漆塗りの龕《がん》にそれを収めて踵《きびす》を返す彼らに、「ま、待ってよ」と菊千世が駆け寄った。

「隠元さまってお人は、どうして興福寺に入られたんだ。いつ、福済寺にお越しになるんだよ」

「無駄だぜ、菊千世。こいつら、明人だ。日ノ本の言葉は通じないさ」

快鳳が止めるまでもなく、明国人たちはいずれも浅黒い顔に怪訝《けげん》な表情を浮かべている。

すると菊千世は快鳳の腕を振り払い、懐から古びた矢立《やたて》と帳面を取り出した。

そのまま床に這いつくばると、帳面に何事か記し、それを明国人に突きつける。すると彼らは得心した様子でうなずき、菊千世から筆を受け取って、帳面の余白に数行の文字を書き付けた。

「なるほど、そういうわけなんだ」

おとなびた呟《つぶや》きとともに、また菊千世が何か書く。明国人が再度記した文字を眺めてから、ようやく快鳳を振り返った。

「分かったよ。隠元さまはそもそも、興福寺のご住持の招きを受けて、長崎に来られたらしい。だから泉州の船に乗ってきたけどこの寺には入らず、しばらくは興福寺でお過ごしになるんだって。その後は崇福寺のご住職になられるそうだよ」

「ちょっと待て。じゃあ結局、この寺にはお越しになられないわけか」

媽祖堂を出て行く明国人に一礼してから、菊千世は表情を引きしめた。

「そうなるね。つまりわたしたちは、興福寺に行かなきゃならないってわけだ。しかもあの人たちによれば、長崎奉行さまのご下命で、隠元さまはしばらく、明国人以外と会えないらしい。いずれ催される説法も、日本人は聴聞できないんだって」

長崎の唐人衆を浮足立たせるほどの高僧だ。初の説法となれば、興福寺の境内は立錐《りっすい》の余地もない雑踏となろうが、日本人が入れぬとなると快鳳と菊千世では手出しができない。

「こりゃあ、どう考えても無理だ。やっぱり諦めようぜ、菊千世」

基壇に並べられた蠟燭《ろうそく》の灯が、媽祖像の顔を明るく照らし付けている。

媽祖像は各船ごとに顔貌も大きさも異なるが、いま安置されたばかりのそれは丈一尺あまりの小ぶりな像。よほど古い品なのか顔に施された金泥の色は沈み、伏し目がちの表情も穏やかであった。

媽祖は俗世での名を黙娘《もくじょう》といい、もともとは福州の官吏の娘。海難で消息を絶った父を探すべく仙女《せんにょ》となり、千里眼と順風耳の二鬼を従えて、人々の航海を守っているという。

それにさ、と続けながら、快鳳は媽祖像に顎をしゃくった。

「おいら、媽祖さまの目の前で悪だくみなんぞしたかねえよ。仮に媽祖さまがお気づきでなくても、すでに順風耳と千里眼はおいらたちの企みを察しているだろうし」

おどけた口調を装った快鳳に、菊千世は壇上をぐるりと見回した。なにか考え込むように顎に手を当ててから、今度は順風耳と千里眼を交互に見比べる。上目遣いに快鳳を仰ぎ、

「あのさ」と声を堅くした。

「媽祖さまが船を守ってくれたり、順風耳や千里眼がその守護をしてくれるって、快鳳は本当に信じているのかい」

「なんだって？」

耳を疑った快鳳に、菊千世はぐいと顔を寄せた。瞬《まばた》きを堪えるように眉間に皺を寄せ、

「わたしはそう思わないんだ」と続けた。

「だって、ちょっと風が吹けば船は簡単に沈むし、神さまや仏さまに祈ったって、世の中

には嫌なことがいっぱいあるじゃないか。父さまはわたしや母さまに一向に優しくしてくれないし、快鳳だって……快鳳の父さまと母さまだって、北瀬崎で海に落ちて亡くなったんだろう」

「死んだと決まったわけじゃねえ。勝手に決めつけるな」

菊千世の言葉を遮った声は、自分でも驚くほど険しい。こいつ、と快鳳は奥歯を噛《か》みしめた。

これまで快鳳は菊千世から、父母について問われたことがない。寺男たちが侮蔑混じりに使う「棄吉」の仇名《あだな》ではなく、本名を教える気になったのも、菊千世だけは妙な僻目《ひがめ》を持たないと思っていたからだ。

それがとうの昔に、長崎の海に消えた自分の父母について承知していたとは。冷や水を浴びせかけられたような感覚が、快鳳の全身を貫いた。

「おいらのお父《と》っつぁんとおっ母《か》さんはただ酒に酔って、岬から落ちただけだ。とはいえ、お父っつぁんは船子だったらしいからな。いくら大虎になっていたって、きっとおっ母さんを助けて、二人ともどこかで元気に暮らしてら」

そんなわけはない。仮にそうだとすれば、なぜ赤子だった自分は彼らに置き去りにされたままなのだ。なぜ棄吉なぞという仇名を付けられ、雨の日も風の日も、うすら寒い仏堂に這いつくばって働かねばならぬのだ。

福済寺の門前に乳飲み子が捨てられていたのは、いまから十年前の春二月。沖に停泊中の福州船の船子が、夜陰に紛れて船荷を略取して逃げ、その犯科人《はんかにん》を追っていた町役人が弱々しい泣き声を聞きつけたのである。

長崎では外国からもたらされた荷はすべて奉行所の検《あらた》めを受けねばならず、米一粒たりとも直接、陸に上げられない。しかしその船子は船荷の中でも特に高価な生薬《しょうやく》の俵を盗み出し、かねて昵懇《じっこん》だった西浜町《にしはままち》の薬屋にそれを持ち込んだ。

深夜、薬屋の表戸を叩き立てた船子はずぶ濡れで、赤子を抱いた女を連れていた。これはただごとではないと勘付いた薬屋の主《あるじ》は、二人に白湯《さゆ》を勧める一方、小僧を奉行所に走らせたが、のらりくらりと話を長引かせる主に異変を察したのだろう。俵も金も置き去りに店を飛び出した二人は、市中を探索していた町役人や奉行所の下役に追われ、市中の北端まで追い詰められた。それでもなお逃げようと、波の打ち寄せる北瀬崎の突堤によじ登り、二人して折からの波にさらわれたのであった。

高麗橋《こうらいばし》の宿屋で働く子持ちの飯盛女《めしもりおんな》がこの騒動直前に姿を消したことから、船子が子を産ませた馴染《なじ》みの女と所帯を構えるため、抜け荷を働いたのだと奉行所は判断した。赤子は逃亡の邪魔になると悟った二人が捨てたものだろうが、さりとて幼な子に咎《とが》はない。結局、彼はそのまま福済寺に預けられ、まだ骨も固まらぬ先から日夜下男として働かされることになった。

赤子の快鳳に乳を与え、六年前に亡くなった近隣の女房によれば、快鳳という名は捨てられた際に着ていた産着に書き付けられていたという。ただ、抜け荷を企てるような父が、飯盛女のくせにうっかり子を孕《はら》んでしまうほど愚かな母が、こんなややこしい字を書けるものか。もしかしたらこの二文字は自分の名なぞではなく、他の誰かが戯れに書きつけた全く意味もない字なのかもしれない。

だがそんな疑いを抱いてはいても、快鳳にとってはこの二文字だけが、誰にも奪われぬ唯一のもの。だからこそ菊千世が自分をそう呼ぶたび、幼い頃からの辛《つら》い日々をほんの少しながらも忘れられたというのに。

「――いつから知っていたんだよ」

快鳳の詰問に、菊千世の面上に狼狽《ろうばい》が走る。ああ、そうか、と快鳳は思った。いつからと定められぬほどの昔から、こいつはすべてを承知していたのだ。

袖を摑《つか》もうとした菊千世の腕を、快鳳は振り払った。はっと目を見開くその胸元を両手で突き、「帰れ」と吐き捨てた。

「どうせ、おめえはあの向井素柏先生の総領息子だ。おおかたおめえだっておいらのことを、悪党と淫売の混血児と思っていたんだろうが」

わかっている。菊千世は素柏とは違う。そんな、意地の悪い少年ではない。しかしだからこそなお、彼に知らぬ顔を決め込まれていた事実が情けなくてならない。

「帰れ。帰れったら、帰りやがれッ」

菊千世の双眸が、みるみる潤む。だがそのまま泣き出すかと思われた菊千世は、それを拳でぐいと拭った。

「わ——わたしは嫌だ。帰らないよ。だってわたしと快鳳はきっと、順風耳と千里眼みたいなものなんだもの」

震える声には耳を貸さず、快鳳は菊千世の腕を摑み上げた。そのまま無理やり媽祖堂の外に引きずって行く快鳳に、菊千世は抗《あらが》うように足を踏ん張った。

「だって、順風耳と千里眼の二人は、それぞれ互いの不得手を補い合っているからこそ、媽祖さまのお供が出来るんだ。快鳳とわたしは、そんな鬼たちにそっくりじゃないか」

「馬鹿ぬかせ。媽祖さまも鬼神たちも何の役にも立たないと言ったのは、おめえだろうが」

「そうさ。わたしたちだって、二人で何ができるかは分からない。でも手を組むことぐらいは、できるはずだろう？」

涙を湛《たた》えながらも自分を仰ぐ菊千世に、快鳳は一瞬、たじろいだ。すると菊千世は空いた手で壇場を指し、「あの鬼神たちと同じだよ」と繰り返した。

「その丸い顔といい、大きめの鼻といい、快鳳は顔立ちだけなら明国人だ。一方でわたしは快鳳と違って、筆談で明人と言葉が交わせる。なら順風耳と千里眼のように力を合わせれば、わたしたちは興福寺にだって潜り込めるはずさ」

「てめえ、まだ諦めていなかったのか」

「諦めるものか。だってわたしには、快鳳だけなんだ。父さまが嫌いだと言っても怒らなかったのも、わたしがしくしく泣いていても怒りも叱りもしなかったのも。だから——だからわたしも快鳳が誰だとしても、知らないふりをしていようと決めていたんだ」

菊千世の唇は震え、面上からは完全に血の気が引いている。それでも菊千世は懸命に、笑顔らしきものを繕った。

「力を貸してよ、快鳳。二人でなら、出来るはずさ」

その瞬間、快鳳は身体の骨がすべて粉々に砕けたような気がした。

自分が菊千世の惰弱を嘲りも叱りもしなかったのは、彼をこの先、利用するため。しかし菊千世はそれを、打算ではなく信頼ゆえと信じていたとは。

（こいつ——）

菊千世は泣き虫だ。その癖、頑固で可愛《かわい》げがない。だが少なくとも長崎でこの菊千世だけが、自分を快鳳と呼んでくれる。もしかしたらその事実に勝る出来事は、もはや自分には与えられぬのではないか。

下顎がわなわなと震え、視界が水をくぐったが如く潤む。快鳳は両の拳を握りしめた。

「今の興福寺に忍び込むってのは、お奉行所に逆らうも同じだぞ。もし失敗したら、お互い、長崎にいられなくなるかもしれねえ」

「構うもんか。父さまの元を離れ、快鳳とともに長崎を出て行けるなら、願ったり叶《かな》ったりさ」

「けっ、おめえにそんな覚悟があるものか。素柏先生に追いかけられたら、震え上がっちまうのが関の山さ」

ああ、やっぱりこいつは世間知らずだ。まだ大人にはほど遠い自分たちが、親も家も持たずに生きることがどれほど大変か、まったく分かっていやしない。

だがもし菊千世が一緒なら、浮草暮しも悪くないのかもしれない。たとえ一人では辛くとも、二人であれば大概のことは、どうにか我慢できるのではないか。そう、基壇に肩を並べるこの鬼神たちのように。

灯火が風にそよぐ都度、順風耳像と千里眼像の長い影が、ふらふらと頼りなく揺れる。時に短く、時に長く伸び上がりながらも決して離れぬ二つの影に目を向け、しかたねえなあ、と快鳳は舌打ちした。

静かな媽祖堂にこだましたその音に、鳴りやまぬ銅鑼の響きがほんの一瞬、かき消えた。

三

六十歳を超えた老僧ともなれば、隠元は興福寺に掛錫《かしやく》（入寺）後、すぐに説法をすまい。そう考えた快鳳は翌日から、福済寺内のやり取りに注意深く耳を澄ました。

寺男たちの噂《うわさばなし》話から聞き取った限りでは、隠元一行は総勢三十人。うち僧形は二十名あまりで、残るは仏画を手がける絵師や堂宇を建造する工匠たち。とはいえ一カ寺のためにそれほど大勢が一度に来日した例は、快鳳が知る限り、これが初であった。

「それにしても、坊主の癖に髪も爪も伸ばし放題なのは驚いたなあ」

「ああ、本当だ。袈裟《けさ》がなかったら、誰が坊主で誰が画家やら分からないところだったぜ」

三唐寺の明国僧にはもともと、蓄髪が多い。ただ隠元は真っ白な髪を耳が隠れるほど長く茂らせた上、両手の五爪の長さは二寸余りもあると聞き、快鳳は胸の中でへえと呟いた。

興福寺住持がはじめて隠元を招聘したのは、三年前。その前年、崇福寺の住持となるべく招かれた明国僧・也嬾性圭《やらんしょうけい》が嵐に遭って行方不明となったことから、也嬾の師である隠元に白羽の矢が立ったという。

隠元は当初、高齢を理由に固辞したが、崇福寺の檀越《だんおつ》たちは一向に諦めず、繰り返し請啓を送付。さすがの隠元もこの熱意には折れ、日本滞在は三年に限るとの条件で、住持職を引き受けたのである。

だが隠元がなぜそれほどの高僧と呼ばれているのかは、どれだけ耳をそばだてても分からない。加えて、どうやって興福寺に忍び込むか、またどうすれば隠元を長崎から追い出せるかと考えても、まったく策は浮かんでこない。いずれにしても、菊千世と相談を重ねる必要があろうと考えていたその矢先、思いがけぬ務めが快鳳に任された。

蘊謙が崇福寺住持・道者超元《どうしゃちょうげん》から拝借していた経典を返却し、新たな経巻を借り受けて来いとの命であった。

道者超元は蘊謙と来日時期が近く、互いに寺を行き来し合う仲。書物はもちろん、時には寺男すら融通し合っている。

「いずれも高麗《こうらい》渡りの大切な大蔵経《だいぞうきよう》だ。一本でもなくしてみろ。足腰が立たぬほどに打ち据えてやるからな」

押し付けられた笈《おい》は二十本あまりの巻子《かんす》が詰め込まれ、足がよろめくほど重い。そんなに大切なら寺男たちが運ぶのが道理だが、この数日、長崎の町は秋雨に降りこめられ、吹き付ける風は身を切るほど冷たい。早々に番小屋の火鉢に炭を入れた寺男たちが、使いに行きたがらぬのも当然であった。

さっさと行け、と寺男に尻を蹴られ、快鳳は注意深く石段を降りた。霏々《ひひ》と降る雨は街並みと海の境目を煙らせ、薄墨で引いたような稲佐山の稜線《りようせん》がかろうじて空と海の別を告げている。

雨滴が当たる都度、ばたばたと鳴る網代笠《あじろがさ》の前縁を、快鳳は片手で跳ね上げた。油箪《ゆたん》で覆われた笈を背負い直し、後興善町へと続く坂を下り始めた。

向井家の冠木門《かぶきもん》は大きく開け放たれ、襷掛《たすきが》けに袴の股立《ももだ》ちを取った塾生たちが、吹き込む雨をものともせず学塾の掃除に励んでいる。快鳳は大きく手を振り、その門前をわざと目立つように通り過ぎた。

覗き込めば、庭に面した広間では、眉間に皺を寄せた素柏が書物を整理している。快鳳の姿に気づくや、手にしていた本を凄《すさ》まじい勢いで投げ出した。

「い、忌々しい混血児めがッ。わが家の門前を、またも穢《けが》しよってッ」

階《きざはし》を駆け下りる足音に、塩だ、塩を持ってこいッとの怒号が重なる。それを皆まで聞かずに走り出すと、快鳳は大川にかかる石橋の袂《たもと》でようやく足を止めた。

笈を欄干にもたせかけて息を整えている間に、もと来た方角から下駄《げた》の音が湧き立つ。菅笠《すげがさ》を片手に引っ摑んだ菊千世が、まっすぐ快鳳に駆け寄って来てから、思い出したように笠で顔を隠した。

松の縫い取りを施した翡翠色《ひすいいろ》の小袖が、雨に曇る橋の上でひどく鮮やかだった。

「よう、気づいてくれたか」

「父さまがあんな金切り声を張り上げるんだもの。嫌でも気づくよ。——使いかい」

「崇福寺にな。ついでに興福寺の様子も見物しようかと」

「ああ、なるほど。多分、びっくりするよ」

促されるまま橋を南へと渡り、商家が左右に軒を連ねる坂道を登る。途端に辺りに沸き起こった喧騒《けんそう》に、快鳳は四囲を見回した。

大川と風頭山に挟まれたこの一帯は、寺町の異称を持つほどに寺院の多い町筋。だが普段、抹香の匂いだけが漂う静かな通りはいま、祭礼の宵のように人で溢《あふ》れかえっている。

長崎一の大寺である皓台寺《こうたいじ》の門前を過ぎれば人波はいよいよ激しくなり、まっすぐ歩くことすら難しい。深衣《しんい》に幅広の帯を締めた住宅唐人。紋付袴に笠で顔を隠した武士。振り分け荷を担いだ旅人がいる、華やかな小袖に島田髪《しまだがみ》を結った女たちがいる。明国人に日本人、道俗男女が入り混じり、まるで長崎の住人すべてが狭い往来に押し寄せたような賑《にぎ》わいであった。

「隠元さまが来られてから、興福寺のぐるりはずっとこうさ。土塀越しにお声だけでも漏れ聞けまいかという輩《やから》が押し寄せるんで、両隣の寺まで閉門しているらしい」

快鳳の担ぐ笈があちこちに当たり、「この餓鬼がッ」「痛ッ。何をするの」という悲鳴がそこここで上がる。居心地の悪い思いで人垣をすり抜ければ、興福寺の三間《げん》三戸《こ》の山門は堅く閉ざされ、奉行所から遣わされたと思《おぼ》しき下役たちが、近づく人々を六尺棒を手に睥睨《へいげい》していた。

寺門の軒下には、後付け行李《こうり》に頭陀袋《ずだぶくろ》をかけた雲水《うんすい》、錫杖《しやくじよう》を抱き、手甲脚絆《てつこうきやはん》に身を固めた天台僧《てんだいそう》、結袈裟《ゆいげさ》に鈴懸《すずかけ》、笈を背負った行者《ぎようじや》——と宗旨も身形《みなり》も異なる僧侶が八人、一列に居並んでいる。申し合わせたように真っ黒に日焼けしているところから推すに、隠元来日の噂を聞き付け、京や江戸から駆け付けてきた者たちと見える。

これほど大勢を熱狂させる隠元とは、何者なのだ。これまで長崎に居を構えた明国僧たちとは、何が違うのだ。再びこみ上げてきた疑問が、肩を濡らす雨の冷たさをひと時、快鳳に忘れさせた。

「そういや、素柏先生のご機嫌はどうだい」

「いいわけないよ。快鳳の姿にすぐさま塩を撒《ま》けと怒鳴ったのが、その証拠さ」

菊千世がうんざり顔になったその時、人垣が大きく揺れ、二人の背中が強く押された。踏ん張ろうとしたものの、笈の重さで思うように動けない。たたらを踏んだ快鳳が、隣の菊千世を巻き込んで転倒したのと、「おまえさまッ」という女の叫びが頭上で弾《はじ》けたのは、ほぼ同時。

倒れた拍子に油箪が破れ、蓋の開いた笈から、経巻が音を立てて雨の往来に転がり出る。女はあッと叫んだ快鳳にはお構いなしに、それらを蹴散らして、興福寺山門の基壇に駆け上がった。

「なにをするッ。ここから先には立ち入れぬぞッ」

くくり袴を穿《は》いた下役衆が、一斉に六尺棒を構える。しかし女は彼らには目もくれず、山門の軒下に居並ぶ禿頭《とくとう》の列に走り寄った。そのもっとも隅に座る真宗《しんしゅう》僧の腕を摑み、

「やっと、見付けましたよ。おまえさま」と息を切らせた。

年の頃は、二十歳《はたち》すぎ。よほど急いで飛び出してきたのか、被《かぶ》った菅笠は斜めに傾《かし》ぎ、あらわになった浅黒い顔を雨粒がしきりに叩いていた。

「さあ、あたしと益城《ましき》に帰ってもらいますよ。あたしはもう、これ以上の待ちぼうけはご免ですからね」

「お、お津祢《つね》」

しきりに腕を引く女に、真宗僧の四角い顔に驚愕《きょうがく》が走った。隆々とした体軀や鰓《えら》の張った輪郭とは裏腹に、くりくりと丸い目が人の好《よ》さげな気配を放つ青年僧であった。

「なぜだ。なぜ、ここがわかった」

「いつ益城に戻るのかと文《ふみ》で尋ねても、なしのつぶて。たまりかねて京の西本願寺《にしほんがんじ》さまを

訪ねてみれば、徹玄《てつげん》さまは長崎に発って留守と教えられ、長崎じゅうを訪ね歩いたんです。ひどいじゃないですか。浄信《じょうしん》さまもうちの両親も、徹玄さまのお戻りだけを心待ちにしているんですよ。目と鼻の先の長崎にお越しになりながら、どうしてこんな真似を――」

お津祢と呼ばれた女は大きな目を潤ませ、その場に泣き伏した。その癖、徹玄の袖をひしと摑んで放そうとせぬ辺り、淑《しと》やかそうな外見にひそむしたたかさが透けて見える。

寺町にふさわしからぬやりとりに、往来の野次馬はもちろん、奉行所の下役までが言葉を失っている。その中で、「ああもう、鬱陶《うっとう》しい」といち早く声を発したのは、徹玄の隣に座っていたやせぎすの雲水であった。

「喧嘩はよそでやってくれ。こっちはいつ隠元さまがお出ましくださってても構わぬよう、威儀を正すので精一杯なんだ。これだから真宗の輩はあてにならん」

「それはひどいぞ、了然《りょうねん》どの。隠元さまに参禅したい思いは、みな同じ。真宗だから法《ほっ》華《け》だからと差をつけるべきではなかろう」

徹玄の抗議に、了然がふんと鼻を鳴らす。年は徹玄とさして変わらぬが、頭の鉢の大きさのせいでことさら細く見える顎が、その印象に冷たさを添えていた。

「妻帯が許されている一点を以《もっ》てしても、真宗は信頼できん。愛欲貪瞋恚《あいよくとんしんい》は、諸悪の源。加えてまだ修行半ばの身で五障三従《ごしょうさんじゅう》の凝《ここ》りたる女子《おなご》を近づけるとは、いったい何を考え――」

立て板に水の勢いでそこまで語り、了然は突如、口を噤《つぐ》んだ。がばと立ち上がるや軒下から飛び出し、地面に這いつくばる快鳳のかたわらに膝をつく。雨と泥に汚れた巻子を手早く拾い上げ、徹玄とお津祢を振り返った。

「おい。これはお前たちのせいだぞ。さっさと手伝わんかッ」

容赦のない口調にようやく、経典をかき集める快鳳と菊千世に気づいたらしい。徹玄はお津祢の手をもぎ離し、忙しく基壇から降りた。

泥にまみれた経巻を拾い上げて、袖で題簽《だいせん》を拭う。「これは――」と太い眉を寄せた。

「わしの許婚《いいなずけ》のせいじゃな、すまん。高麗版大蔵経の仏説無言童子経《ぶっせつむごんどうじきょう》に観虚空蔵菩薩経《かんこくうぞうぼさつきょう》。ああ、こちらは僧伽吒経《そうかだきょう》か。いずれも大蔵経大集部の貴重な経巻をかように汚してしもうたのだ。わしがご住持に詫《わ》びにうかがおう。おぬし、いずこの寺の下男だ」

間近にすれば、徹玄の背丈は六尺を越える。そんな魁偉《かいい》さには似合わぬ優し気な口調に、快鳳は目をさまよわせた。

ここで福済寺の者だと告げれば、住持や寺男に寄り道の一部始終が露見する。だがそんな快鳳の思いを裏切って、菊千世がずいと一歩、徹玄に歩み寄った。

「この者は、福済寺の下男です。本日はご住持さまのご命令で、隠元さまに経典を差し上げるべく、こうしてまかりこしました」

仰天した快鳳を目で制し、「この者は」と菊千世は声を低めた。

「ご覧になればお分かりの通り、明国の出身。ただ、実は口が利けません。そのため、常はわたしがその耳と口になるべく、こうして同行しております。筆談での明人とのやり取りは、いい勉強になりますので」

縫《ぬい》の施された小袖に、紬《つむぎ》の平袴《ひらばかま》。明らかに武家の子弟と分かる菊千世の言葉に、徹玄はほほうと呟いて、己の顎を撫《な》でた。だが了然は疑わし気に唇を片頬に歪《ゆが》め、泥で汚れた巻子を手の中でひっくり返した。

「ふうむ。こんな古びた高麗大蔵経を、隠元さまになぁ」

「はい。興福寺に仮住まいのご境涯となれば、隠元さまは経典をいちいち拝借なさるのも気兼ねでいらっしゃいましょう。それゆえ当山のご住持は、少しでもそのつれづれをお慰めすべく、急いで経典を整えられたのです」

了然はまだ得心できぬ面もちで、巻子を弄んでいる。徹玄がそれを尻目に、「なるほどなあ」と大きく頤《おとがい》を引いた。

「とはいえ、幾らこいつが明人でも、お奉行所の許しがなければ寺内には入れぬぞ。わしは隠元さまがご到着なさった翌日からここにいるので、よう知っておる。気の毒だが、出直して来い」

「それは困ります。このまま帰っては、我々がご住持に怒られてしまいます」

「ちょっと、おまえさまッ。そんな餓鬼なぞ、どうでもいいでしょう。それよりも今度こそ、あたしの言うことを聞いてもらいますよ」

なかなか戻らぬ許婚に焦《じ》れたのか、眉を吊り上げたお津祢が徹玄の腕を背後から摑んだ。その途端、徹玄の肩が青菜に塩の勢いですぼむ。すがるような上目遣いで、お津祢をうかがった。

「なあ、お津祢。京に上る前にも、その話はしただろう。わしは寺を継ぐ前に、もう少し、勉学を積みたいのじゃ」

「ええ、ええ。そう仰るから、祝言を後回しにして、西本願寺学寮（僧侶の学問所）へ入るおまえさまをお見送りしたら、六年経《た》っても七年経っても戻られず。とうとうあたしは、二十歳を三つも過ぎてしまいましたよ。挙句の果てはこうやって、明国からお越しのお坊さまに参禅なさるなんて、どういうわけなのです。教道寺《きょうどうじ》の宗旨は、真宗ですよ。わざわざ禅なんて学ばなくたって」

早口でまくし立てるお津祢の頰は紅潮し、その癖、白目が怒りに青く澄んでいる。鑿《のみ》で彫ったように小さな鼻翼が、それだけがまるで別の生き物の如くひくひくと蠢いていた。

「だいたいおまえさまは、あたしのことを何と思っているんです。亡くなったおっ母さまだって、これを知ったらどんなに悲しむことか――」

更に声を張り上げるお津祢に、了然が小さく舌を鳴らした。またも抗弁を始めた徹玄を無視して、菊千世と快鳳に向き直る。人垣から遠い土塀際に二人を誘うと、擦り切れた法衣の裾をからげてその場にしゃがみこんだ。

「――とはいえ、だ。徹玄はああ申すが、拙僧が見た限り、寺内に入る手立ては皆無ではない。つまり、奉行所の衆の裏さえ掻けばいいわけだからな」

骸骨に皮一枚貼り付けたかと疑うほどに痩せているせいで、にやりと頰を歪めた了然の形相は、およそ、雲水とは思えぬ悪人面《づら》である。

「手立てとはいったい」

身を乗り出した菊千世に、「裏山だ」と了然は軽く顎をしゃくった。

「拙僧は長崎は初めてだが、この裏山は石切場になっているとか。つまり山の尾根から斜《なぞえ》を下れば、興福寺の真裏に出られる道理だな」

菊千世が相槌《あいづち》に窮したのは、泥棒同然の侵入方法だけが理由ではあるまい。なにせ風頭山の西斜面は、鹿すら道を失うと言われるほどの勾配で、斜面と言うより崖に近い。誤って足を滑らせた石切場の人足《にんそく》が、界隈の堂宇の屋根に落ちる騒動も珍しくなかった。それだけに奉行所も当然、風頭山には警固《けいご》を配してはおるまい。ただそれはすなわち、山から寺に侵入を試みる無茶なぞ誰も犯すわけがないためだ。

「あの……そうまで仰るなら、あなたさまがまず試みればよろしいのでは。どうしておとなしく、寺門が開くのを待っておいでなのです」

快鳳と同じ疑念を、菊千世が口にする。すると了然はあっさりと、「大人では無理だ」と言い放った。

「ここから見ただけでも分かる。身の軽い童《わらわ》でなければ、裏の斜は下れまい。だからおぬしらが隠元さまにどうしてもお目にかかろうとするなら、拙僧にはありがたい。ぜひ一偈《いちげ》、隠元さまにご染筆《せんぴつ》を請うてきてはくれまいか」

偈とは、詩句の形式で記された禅語を意味する。了然は背負っていた行李を解くや、中から真新しい巻紙を一本取り出した。細い指先で封を切り、それを菊千世の胸に押し付けた。

「七言の偈頌《げじゅ》なぞと、贅沢《ぜいたく》は言わぬ。ほんの四語か八語で、十分だ。よろしく頼むぞ」

「隠元さまというお方は、手蹟《しゅせき》も優れていらっしゃるのですか」

渋々、太い巻紙を受け取った菊千世に、了然は眉間に深い皺を刻んだ。

「知らぬのか。隠元さまは明国始まって以来の能書家と名高い、密雲円悟《みつうんえんご》さまの師孫だ。それゆえ詩偈でも書でも隠元さまの右に出る僧はかの大国にもおらぬ上、三十四歳で大悟《たいご》徹底なさったその法灯を慕う僧侶は数知れず。万福寺の堂宇には、問道の書を寄せる宰官居士《こじ》からの書簡が薪の如く積み上げられ、こたびのご東征に際しては、別れを惜しむ群衆が岸壁に垣を成したとか」

まるで書き物を読むような弁舌で語り、了然は菊千世と快鳳の顔を交互に見比べた。身体を堅くした二人に、あっさり、「まあ、いい」と言い放ち、下ろしていた行李を背に結わえ付けた。

「おぬしらの真の目的なぞ、拙僧には関係ない。ともあれ、奉行所の手先には捕まらぬようにしろよ。拙僧は日中は先ほどのように門前におるが、本来は崇福寺に掛錫の身。それゆえ夜は崇福寺に戻っておるので、なにかあればそちらに訪ねて来い。――ああ、そういえば」

と、了然はわざとらしく咳払《せきばら》いをした。肺でも病んでいるのか、ひどく濁った重い咳であった。

「崇福寺の道者超元さまが今朝方、福済寺に貸すのだと仰って、高麗版大蔵経・経集部の経典を二十巻ほど支度していらしたな。何でも長らく貸し出している大集部二十余巻と引き換えに福済寺に渡すとか。寺男もこの雨の中、巻子を運ばねばならぬとは、やれやれ大変なことだ」

全身の血がざっと音を立てて引く感覚に、快鳳は菊千世と身を寄せ合った。しかし了然は薄い笑みを頬に刻むや、「とはいえ」と続けながら、その場に機敏に立ちあがった。

「そんな些事《さじ》もまた、正直、拙僧には関係ない。いいか。間違ってもしくじるなよ。万一、捕まっても、拙僧の名は出すではないぞ」

「お、お待ちくださいッ」

菊千世が足をよろめかせて、了然に駆け寄る。すがりつくようにその両袖を摑み、「なぜなのです」と唇を震わせた。

「なぜあなたも徹玄さまも、そうまでして隠元さまを慕われるのです。たかが、明国の老僧一人のために、どうしてわざわざ長崎まで」

「さてな。徹玄や他の宗旨の者については知らん。ただ拙僧は、御仏《みほとけ》とは何かを知りたいだけだ」

隠元は明国禅林の重鎮として名声高く、その学識は禅門のみならず、阿弥陀《あみだ》に帰依して極楽往生を願う浄土《じょうど》教にも及んでいる——と、了然は口早に語った。

「拙僧は出羽《でわ》の貧農の家の出でな。母を亡くし、親類のもとに養子に出されたが、間もなく養父母と義姉が病死し、次に拙僧を引き取ってくれた伯父《おじ》夫婦もまた、些細《ささい》な怪我《けが》が元で亡くなった。不吉の子だの、羅刹《らせつ》の落とし子《そし》だのと謗られた末、放り込まれたのが近隣の寺だったというわけだ」

快鳳は思わず、了然の顔を凝視した。すると了然は、お前の耳が聞こえているのは分かっているぞと言わんばかりに微笑《ほほえ》み、「拙僧は寺が嫌で嫌でたまらなくてな」と話を継いだ。

「放り込まれた先の宗旨は真言《しんごん》だったが、どれだけありがたい教えを聞いても、大日《だいにち》も不《ふ》動《どう》も皆目信じられなんだ。だが近隣の者どもはそれでも足しげく寺を訪れ、手を合わせて帰っていく。生まれたばかりの子を亡くした者も、夫の借金ゆえに女郎屋に売り飛ばされた女子も、仏の御名を唱えて、おるかおらぬか分からぬ相手にすがろうとする」

拙僧はそれが不思議でならなくてなあ、と語る声は、どこか楽しげですらあった。

「御仏とは何であるかを知ろうと寺を出て、陸奥《みちのく》から江戸、江戸から上方《かみがた》へと経めぐった。道中、一切経を集めたり、ほうぼうの文殊堂《もんじゅどう》に参籠もしたが、それでもよく分からなんだ。そんな最中、隠元さま来日の噂を聞き、異国まで名の轟くほどの高僧なら、拙僧の疑念も解き明かしてくれるやもしれぬと考えて、こうしてここまで来たわけだ」

「では、御仏を信じておられるわけではないのですか」

「信じているかと問われれば、否と申すしかないな。だからこそ拙僧は、隠元さまにお目にかかりたいのだ」

この時、往来の果てが不意に賑やかになった。野次馬たちがそろって南の方角に首をひねったかと思う間もなく、「奉行所のお役人衆だ」「地役人さまもおいでだぞ。隠元さまとご対面なさるのじゃろうか」との囁《ささや》きが響いてきた。

役人たちが隠元と対面している最中であれば、裏山に目を配る者も減るはずだ。菊千世と小さく目交ぜした快鳳に、了然が気のない口振りで「笈は置いていけ」と告げた。

「もし戻って来ずば、拙僧が道者さまにお渡ししてやる。そんなことにならぬよう、気をつけろよ」

差し出された手に、快鳳は恐る恐る笈を渡した。踵を返したその背に一礼し、急いで北に向かって走り始めた。

快鳳はこれまで、隠元を慕う者たちはみな、御仏を信じ、その教えにすがるためにここに集っていると思っていた。だが考えてみれば、何の迷いもなく仏法を信じていれば、そもそも僧侶や経典は必要あるまい。人は苦しみ、迷えばこそ、御仏を必要としているのだとすれば、世の人々は快鳳が考えていたほどには日々の暮しに満ち足りていないのかもしれない。そう、書物改の御曹司が父の暴虐に怯え、当の向井素柏が激しい苛立《いらだ》ちを息子たちにぶつけずにはいられぬように。

まだ徹玄と言い争っているのか、お津祢のよく通る声が背を叩く。うらやましい、と唐突に快鳳は思った。

徹玄と了然はそれぞれ、自らの求めるままに興福寺を訪れ、お津祢もまた己の欲求に素直に従っている。

ならば自分は、と思っても、快鳳には何もない。温かい寝床や満足な飯はもちろん欲しいが、それ以上にそもそも人並みの日々とは何かすら、快鳳には分からない。それとも隠元のような高僧にすがれば、自分が欲すべきものを見つけられるのか。

興福寺から遠ざかるにつれ、界隈からは次第に人影が減っていく。寺町筋のもっとも北に伽藍を構える光源寺《こうげんじ》の土塀に沿って回り込めば、目の前はすでに急な斜面である。

「ここをまっすぐ登れば、石切場のはずさ。何度か、弟を連れて来たから間違いないよ」

菊千世の言葉通り、灌木《かんぼく》の茂みの果てからは、石を切り出す鑿の音が間断なく響いてくる。人足に見咎められぬように道を避け、まだ紅葉の始まらぬ藪《やぶ》をかき分けながら見下ろせば、眼下には大小の伽藍が列を成し、その向こうに鉛色の海が続いている。手足と言わず身体といわずひっかく小枝に顔をしかめ、快鳳は足元の枯れ木を力任せに踏みつけた。

頭上を覆う木々のおかげで雨滴こそかからないが、その分、足許《あしもと》は危うく、少し油断すると下駄の歯が滑る。それでも必死に藪こぎを続け、四半刻も経っただろうか。急に辺りが明るくなり、雨に濡れた巨大な瓦屋根が行く手を遮るようにそびえ立った。

視界の半ばを覆う屋根の向こうには、朱色に塗られた寺門がわずかに覗いている。垂木《たるき》で雨宿りをしていた数羽の鳩《はと》が、思いがけぬ人影に驚いた様子で、くくっと啼《な》いた。

覗き込めば、磚《せん》の敷き詰められた境内までの高さは二丈（約三メートル）ほど。とはいえそこに続く坂は崖と呼ぶのがふさわしい急峻《きゅうしゅん》さで、履きもののままで降りるのは困難と映る。

「まず、おいらが降りよう。おめえはおいらがどうやってここを降りるか、よく見ておきな。ああ、その袴は脱いでおいたほうがいいかもな」

言われるがまま袴の紐《ひも》を解く菊千世の爪先に、快鳳は下履を脱ぎ捨てた。そのままそろそろと崖に取りつき、爪先で足がかりを探った。

大屋根が視界のほとんどを遮るせいで、境内の様子はよく分からない。ただ山門の方角が妙に騒がしいのは、先ほどの奉行所からの使いに応対しているためだろう。

雨は少し小やみになったが、その分、風はいっそう冷たさを増した。快鳳はつるつると滑る岩を、かじかむ手で強く摑んだ。

頭上で鮮やかな色彩が、ちらちら瞬く。崖の際に両手をついてこちらを覗き込む菊千世の小袖の袂が、雨風を孕んで揺れているのだ。

「馬鹿野郎。隠れてろ」

快鳳が思わず上を仰いで毒づいたのと、左足がずるりと滑ったのはほぼ同時。幸い、数寸下の新たな岩に爪先がかかったが、それでも快鳳の背には瞬時にして、粟《あわ》の粒が浮いた。

「だ、大丈夫かい。快鳳」

「ああ。おいらのことはいいから、おめえは隠れてろって」

でも、と続けかけた菊千世の言葉がこのとき、奇妙に途切れた。不審を抱く間もあればこそ、ひどくしゃがれた男の声が足許で響いた。

「――」

意味は分からない。だがそれでも我知らず身体が強張《こわば》り、今度こそはっきりと爪先が岩から外れる。快鳳ッという悲鳴が頭上で沸き起こったと感じた刹那、ひどく柔らかなものが快鳳の身体を抱きとめた。

恐る恐る頭を巡らせば、直綴《じきとつ》に絡子《らくす》をかけた僧侶が、二人がかりで快鳳の腕と肩を抱え込んでいる。どちらも肩を覆うほどに髪を伸ばし、その顔は真っ黒に日焼けしている。

二人の僧は小さくうなずき合うと、快鳳をゆっくり地面に下ろした。共に唇を真一文字に引き結んでいるが、その物腰は穏やかで、それがかえって気味が悪い。

二人の眼差しを追って頭を巡らせば、大雄宝殿《だいゆうほうでん》（本殿）から庫裏へと続く回廊に、杖《つえ》を小脇に抱えた老僧が腰かけている。破れた袈裟と小袖は一見、どこの乞食坊主かと疑う粗末さで、顎先に組んだ手指の長い爪だけが不気味なほど目立つ。まるで先ほど踏みしだいた枯れ枝が、そこからにょっきり生えているかのようだ。

後じさった快鳳の肩を、二人の僧侶が押さえる。またも菊千世が快鳳の名を呼び、老僧が台地をちらりと一瞥《いちべつ》した。

（馬鹿野郎ッ）

せめて首を引っ込めておとなしくしていれば、菊千世の存在までは気取られずに済んだはず。なぜこんな時まで、あいつは泣き虫なのだ。

逃げ出そうにも肩を摑んだ僧侶たちの力は強く、腕を動かすことすら叶わない。息を呑《の》む快鳳に、老僧は唇に笑みを刻んで、何か呟いた。冷たい汗が快鳳のこめかみを伝い、膝ががくがくと笑い始めた、その時である。

「ええいッ。この神国の民でありながら、虚誕《きょたん》詭譎《きけつ》の奴らに目を晦《くら》まされよってッ。さっさと散れッ、帰らぬかッ」

聞き覚えのある甲高い叫びが、山門の方角で轟いた。さすがにこれには驚いたのだろう。老僧たちが一斉に声の方角に目を向ける。

崖の上で菊千世が小袖を翻して立ち上がり、「父さま――」と呻いた。

「む、向井どの、落ち着きなされ。今日の我々はお奉行さまからの勘問書《かんもんじょ》を隠元禅師に届けに来ただけ。門前に集う衆を、なにもさように怒鳴りつけられずとも」

「その通り。向井どのが異国の衆を嫌《きろ》うておられるのは存じていますが、禅師の徳を慕う者たちまで、さように罵られずとも」

口早な制止が、向井素柏の怒声を遮る。それがかえって癇《かん》に障ったのか、「ええいッ。やかましいッ」と更なる絶叫が、降りしきる雨音をつんざいた。

「わが国は本来、神聖正化の直国。その道徳淳素《どうとくじゅんそ》たる良民を最初に惑わせたのは、他ならぬ仏法でございますぞ。しかもその上、ひとたび禅師が来日するや、自らの宗旨を放り出して、このように門前に馳《は》せ参じるとは、情けない。かような者たちを招き寄せる邪僧なぞ、早々に長崎から放逐せねばなりませんッ」

容赦のない舌鋒《ぜっぽう》に、往来はしんと静まり返っている。閉ざされた門前に仁王立ちになって喚き散らす素柏の姿が目に見えるようだ。

眼を上げれば崖の上では菊千世が両手を地面についたまま、寺門の方角を凝視している。だが、再度、

「さあ、そこをおどきなされ。これなる向井素柏、隠元なる邪僧に来日の真意を問いただしてやりまするッ」

という素柏の絶叫が轟くや、菊千世はがばとその場に跳ね立った。両手で己の二の腕を抱いて後じさる顔は、蠟そっくりに血の気がない。

「それはなりません、素柏どの。我らの務めはただ、お奉行さまの文をお渡しするのみでござる」

「書簡だけでは、他者の真意は汲めますまい。なにせ明国はいま大いに乱れ、皇帝は都を追われて南方をさ迷っているとか。かような折に来航するとは、隠元とやらはこの神国を奪い取ろうとする悪鬼《あっき》羅刹やもしれませぬ。さあ、そこをおどきあれッ」

素柏が寺門に体当たりを食らわせたのか、腹の底に響く鈍い音とともに、地面が小さく揺れる。まるでそれに背を押されたかのように、崖の上で華やかな翡翠色が閃いた。

顔を青ざめさせた菊千世が一、二歩、後じさる。双眸を潤ませて快鳳を見下ろすや、

「ご――ごめんッ。ごめんよ、快鳳ッ」と叫んで身を翻した。

崖に覆いかぶさった藪が大きく揺れ、狼狽しきった足音が瞬く間に遠ざかる。だが置き

去りにされたと知ってもなお、快鳳の胸には不思議に、落胆も怒りも湧きはしなかった。

菊千世が誰より恐れているのは、父の素柏だ。彼ゆえに福済寺を訪れ、彼ゆえに隠元を追い払おうとした菊千世が、素柏が興福寺に押し入ろうとしていると知ってなお、平静を保てるわけがない。

仰ぎ見た山肌は一面、深い緑に覆われ、すでに菊千世の姿は判然としない。一方で崖の上から見れば、継ぎの当たった快鳳の筒袖は大雄宝殿の柱の朱色を受け、赤く染まって見えたに違いない。

福済寺の媽祖堂に鎮座する順風耳と千里眼の神像を、快鳳は思い起こした。あの二鬼神のように共に肩を並べ続けるには、自分と菊千世はやはりあまりに異なり、そしておさな過ぎたのだ。

——快鳳
耳の底に、自分の名を呼ぶたった一つの声が蘇った。

菊千世は泣き虫で勝手で——そして頭がよく、意固地だ。藪を抜け、往来に戻り、息を整えたとき、父への恐怖のあまり快鳳を見捨ててしまった自らを、彼はきっと許せまい。快鳳が何と言おうとも、きっと菊千世は二度と、福済寺を訪れまい。あの舌ったらずで、それでいて妙に大人びた声で名を呼ばれることも二度とないのだ。

そう思い至った刹那、ようやく胸がかきむしられるように痛み始めた。小さく喉を喘《あえ》がせた快鳳に、老僧はわずかに目を見開いた。左右の僧侶たちに軽く手を振り、摑んでいた腕を放させる。

こつこつと杖を鳴らして快鳳に歩み寄り、「かい、ほう」と一言一言区切るように言った。その声は温和な形相とは裏腹にひどく嗄《しわが》れていたが、不思議に耳に柔らかい。

杖の先を地面に走らせ、老僧は文字らしきものを二つ、そこに記した。わからない、と快鳳が首を横に振ると、それを消してまた別の字を二つ記す。再度、首を横に振ってから、快鳳はふと思い至って、老僧のかたわらにしゃがみこんだ。いつも福済寺の境内で練習をしていた二文字を、ゆっくりとそこに書き記した。

——快鳳
ああ、と明るい声を上げて、老僧が両手を打つ。よじれ、傾いた二文字を長い爪で指し、快鳳の耳には捉えがたい音を二度、ゆっくりと繰り返した。

もし快鳳に父母がいれば、きっと老僧と同じ音で自分を呼び、それが己の名となっただろう。だが、現実には違う。快鳳を快鳳自身が知る音で呼ぶ者は、この世に一人だけ。そして同時にその彼がもう二度と自分を呼ばぬであろう事実を、快鳳は嫌というほど知っている。

(順風耳、千里眼——)

あの鬼神と同じ緑の袖を翻した菊千世は、いま脱兎《だっと》の勢いで逃げながら、いまだ門外で轟き続ける素柏の叫びをどんな思いで聞いているのだろう。

不格好な自らの名を握り取るように、快鳳は地面に両手をつかえた。

「お弟子にお加えください。おいら、おいら、快鳳と言いますッ」

喉を迸《ほとばし》った声が、山間に微かな残響を呼ぶ。あの日、長崎の街並みに響いていつまでも消えなかった銅鑼によく似て、どこか虚《うつ》ろで哀《かな》し気な響きであった。

(「オール讀物」二〇二〇年十二月号)

巻末エッセイ　コロナ禍の作品群

縄田一男

例年の巻末エッセイならば、本書に収録された作品について、縷々《るる》述べてゆけば良いのだが、本年度はいささか事情が違うように思われる。

いつもなら、選考委員が一つ所に集まって、自分が推す作品について侃々諤々《かんかんがくがく》、審美眼の応酬となるのだが、新型コロナウイルスの影響もあって、今回はこのアンソロジーはじまって以来のリモート選考であった。

そのような状況下で選ばれた作品については、何事か意味が託されていると思いたい。が、筆者がそのように考えるのは、あまりに恣意的に過ぎるとの誹《そし》りを受けるであろうか。

しかしながら、本書に収録された作品の主人公達の台詞《せりふ》や心の中の叫び、「でもねえ、これでもあたしなりに精一杯生きてきたんだよ」、「なあ弥太《やた》、なにもかもは、手に入らねえんだぞ」、戦国期、相手にとって死が最上の選択であっても、己の都合でそれを許さぬ、「斬らぬ」という義父の声等々。

そこには、何やらコロナ禍の不条理や閉塞的な状況が反映されているように思われてしかたないのだ。

今回は、この事を念頭に収録作品を見ていきたいと思う。

まずは、いわゆる市井《しせい》ものの範疇《はんちゅう》に入る作品群から。

河治和香「りんの玉」は、リアルな江戸っ子達の火事見物から始まる。主人公戀《れん》は、火事と喧嘩《けんか》が好きで、一端《いっぱし》の江戸っ子ぶっているものの、まだまだ子供。題名となっている〝りんの玉〟の意味も知らず、自分の身体《からだ》を痛めつける事は、これに期待をかける親に対する最大の復讐《ふくしゅう》であると思い、男達に身体を与え続ける。が、その一方で、幼馴染《おさななじみ》のお絹《きぬ》の色恋が絡んだ身投げに絶句し、その心情は甚だ不安定と言わざるを得ない。

作者は、そのあやふやさを具体的な房具との対照で鮮やかに描き出している。

宮本紀子「ふたたびの道」の主人公は、還暦を迎えた志津《しづ》である。彼女は小さな古着屋を営んでいたが、この店を始めた夫も五年前に死に、息子夫婦が後を継いでいる。息子夫婦は志津に、引退を促すが、志津は自分の居場所が無くなるようで、なかなか踏み切れない。妹の徳《とく》も、引き際が肝心だと言うが、その言葉を思い出すにつけ、寂しさと共に熱いものが込み上げてくる。

作品は志津の一つの決断で締めくくられるが、読者はそれに拍手を贈るに違いない。

澤田瞳子「わらわ鬼」は、長崎を舞台にしている。主人公は福済寺《ふくさいじ》の最も年若な下男・快鳳《かいほう》である。彼は「盗人と売女《ばいた》」の間に生まれた孤児で、周囲の蔑みの対象である。そこへ、明《みん》国から老僧・隠元《いんげん》がやって来る。

そして、快鳳が子供から大人までを巻き込んだ、老僧をめぐる思惑から解放された時、そこに一つの奇蹟《きせき》を生む。この結末の感動は、本書収録の諸篇《しょへん》の中でも比類が無い。

武川佑「千年の松」と今村翔吾「完璧なり」は、戦国ものである。

前者は、ご存知本能寺《ほんのうじ》の変の一幕だが、これに明智光秀《あけちみつひで》の一計、すなわち一色《いっしき》が織田《おだ》家に降《くだ》るかわりに、長岡藤孝《ながおかふじたか》の娘・伊也《いや》が一色五郎《ごろう》に嫁ぐ。縁組によって一色と和睦、丹後《たんご》を分割統治する事に決まった。だが、縁組とは聞こえがいいが、これは人質を取られたも同然である。

作品は題名にある千年の松、なえ松をめぐる連歌をはじめとして、典雅に展開するが、その背後に、戦国乱世に己《おの》が血筋を残そうとする武将の非情かつ凄《すさ》まじいまでの智謀《ちぼう》をみるばかりである。

後者は、掌篇と言ってもいい長さの中で、竹中半兵衛《たけなかはんべえ》の生涯を活写した逸品である。秀吉《ひでよし》は、半兵衛の事を、力はあるのに欲はない、これほど値打ちのあるものがあろうかと己の配下とするが、実はそれは誤算。半兵衛は、完璧な戦《いく》さを貫こうとするが故に扱い辛《づら》く、それを為し得たのは死の直前であった。どこか微苦笑を禁じ得ない主従の風景である。

次は、幕末維新期から明治期を舞台にした作品である。

佐藤巖太郎「小栗上野介《おぐりこうずけのすけ》の選択」は、上野介が従容として死の座につくまでを、彼が唯一、後世に遺《のこ》したもの、横須賀《よこすか》製鉄所の着工を計画する段からはじめている。そして、敵前逃亡を図った徳川慶喜《とくがわよしのぶ》に、己の姿を重ね合わせた時、上野介の選択に生は含まれていなかったのである。

奥山景布子「紘《いと》の便り」は、松平容保《まつだいらかたもり》の弟で桑名《くわな》藩主・松平定敬《さだあき》に見初められ一子を成したおひさの物語である。

作者は定敬を主人公に、長篇『流転の中将』をまとめており、これはその番外篇とも言える。物語は紘が彩る二人のなれそめから、明治に入って、おひさの立場を政治的に利用しようとする高須《たかす》藩の動向を描くが、彼女はそれを承知で大いなる決断を下す。

浮穴みみ「ウタ・ヌプリ」は、作者が得意としている一連の北海道ものの収穫である。折しも降って湧いたようなゴールドラッシュに見舞われた北の大地。主人公・弥太郎は、ベテランの砂金掘り・松吉《まつきち》の言う事を聞かず、金も女も手に入れようと、その才覚以上の事を目論み、物語は苦い結末を迎える。

ゴールドラッシュ下での欲望の狂奔とその行末を描いて、作者は冷徹さの中に乾いたセンチメンタリズムを点描している。

植松三十里「ヤマトフ」は、ヤマトフこと橘耕斎《たちばなこうさい》の物語である。ヤマトフとは漢字で「大和夫」と書く。耕斎は、幕末、掛川《かけがわ》藩士の家に生まれるが、勘当されてロシアに渡った。日露辞典を作った事もあり、現地で通訳となり、ロシア人女性とも結婚した。

ところが、岩倉具視《いわくらともみ》らがロシアを訪れた際、帰国を促され、少なからず動揺する。帰国は母への、この地にとどまる事は妻子への想《おも》いと重なり、作者はこの二つの国籍の間で懊《おう》悩《のう》する男の揺らぎを巧みに捉えている。

最後は、この世と異界を結ぶ異色作で幕としたい。

米澤穂信「龍軸経」は、一転して説話めく物語である。海に飛び込むや、奇妙な船の内にあった主人公は、見慣れぬ女官の案内を受け、不思議な旅に興ずるが、これはまことか夢か——。

作者は、物語のエッセンスを凝縮して読者をこの異世界の旅へと拉致し去る。

夢枕獏「媚珠」は、ご存知〈陰陽師《おんみょうじ》シリーズ〉の一篇である。今回登場するのは晴明《せいめい》ではなく蘆屋道満《あしやどうまん》の方である。

人獣混交の果てに宿った子をどうするか。道満は敢《あ》えてその始末にかかわる事なく、当事者同士に下駄《げた》を預けてしまう。その余韻がいい。

矢野隆「忘れ亡者」は、黒いユーモアに彩られた好篇である。辻《つじ》斬りに斬られた主人公は、魂が躰《からだ》から離れた状態で死に、死んだ場所から離れられず、成仏も出来ない有様。その姿を大勢で見物にやってきて、見えたふりをする坊主がいたり、大いに笑わせてくれるが、ここに、主人公とは反対に動く事が出来る女の幽霊がやってきて、話はとたんに剣呑《けんのん》になっていく。

作者のストーリーテリングが冴《さ》えわたる一篇と言えよう。

以上十二篇、これらがコロナ禍の下で書かれ、そして選ばれた作品達である。そこに何を見、あるいは見ないのかは、読者の方々の判断に委ねられているが、やはりこの一巻は、長く記憶されるべきものとなるのではあるまいか。

次の一巻が、本書より明るい色彩をもって刊行される事を祈りたい。

本書は、集英社文庫のために編まれたオリジナル文庫です。

集英社文庫

時代小説　ザ・ベスト2018

日本文藝家協会　編

さまざまな時代や舞台で生きる人々の営みや思いを鮮烈に描き出す傑作10編を収録。読書の楽しさを再確認できる絢爛たるアンソロジー。

◆収録作品

「子捨て乳母」中嶋　隆
「清経の妻」澤田瞳子
「つはものの女」永井紗耶子
「怪僧恵瓊」木下昌輝
「鬼の血統」天野純希
「夢想腹」上田秀人
「雲のあわい」村木　嵐
「初陣・海ノ口」髙橋直樹
「川中島を、もう一度」簑輪　諒
「筋目の関ヶ原」東郷　隆

集英社文庫

時代小説 ザ・ベスト2019

日本文藝家協会 編

これぞ歴史・時代小説最強の布陣。
名手たちが濃やかにつづる情や志が胸を打つ11編。
豪華執筆陣による年度版アンソロジー。

◆収録作品

「一生の食」 吉川永青
「春天」 朝井まかて
「津軽の信長」 安部龍太郎
「安寿と厨子王ファーストツアー」 米澤穂信
「扇の要」 佐藤巖太郎
「夫婦千両」 中島 要
「黄泉路の村」 矢野 隆
「沃沮の谷」 荒山 徹
「大忠の男」 伊東 潤
「海神の子」 川越宗一
「太鼓橋雪景色」 諸田玲子

集英社文庫

時代小説 ザ・ベスト2020

日本文藝家協会 編

歴史・時代小説の名手たちが紡ぐ多種多様な物語。
浮世を忘れ、読書の愉しみに浸れる11編。
自信の作品を収めた年度版アンソロジー。

◆収録作品

「太郎庵より」奥山景布子
「仮装舞踏会」林真理子
「あかるの保元」村木 嵐
「宇都宮の尼将軍」簑輪 諒
「沈黙」佐々木功
「鴨」矢野 隆
「雪山越え」植松三十里
「脱兎」大塚卓嗣
「ゴスペル・トレイン」川越宗一
「剣士」青山文平
「貸し女房始末」浮穴みみ

集英社文庫

時代小説《じだいしょうせつ》 ザ・ベスト2021

2021年6月25日　第1刷　　定価はカバーに表示してあります。

編　者　日本文藝家協会《にほんぶんげいかきょうかい》

発行者　徳永　真

発行所　株式会社 集英社

東京都千代田区一ツ橋2-5-10　〒101-8050

電話　【編集部】03-3230-6095

【読者係】03-3230-6080

【販売部】03-3230-6393(書店専用)

印　刷　中央精版印刷株式会社　株式会社美松堂

製　本　中央精版印刷株式会社

フォーマットデザイン　アリヤマデザインストア　　マークデザイン　居山浩二

ISBN978-4-08-744270-0 C0193